Heide Schulz

Jette

Auf eine Tasse Tee mit
Goethes Freundin
Henriette von Egloffstein

Heide Schulz

Jette

Auf eine Tasse Tee mit
Goethes Freundin
Henriette von Egloffstein

ISENSEE VERLAG
OLDENBURG

Cover: Henriette von Egloffstein, Joh. Friedr. August Tischbein, p. 1795, Öl auf Leinwand, 660x 525 mm Gemälde-Galerie, Staatl. Museen zu Berlin, Stiftung Preußischer Kulturbesitz, Inv. Nr. 1730

Bibliografische Information der Deutschen Bibliothek

Die Deutsche Nationalbibliothek verzeichnet diese Publikation in der Deutschen Nationalbibliografie; detaillierte bibliografische Daten sind im Internet über http://dnb.d-nb.de abrufbar.

ISBN 978-3-7308-2120-6

Gedruckt bei Isensee in Oldenburg

Für Astrid

Ja, mein Guter, man hat von seinen Freunden zu leiden gehabt.
Goethe zu Eckermann, 23. März 1829

Das Erste und Letzte, was von einem Genie gefordert wird, ist Wahrheitsliebe.
Goethe, „Maximen und Reflexionen"

Aus dem, was ich hier mitgetheilt, läßt sich leider der Schluß ziehen, daß Wahrheitsliebe und Aufrichtigkeit nicht zu den übrigen großartigen Eigenschaften des erhabenen Meisters gerechnet werden dürften.
Henriette v. Egloffstein, „Das aesthetische Weimar [...]"

Aufrichtig zu sein, kann ich versprechen,
unparteiisch zu sein, aber nicht.
Goethe, „Maximen und Reflexionen"

Inhalt

Zur Sache

An Freundinnen mangelte es Goethe im Verlauf seines langen Lebens nicht. Meist spielten sie in einer Epoche seines Lebens eine wichtige Rolle, doch riss auch danach der Kontakt zu ihnen und sogar zu ihren Kindern und Enkeln nicht gänzlich ab. Goethekennern sind ihre Namen geläufig, doch müssen die meisten von ihnen bei dem Namen von Egloffstein passen. „Ach ja, der Name ist mir schon geläufig, nur fällt mir im Augenblick der Zusammenhang nicht ein." Mir erging es ähnlich, bis mich eine Hinweistafel am Rathaus zu Misburg, einem Stadtteil Hannovers, auf die richtige Fährte setzte.

Das Ergebnis war verblüffend. Bereits in den zwanziger Jahren des letzten Jahrhunderts gaben zwei Großneffen Henriette von Egloffsteins deren Korrespondenz mit ihren Töchtern heraus und ebenso einen Teil ihrer Lebenserinnerungen. Ein Vergleich mit den im Goethe- und Schiller-Archiv zu Weimar aufbewahrten Originalen ergab, dass sie das für Nachlässe von Frauen typische Schicksal erlitten hatten. Die wohlmeinenden männlichen Herausgeber hatten im vermeintlichen Interesse der Familie alles in ihren Augen nicht Schickliche und Übertriebene getilgt oder insofern geglättet, als sie einzelne Passagen mit eigenen Worten erzählten. Ehe- und Generationskonflikte wurden geschickt überspielt. Das hatte zur Folge, dass die Persönlichkeit der Schreiberin hinter ihren interessanten, unterhaltsamen Berichten weitgehend verschwindet. Zeitgenössische literarhistorische und soziologische Untersuchungen haben Henriette inzwischen als selbstbewusste „starke" Frau entdeckt. Das Anliegen der vorliegenden Veröffentlichung ist es, diesem „Forschungsobjekt" Leben zu verleihen, indem es selbst eine Stimme erhält. Die Form des zwanglosen informellen Gesprächs schien mir hierzu besonders geeignet zu sein. Bei den Antworten Henriettes bedient sie sich der Formulierungen, die sie bereits in Briefen, Aufsätzen und Erinnerungen in anderem Zusammenhang verwendet hat. Da die Situation eine andere ist, fallen ihr auch neue sprachliche Wendungen ein. Sie ist jedoch bemüht, so ursprünglich zu reden, wie es ihrem Wesen und ihren Anschauungen entspricht. Zwei Briefe wurden eingefügt, die zwar fiktiv sind, deren Inhalt jedoch durch zahlreiche Äußerungen belegt ist. Um den Eindruck der Originalität zu erwecken, werden die für die Schreibenden typische Orthographie und Wortwahl angewandt, so z. B. „Schaar“, „atlaßne“ für aus Atlas gefertigte Hosen oder „belieblich“. Das Wort „Krimskrams“ stellt keine saloppe Ausdrucksweise der Autorin des Buches dar, sondern wurde bereits von Jette benutzt.

Dem Charakter und der Intention des Buches würde es widersprechen, einzelne Textstellen durch wissenschaftliche Anmerkungen zu belegen und dadurch den Lesefluss zu unterbrechen. Das erwähnte Verfahren wurde bereits auf dieser Seite praktiziert. Hinweise auf die wichtigsten – bei weitem nicht alle – gedruckten und ungedruckten Quellen sind in der Literaturangabe am Ende des Buches zu finden.

Das Forsthaus in Misburg

Endlich angelangt! Der Weg zum Rathaus Misburg war auch ohne Navi dank des großen Hinweisschildes leicht zu finden. Man hatte mich schon darauf vorbereitet, dass jetzt ein Plattenbau aus den sechziger Jahren an dem idyllischen Ort thront, welcher einst der Gräfin Henriette von Egloffstein, der frisch vermählten Frau von Beaulieu-Marconnay, und ihren drei Töchtern Zuflucht bot. Polizei, ein Kindergarten und ein Seniorenclub teilen sich die Räumlichkeiten. Nur gelegentlich wird der Plenarsaal noch genutzt und Glasvitrinen in der Wandelhalle lassen darauf schließen, dass Delegationen verschiedener europäischer Länder im Rahmen diverser Austauschprogramme hier empfangen werden. Eine Europa-Fahne wurde der rührigen Gemeinde für ihre außergewöhnlichen Bemühungen um internationale Verständigung verliehen.

Keine Spur, kein Hinweis mehr auf das einstmals so innig geliebte und gepriesene Haus inmitten der üppig grünenden Natur? Am Eingang zur Stadtteilbibliothek im seitlichen Flügel des Gebäudes weist zumindest eine bronzene Tafel auf die Bedeutung des Ortes hin.

Bronzetafel am Misburger Rathaus

Hier stand von 1703 bis 1964 das Misburger Forsthaus. 1804 – 1815 lebte darin der Forstmeister von Beaulieu. Seine Frau Henriette Gräfin von Egloffstein und 3 Töchter, besonders Julie, die als Malerin Erfolge hatte, waren mit Goethe befreundet und wurden hier mit August Kestner zur Mitte eines literarischen Zirkels nach Weimarer Vorbild.

Beim Abriss des renovierungsbedürftigen Gebäudes im Jahre 1964 hatte man protestierende Bürger mit der Zusicherung beschwichtigt, dass alle Bauelemente sorgfältig nummeriert werden sollten, um das Gebäude an anderer Stelle in seiner ursprünglichen Form wiedererstehen zu lassen. Das dürfte inzwischen schwierig geworden sein, da einige erhaltenswerte Balken bereits in andere öffentliche Bauten des Stadtteils integriert wurden. Versöhnlich stimmt es mich, dass die Bibliothek im Seitentrakt offensichtlich eifrig genutzt wird, und es erinnert an die Gräfin, die nicht müde wurde, die Wichtigkeit einer profunden, vielseitigen Bildung im Kindes- und Jugendalter zu betonen. Auch die durch das Fenster zu beobachtenden Jugendlichen, die konzentriert vor ihren Schachbrettern sitzen, hätten ihr sicher gefallen, denn ihr Herz hing an allem, was sie an die Jahre erinnerte, die sie in Weimar verbrachte. Unweigerlich hätte sie an ihren Freund Schiller gedacht, der dieses Spiel über alles schätzte und sowohl als jugendlicher Theaterdichter während seiner erzwungenen Auszeit in Bauerbach als auch noch in den Monaten vor seinem Tode hin und wieder für einige Stunden Ablenkung beim Ziehen der zierlichen Elfenbeinfiguren fand. Und da der belesenen Verehrerin der Weimarer Klassiker in jeder Situation ein passendes Zitat einfiel, hätte sie sicher an seine ästhetischen Briefe gedacht, in denen es heißt:

Der Mensch ist nur da im eigentlichen Sinn ganz Mensch, wo er spielt.

Etwas versöhnlich stimmt es mich schon, dass der Genius Loci, der Geist, der an diesem Ort waltete, offenbar immer noch Strahlkraft besitzt. „Passt schoa" würde mein Enkelsohn sagen. Na ja, vielleicht. Und auch mir drängt sich ein auf die Situation gemünztes Dichterwort auf:

Das Alte fällt, es ändert sich die Zeit und neues Leben blüht aus den Ruinen.

„Blüht", an diesem Wort bleiben meine Gedanken haften. Sicher, man sollte die übertragene Bedeutung nicht allzu wörtlich nehmen und doch ist es der Auslöser dafür, dass ich unwillkürlich nach belebendem Grün Ausschau halte, in welches das alte Forsthaus eingebettet war. Ein würziger und süßlicher Duft lockt mich vorwärts zu gehen und tatsächlich führt er mich unter ein flirrendes maiengrünes Blättergewölbe. Ganz eindeutig wird es von einer Reihe einander gegenüberstehender Buchen gebildet. Wie angewurzelt bleibe ich stehen und versinke in deren Anblick, der einen unerklärlichen Zauber auf mich ausübt. Plötzlich überkommt mich die Gewissheit, dass dies die Bäume sind, die von der Gräfin und ihren Töchtern gepflanzt wurden. Während mein Blick an den Stämmen bis zu den Kronen entlanggleitet, werde ich zur Zeugin einer wundersamen Verwandlung: Langsam sinken die Wipfel tiefer und tiefer und zwischen ihnen schimmern die Strahlen der Sonne hindurch. Nun erst kommen die leuchtend weißen und gelben Sterne der Anemonen und des Scharbockskrauts zur Geltung, die einen dichten Teppich auf dem Boden bilden. Ein Blick auf die Stämme bestätigt mir, dass die Bäume sich verjüngt haben. Gleichzeitig wachsen neue junge Artgenossen aus dem Boden, die erst einige Jahre alt sein mögen. Eine veritable Allee führt nun in den nahen Wald hinein und als ich mich umwende, traue ich meinen eigenen Augen nicht. Vor mir taucht das so liebevoll besungene Forsthaus aus dem Boden auf, behäbig und anmutig zugleich mit seinem spitzen Giebel, den von Reben umwobenen Fachwerkmauern, der ausladenden Linde vor den Fenstern und – ich halte den Atem an – der weit geöffneten Haustür. Ist das eine Einladung? Soll ich hineingehen oder warten? Aber worauf? Auskennen würde

Das alte Forsthaus in Misburg

ich mich schon, denn das Gebäude besitzt eine verblüffende Ähnlichkeit mit dem alten Gutshaus meiner Heimatgemeinde, das durch die Initiative einiger Bürger zum großen Teil in Eigenarbeit rekonstruiert wurde und nun für kulturelle Zwecke genutzt wird.

Zögernd sehe ich mich zunächst einmal im Garten um: Vor dem Haus kein englischer Rasen, sondern ein in vielen Farben leuchtendes naturbelassenes Wiesenrondell; blau, weiß, rosa, rot, gelb blühen hier Huflattich, Storchenschnabel, Wiesenschaumkraut, roter und weißer Klee, Sauerampfer, Margeriten, Kornblumen und Mohn neben- und durcheinander. Blumenrabatten ziehen sich am Haus entlang, die ersten Rosen bilden schon ihre Knospen und – genau wie es beschrieben wurde – schließt sich ein üppiger Gemüsegarten vor der Breitseite des Hauses an.

Als ich mich wieder der Buchenallee zuwende, erwarten mich dort einige graziöse Gartenstühle, die heute echte Sammlerstücke wären. Wie ich feststelle, bin ich nicht die einzige Besucherin. Eine große, schlanke Dame in einem eleganten hellen, weich herabfließenden Kleid, dessen tief geschnittenes Dekolleté mit einem Einsatz aus weißem Musselin zumindest so weit verhüllt ist, dass es nicht kokett wirkt, nimmt gerade auf einem der Stühle Platz. Prüfend zupft sie ihren Rüschenkragen zurecht und bindet die unter der Brust befindliche hellblaue Schärpe zu einer dekorativen Schleife. Ganz offensichtlich handelt es sich um ein Modell im Stil des von der französischen Kaiserin Josephine kreierten Empire, jedoch nicht so freizügig wie bei den Französinnen, denn die Arme sind bis zum Ellbogen verhüllt. Allerdings hat sich die Trägerin gestattet, hierfür einen transparenten Stoff zu wählen. Ich bewundere die kastanienbraune, über die Schultern fallende lockige Haarpracht der Dame und bleibe wie gebannt stehen, als ich beim näheren Herangehen ihren zarten, rosigen Teint und die ebenmäßigen Gesichtszüge bemerke. Kein Zweifel! Henriette von Egloffstein ist aus ihrem vergoldeten, in einer Berliner Gemäldegalerie hängenden Bilderrahmen gestiegen und hat sich einen Rahmen gesucht, der noch besser zu ihr passt, der ihr quasi auf den Leib geschrieben ist. Chapeau! Zeitlebens war sie sich dessen bewusst, dass sie zwar als unwiderstehlich schöne Frau galt, doch dass ihre gesellschaftlichen Erfolge weniger auf glänzendes Auftreten, sondern vor allem auf ihre Frische und Natürlichkeit zurückzuführen waren.

Mit liebenswürdiger Verbindlichkeit deutet sie auf einen der Stühle: „Nehmen Sie doch Platz, meine Liebe. Aus Ihrer Kleidung schließe ich, dass Sie einen längeren Ritt hinter sich haben." Etwas verlegen schaue ich an mir hinunter und stelle zu meiner Erleichterung fest, dass ich mich in meinem Outfit unwillkürlich meiner Umgebung angepasst habe. Sieht doch eigentlich gar nicht nach Reitdress aus. Doch meinem Gegenüber sind die Details nicht entgangen:

„Die unteren Knöpfe an Ihrem Rock sind noch geöffnet, sodass Ihre Hosen zum Vorschein kommen. Das braucht Sie nicht zu genieren, wir sind ja unter uns. Für Damen, die es bevorzugen, nicht im Damensitz, sondern rittlings auf dem Pferd zu sitzen – wie ich das bei der Prinzessin Marianne in Berlin gesehen habe – ist das sogar recht schicklich. Doch ist das eigentlich eine Nebensache, wenn man sich frei in der Natur bewegen kann."

„Und das lieben Sie besonders?"

„Von frühester Kindheit an."

„Das klingt so, als hätten sich Ihnen ganz besondere Naturerlebnisse eingeprägt."

„Allerdings. Sie beziehen sich auf jede Phase meines Lebens. Doch ich fürchte, ich langweile Sie."

„Keineswegs. Ich glaube sogar, dass ich Sie in diesem Punkt besonders gut verstehe, und es interessiert mich sehr, was Sie zu erzählen haben."

Insgeheim beglückwünsche ich mich zu der unverhofften Gelegenheit, mit dieser außergewöhnlichen Dame des klassischen Weimars sprechen zu können, und rücke meinen Stuhl näher an sie heran, damit mir kein Wort entgeht. Als dann eine Magd – offenbar durch einen mir entgangenen Wink der Hausherrin – ein Tablett mit eleganten Teeutensilien und zwei Tassen vor uns auf den Tisch stellt, werte ich das als Auftakt zu einer ausführlicheren Unterhaltung. (Habe ich damals bereits geahnt, dass dieser einen Tasse Tee noch weitere folgen und dass im Laufe der Zeit noch andere Personen als Akteure auftreten würden? Heute kann ich das nicht mehr mit Gewissheit sagen.)

Die Baronin erhebt sich und gibt der Magd zu verstehen, dass sie persönlich die Aufgabe des Einschenkens übernehmen wolle. „Ich danke dir, Johanna. Du hast alles zu meiner vollen Zufriedenheit arrangiert." Mit einem angedeuteten Knicks zieht sich die junge Frau zurück.

„Da wir in der wärmeren Jahreszeit nach Möglichkeit unsere Mahlzeiten im Freien einzunehmen pflegen, verlegen wir der Einfachheit halber den ersten Teil der Teezeremonie à la Goulon in unsere Küche und bringen lediglich das fertige Produkt in den Garten."

„A la Goulon? Ich nehme an, sie beziehen sich auf das Tee-Büchlein, das der Leibkoch Anna Amalias von Weimar herausgegeben hat?"

„Selbstverständlich. Es ist ja inzwischen zu einer Pflichtlektüre für jede kultivierte Dame geworden. Ist es nicht köstlich im wahrsten Sinne des Wortes? Für unser improvisiertes Teestündchen – ganz entre nous – wollen wir allerdings auf all die verlockenden Leckereien verzichten und uns auf die von ihm vorgeschlagene einfache Variante der Butterschnittchen beschränken. Sahne und Zucker finden Sie auf dem Teebrett. Auf den Arak habe ich – Ihr Einverständnis voraussetzend – lieber verzichtet. Greifen sie bitte zu, meine Liebe, während ich auf das Thema zurückkomme, das mein gesamtes Leben durchwaltet hat."

„Ich verstehe. Sie sprachen von Ihrem Verhältnis zur Natur."

Die Natur als Lehrerin

„Nun, als einziges Mädchen unter fünf älteren Brüdern war ich häufig mir selbst überlassen und verbrachte meine freie Zeit in der Umgebung der fränkischen Burg Egloffstein, dem ehrwürdigen Stammhaus meiner Vorfahren. Ich sehe es deutlich im Widerschein der Abendsonne vor mir stehen und von schwindelerregender felsiger Höhe in den schmalen Wiesengrund mit dem hell glänzenden, schäumenden Bach hinabschauen. Auf meinen Streifzügen wurde mir jeder grünbemooste Felsen, jeder Baum, jeder Stein, jede Höhle zum vertrauten Gefährten, in dessen Gegenwart ich mich unendlich geborgen fühlte. Meine Kletterpartien waren nicht ungefährlich, wie ein junges Reh sprang ich von Klippe zu Klippe und blickte furchtlos in den unter mir liegenden Abgrund. Die Natur selbst lehrte mich, vorsichtig zu sein. Im Winter überstand ich meine waghalsigen Schlittenpartien hinab ins Tal ohne jeden Zwischenfall."

„Dieses Gefühl der Verbundenheit mit der Natur ist eng an ihre fränkische Heimat geknüpft?"

„Nein, hier wurde lediglich der Grundstein gelegt. Es stellte sich ein, ob ich mich bei meinem Onkel im thüringischen Bucha oder im liebevoll angelegten Park von Tiefurt bei der Herzoginmutter Anna Amalia, auf dem Gut Kochberg bei der Frau vom Stein oder unter dem freundlichen Himmel Italiens aufhielt oder ob ich – wie jetzt – in meinem geliebten Misburg weile."

„Das sind doch starke Gegensätze und dennoch immer das gleiche Gefühl?"

„So ist es. Die Natur war meine ‚erste Lehrerin'. In allen Regionen herrschen ihre Regeln, die nicht von Menschen gemacht wurden. Deshalb fühle ich mich überall in der Natur frei und ungebunden und es überkommt mich eine tiefe innere Ruhe."

„Wie jetzt zum Beispiel?"

„Wie jetzt. Ich habe die Muße, mir einen sehr wichtigen Abschnitt meines Lebens zu vergegenwärtigen und es setzt mich auch heute noch in Erstaunen, wie es mir gelungen ist, allen Widerständen und allem dummen Geschwätz zum Trotz dem Schicksal die Stirn zu bieten und den rechten Weg zu gehen. Die Natur hat mich erzogen, eine bessere Lehrmeisterin kann man sich nicht vorstellen. In ihr und durch sie habe ich die Energien und Kräfte entwickeln können, die mich hierzu befähigt haben. Dafür bin ich dem Schicksal dankbar. Doch das sind große Worte. Schauen Sie, dort drüben die Blumen- und Gemüsebeete habe ich gemeinsam mit meinen Töchtern angelegt."

„Alle Achtung, damit könnten Sie eine komplette Familie ernähren."

„Ja, das war eine nützliche Sache, die uns in den Zeiten der Not zugutekam. Zudem halte ich es für wichtig, dass auch Kinder bereits lernen, ihre Hände zu benutzen und mit den praktischen Dingen des Lebens vertraut zu werden, ganz gleich, welchem Stande sie angehören."

„Sie meinen, auch wenn Sie es später nicht brauchen?"

„Habe ich Sie richtig verstanden? Nennen Sie mir einen Menschen, der nicht auf die Geschicklichkeit seiner Hände angewiesen ist. Sie muss doch ebenso ausgebildet werden wie der Verstand, das Gemüt, die musikalische und die bildnerische Begabung. Wenn die Tätigkeit dann noch einen praktischen Nutzen hat, umso besser. So haben wir zum Beispiel mit unseren Stickereien und sonstigen Handarbeiten unsere Haushaltskasse erheblich aufbessern können. Das war leider bitter nötig, was ich mir als junges Mädchen niemals hätte träumen lassen."

„Ein hartes Los für eine Gräfin."

„Na, na. Die Gräfin lassen sie einmal weg. Die wurde ich erst durch die Heirat mit meinem Cousin, der den Grafentitel von seinem Oheim erbte, mit meiner Scheidung habe ich ihn verloren. Praktische Arbeit habe ich nie als unangenehm empfunden, zumal sie doch fast immer zu befriedigenden Ergebnissen führt. Unangenehm war es eher, die Produkte dann möglichst unter der Hand zu verkaufen. Zumindest gewöhnt man sich ab, Unterschiede des Standes als wichtig zu betrachten, da man den Wert der praktischen Arbeit richtig einzuschätzen lernt. Am allerwichtigsten ist die Genugtuung, die schon ein Kind verspürt, wenn es selbstständig etwas geschaffen hat. Der von mir selbst gebaute grämliche Koloss von einem Schneemann löste bei mir größeres Entzücken aus als der Apoll von Belvedère, den ich in späteren Jahren bewundernd betrachtete."

„Das klingt alles sehr nach Rousseau. Haben Sie sich, oder hat sich womöglich schon ihre Frau Mutter an ihm orientiert?"

„Dass meine Mutter ihn gelesen hat, möchte ich fast annehmen. Sie war eine recht gebildete, belesene Frau. Allerdings glaube ich kaum, dass sie meine Erziehung bewusst nach seinen Prinzipien geplant hat. Es lag mehr an der natürlichen Umgebung, in die sie nicht ohne Not eingriff. Was Rousseau betrifft, hätte sie von Goethe, den sie in jungen Jahren kennenlernte und den sie – auch wegen der großen Ähnlichkeit mit meinem kurz nach meiner Geburt verstorbenen Vater – sehr verehrte, eher Abschreckendes erfahren können. Der hatte ja in seiner Leipziger Studentenzeit die Empfehlungen Rousseaus zu ernst genommen und des Guten zu viel getan, sodass er mit eiskalten Bädern und mangelnder Bedeckungen des Nachts seine Gesundheit ruinierte. Allerdings könnte ich auch von positiven Einflüssen berichten. So ist mein Mann, der Freiherr von Beaulieu-Marconnay, zu einer Schule gegangen, in der die Prinzipien Rousseaus zur

Anwendung kamen, nämlich zum Philanthropinum des Pädagogen Salzmann im thüringischen Schnepfenthal. Über dessen Eingangstor war ein Spaten abgebildet. Sinnfälliger kann man jungen Leuten die Bedeutung der Tätigkeit in Feld und Garten nicht vermitteln. Von selbst erschließt sich ihnen durch dieses Symbol auch, dass man den Dingen auf den Grund gehen muss, wenn man nach Wahrheit strebt."

„Gibt es weitere Erkenntnisse, die Ihnen Ihre ‚erste Lehrerin' vermittelt hat?"

„Schon das Kind erfährt, dass zum Beispiel Bäume weit älter sind als es selbst, dass sie vielleicht vom Großvater gepflanzt wurden und auch noch für die eigenen Kinder und Kindeskinder grünen werden."

„Wie diese Buchenallee."

„Die kann hundert Jahre alt werden, hat Beaulieu zu den Kindern gesagt."

„Oder auch zweihundert."

„Das mag sein. Für uns war es wichtig, dass die jungen Mädchen ihre Tätigkeit als sinnvoll empfinden. Sie wurden – ohne dass Beaulieu es ihnen ausdrücklich erklären musste – in sein Programm der Aufforstung des Waldbestandes eingebunden. Ich selbst habe durch die Natur gelernt, sie als Schöpfung Gottes zu begreifen und mich als Teil von ihr."

„Sie bewirkte also ihre religiöse Einstellung."

„Unbedingt. Gleichzeitig lag auch ein Hauch von Poesie über der romantischen Wildnis, der bereits in meine kindlichen Träume hineinwirkte. Im Nebel glichen die Berge und Felsen fabelhaften Schatten aus der Unterwelt und im Kreis der dörflichen Spielgefährtinnen fühlte ich mich auf meinem Lager aus grünem Moos wie eine Feenkönigin aus dem Märchen.

Vor kurzem war ich mit meinen Töchtern durch die politischen Ereignisse gezwungen, Misburg zu verlassen und im Komtessenhaus der Burg Egloffstein Zuflucht zu suchen. Trotz der schmerzlichen Trennung von meinem Ehemann und der Ungewissheit über sein Schicksal – oder vielleicht gerade deshalb – brachte die erzwungene Wiederbegegnung mit der heimischen Landschaft alte Saiten zum Klingen."

„Sie wurden auch von dem Hauch der Poesie aus Ihrer Kinderzeit erneut gestreift?"

Die Burg Egloffstein

„Nun ja, er umgab mich und ich ließ mich sogar zu einem Vierzeiler hinreißen."

„Lassen Sie hören!"

„Ach nein, dazu ist er zu schlicht. Ich habe ihn nur für meine Familie geschrieben."

„Und wie fühlen Sie sich jetzt hier in der vielleicht doch nicht ganz so romantischen hannöverschen Gegend?"

„Ich liebe den tiefen, dichten Misburger Forst, der zum weit ausgedehnten Nord-Wald gehört, in dem man stundenlang umherstreifen oder reiten kann, ohne an sein Ende zu gelangen. Beaulieu erzählte mir neulich, dass der Sage nach ein Eichhörnchen von dessen westlichem bis zum östlichen Teil bis in die Gegend um die Stadt Peine von einem Ast zum anderen springen kann, ohne den Boden zu berühren.

Ich erinnere mich lebhaft an ein Schreiben Beaulieus, das mich im Jahre 1803 erreichte und bei dessen Lektüre die Naturverbundenheit meiner

Kindheit wieder in mir erwachte. Er wiederholte damals sein inständiges Werben um meine Hand und stellte mir ein angenehmes Leben hier in dem geräumigen, so herrlich gelegenen Forsthaus vor Augen. Das ließ meinen hartnäckigen Widerstand schmelzen, denn plötzlich tauchte ein tief in meinem Innern gespeichertes Bild wieder auf. Ich befinde mich auf der Burg Egloffstein in der gemütlich eingerichteten Wohnung unseres Försters Huber und seiner Frau. Tief hatten sich mir die auch für ein Kind durchschaubare Ordnung des Haushalts, seine Reinlichkeit, die hübschen Bilder an den Wänden und die liebevoll gepflegten Blumen in den Töpfen und Vasen eingeprägt. Für mich bildeten die Räume eine Oase des Friedens und der Heiterkeit, die ein Spiegelbild der Harmonie war, in der das Ehepaar lebte. Ich bin noch heute der Führung durch ein höheres Schicksal dankbar, das mir allen Anfechtungen zum Trotz den rechten Weg hierher zeigte."

„Lassen Sie es mich etwas provokativ formulieren: Sie haben sich also in das Haus und seine Umgebung, nicht in den Forstmeister verliebt?"

„Zumindest der zweite Teil Ihrer Aussage trifft vollends zu. Nie hätte ich es mir in meiner Situation als geschiedene Frau mit fünf unmündigen Kindern gestattet, eine Liebesheirat einzugehen, auch wenn böse Zungen so etwas behauptet haben. In meiner desolaten Situation, bedingt sowohl durch die Enttäuschung über eine gescheiterte Ehe als auch durch meine eingeschränkten pekuniären Verhältnisse wäre es äußerst verwerflich gewesen, auf egoistische Weise einer persönlichen Leidenschaft zu folgen."

„Also eine sogenannte Vernunftehe?"

„Ich weiß nicht, was Sie darunter verstehen. Keine Ehe sollte ohne Vernunft geschlossen werden. Ich höre bei Ihnen einen gewissen abwertenden Unterton heraus?"

„Nein, nein, beileibe nicht. Vielleicht ein wenig Verwunderung, denn es hätten sich Ihnen möglicherweise auch andere lukrativere Möglichkeiten geboten."

„Beaulieus entscheidender Brief erreichte mich in einem Zustand völliger Erschöpfung während eines Kuraufenthalts in Bad Berka. Ich weilte dort mit vier meiner fünf Kinder in Begleitung meiner Schwägerin und besten Freundin Caroline. Wenn Sie von einer ‚Vernunftehe' sprechen, denken Sie offensichtlich vorwiegend an Materielles. Nein, ich war mir sicher, dass ich an der Seite eines zuverlässigen, vertrauenswürdigen Freundes Ruhe und inneren Frieden finden würde, wonach ich mich so sehnte."

„Also doch die Befriedigung eines persönlichen Bedürfnisses?"

„Natürlich. Doch es war mehr. Wenn sie den Genius Loci, die besondere Atmosphäre dieses Ortes auf sich wirken lassen, können auch Sie es sicher verspüren: Hier ließ sich das Ideal verwirklichen, dem ich von meinen Kindheitstagen an nachgestrebt habe, was sich nicht nur auf mich, sondern auf meinen Mann und meine drei Töchter segensreich ausgewirkt hat."

„Und was geschah mit ihren beiden weiteren Kindern?"

„Unsere geliebte Jeanette, die Zweitälteste, blieb in der Obhut ihrer Tante Caroline in Weimar zurück und Carl, mein einziger Sohn, kam zum Vater."

Kein Damenkränzchen

Während der letzten Worte hat Henriette sich erhoben und geht auf die geöffnete Haustür zu. Von der Eingangshalle her werfe ich einen neugierigen Blick auf die wunderschöne französische Tapete mit ihrem silbergrauen Glanz. Heute gilt sie als seltenes Exemplar und bezeugt einen exquisiten Geschmack. Eine großzügige Ansicht einer hohen, von turmbewehrten Mauern umgebenen spanischen Stadt geht über in eine üppige südliche Palmenlandschaft. Im vorgelagerten Hafen warten Schiffe auf ihre Passagiere, Landvolk geht auf den Feldern seiner Arbeit nach. Auf einer gegenüberliegenden Wand lockt eine Gauklertruppe ihre Zuschauer an. Zeit, meinen Coup zu platzieren:

„In diesem ausgesucht eleganten Ambiente findet wohl ihr literarisches Damenkränzchen statt?"

„Wie bitte?"

„Das Damenkränzchen, von dem ich neulich in der Mitteilung eines Goethe-Bewunderers gelesen habe."

„Ha, ha. Erstaunlich, was so manch ein Schreiberling zu wissen meint und zu Papier bringt. Dann darf ich Ihnen vielleicht mitteilen, dass einige dieser vermeintlichen ‚Damen' zum Kampf gegen den größten ‚Tirannen', den schlimmsten Feind der Menschheit, angetreten sind. Eine Armee von Amazonen? Ein Weiberregiment, wie Herr Kotzebue in Weimar es vorschlägt? Oder was stellt dieser Verfasser sich vor?"

„Sie wollen sagen, dass zu Ihrem literarischen Zirkel sowohl Damen als auch Herren gehören?"

„Das versteht sich von selbst. Fatal, wenn es sich nicht so verhielte, da wir uns Minnehof nennen."

„Das Vorbild wäre Goethes *Cour d'amour*, an dem sie ja bekanntlich als seine angebetete und besungene Favoritin fungierten."

„Trotz aller Vorbehalte dieser befremdlichen, mitunter recht ridikülen Institution gegenüber möchte ich das nicht leugnen. Allerdings habe ich angestrebt, das strenge einengende Reglement zu vermeiden, das unser aller Herr und Meister praktizierte. Wenn Sie schon nach einem Vorbild fragen, dann hat wohl eher die heitere und zwanglose Geselligkeit am Musenhof der Herzoginmutter Anna Amalia Pate gestanden, an der ich bereits als junges Mädchen teilhaben durfte. Unvergesslich auch die Zusammenkünfte, die sogenannten Freundschaftstage bei ihrer Ersten Hofdame, Fräulein von Göchhausen."

Anna Amalia, die Mutter des Weimarer Herzogs Carl August

„In Anna Amalias Tiefurt, nehme ich an, fanden Sie die ideale Verbindung von Natur und Poesie."

„Das waren die Höhepunkte, wenn wir uns in dem wunderschönen Park an heiteren Sommerabenden zusammenfanden. Auch bei uns hier in Misburg versammeln wir uns bei warmem Wetter am liebsten im Garten."

„Sie walten dort als Königin, habe ich mir erzählen lassen."

„Oh je, die Ämterverteilung hat sich aus einer heiteren Laune heraus ergeben. Für den Verlauf der Sitzungen hat sie geringe Bedeutung, höchstens bei meinem Ehemann, der das wichtige Amt des Statthalters und Mundschenks bekleidet. Und was meine Töchter betrifft: Welches junge Mädchen wäre nicht gern einmal Prinzessin? Ansonsten hat es mir gut gefallen, als der zu unserem Hof gehörende jugendliche Poet August Kestner mich als Friedensfürstin besungen hat. In der Rolle sehe ich mich gern."

„Ihr Heim also als ein Hort der Geselligkeit und des Friedens in kriegerischer Zeit? Ihre Gäste in geselliger Runde um diesen wunderschönen runden Mahagonitisch vereint, in den zahllosen Schubladen unter der Platte Ihr Lesestoff, der Sie für eine Zeit den Widrigkeiten des Alltags und vor allem den leidigen politischen Verhältnissen enthebt."

„Das ist unser Bestreben. Wir wollen in dunkler Zeit dafür sorgen, dass das Schöne nicht gänzlich aus der Welt verschwindet. Von frühester Jugend an ist mir alles Militärische verhasst. Ich habe stets einen regelrechten Abscheu davor empfunden."

Militärisches Intermezzo

„Worin ist der Grund für diese vehemente Ablehnung alles Militärischen zu suchen?"

„Ich bin der Meinung, dass der harte soldatische Drill unmenschliche Formen annehmen und den Charakter eines jungen Menschen verbiegen kann. Ich möchte hierfür ein Beispiel anführen: Meinem Bruder, der als Kadett bei dem General von Thün, einem Onkel mütterlicherseits, seinen Dienst versah, wurde aus Gründen der seelischen Abhärtung fälschlicherweise mitgeteilt, dass unsere Mutter verstorben sei. Er sollte lernen, auch bei tiefgreifenden Erschütterungen Haltung zu bewahren. Als wir dann später den inzwischen sterbenskranken besagten Onkel in Berlin besuchten, war mein Bruder bewusst als Wachposten vor dem Eingang eingeteilt worden und hatte die Anweisung erhalten, auch nicht die geringste freudige Erregung bei unserem Erscheinen zu zeigen. Ich fand das erschreckend und bin der Meinung, dass eine derartige Erziehung die Neigung zu Unaufrichtigkeit und Verstellung fördert."

„Nun hat es sich bei Ihrem Onkel sicher um einen Ausnahmefall gehandelt."

„Davon bin ich nicht überzeugt. Ein weiterer General in unserer Familie war das Oberhaupt des Hauses Egloffstein. Durch ihn wurde ich gegen meinen Willen in meine erste Ehe gezwungen und er bestand – gegen den Willen meines Vaters übrigens – darauf, dass ich den Namen seiner verstorbenen Frau Henriette erhielt, der mir seit jeher verhasst ist. Sie sehen, auch er war ein rücksichtsloser Tirann."

„Sie meinen also, dass das Prinzip von Befehl und Gehorsam auch auf den privaten Bereich ausgedehnt wird?"

„Das Militärische wirkt sich auf den gesamten Habitus aus. Als ich nach Jahren der Trennung wieder mit meinem ersten Ehemann, dem Grafen Leopold von Egloffstein, zusammentraf und schon beim Aussteigen aus der Kutsche seine schnarrende Offizierskasino-Stimme hörte, lief es mir eiskalt den Rücken hinunter."

„Wie verträgt sich aber diese Einstellung mit den Aktivitäten Ihres jetzigen Gatten, der unter den Göttinger Studenten Freiwillige rekrutierte und sie als Kommandeur der Harzer Jäger in den Kampf gegen die französische Besatzungsmacht geführt hat."

„Ich muss gestehen, dass mich die Vorstellung allein schon einige Überwindung gekostet hat. Von frühester Jugend an war ich mit den rauen Sitten der oft recht rauflustigen Studenten vertraut. Da meine Brüder – bevor sie nach Jena gingen – in Erlangen studierten, hatten wir unser dortiges Stadtpalais bezogen. Dort traf sich dann häufig eine Horde von jungen Burschen, unter denen ich, die wesentlich Jüngere, mich frei und ungezwungen bewegte. So wurde ich Zeugin, wie man Händel mit anderen Raufbrüdern plante. Die Verwendung von Waffen jeglicher Art war von der Universität strengstens untersagt worden. Da schon deren Besitz strafbar war und meine Mutter auf keinen Fall irgendetwas entdecken durfte, musste man nach einem sicheren Versteck Ausschau halten. Als dieses hatte man ausgerechnet die Schlafkammer der jüngeren Schwester auserkoren. Ich muss gestehen, dass ich sehr unruhig über den Schwertern, den sogenannten Schlägern, schlief, die unter meinem Bett aufgestapelt lagen. Noch beklemmender war es allerdings für mich, wenn die potentiellen Mordinstrumente verschwunden waren, denn das bedeutete, dass sie im Augenblick vielleicht gerade in einem der gefährlichen Duelle zum Einsatz kamen. Die Angst davor, dass einer meiner Brüder verwundet oder gar tot ins Haus getragen würde, ließ mich kein Auge schließen. Ich wachte und betete die ganze Nacht."

„Doch, dem Himmel sei Dank, sind sie alle am Leben geblieben."

„Sie haben wohl einen Schutzengel gehabt. Doch auch der kann nicht immer aufpassen. Eines Nachts wurde ich durch die Erscheinung meines Bruders Gottfried aufgeschreckt. Bleich und aus mehreren Wunden blutend torkelte er in meine Kammer und bat um saubere Leinentücher. Ich wundere mich noch heute, wie ruhig und besonnen ich seine Wunden versorgt habe, ohne dass irgendjemand im Hause etwas gemerkt hat."

„So etwas prägt sich ein. Doch nun zu Beaulieu-Marconnay."

Kampf um die Freiheit

„Die Furcht vor dem tödlichen Ausgang waffenklirrender Auseinandersetzungen hat mich niemals verlassen, doch andererseits hatte ich merkwürdigerweise den festen Glauben daran, dass alles letzten Endes gut ausgehen würde, zumal es sich um einen gerechten Kampf handelt, in den mein Mann mit seinen Jägern gezogen ist. Ganz am Anfang meiner Ehe, also als ich im Jahre 1804 nach Hannover kam, war noch einmal kurz die verzweifelte Hoffnung aufgeflammt, dass die Gewaltherrschaft des Korsen ein jähes Ende finden könnte. Ich selbst wurde Augenzeugin, wie französische Besatzungssoldaten es wagten, eine Büste ihres angeblich so vergötterten Ersten Konsuls zu guillotinieren, ohne dass ihre Offiziere einschritten."

„Kaum zu glauben. Es muss einen speziellen Anlass gegeben haben."

„Es handelte sich damals um den Prozess gegen den bei seinen Soldaten und auch in der Bevölkerung beliebten General Moreau, dem man anhängen wollte, dass er an einer Verschwörung gegen den Diktator beteiligt war. Trotz eines Freispruchs durch das Gericht, das diesen jedoch später unter Druck in eine zweijährige Haftstrafe umwandelte, wollte Napoleon den lästigen Rivalen ebenso wie seine angeblichen Mitverschwörer liquidieren lassen. Das Murren von Moreaus Anhängern in Paris schwappte offenbar sogar auf die in Deutschland stationierten Truppen über. Es veranlasste den Herrscher, das Moreau betreffende Urteil zu ignorieren und den lästigen Gegner in die Verbannung zu schicken.

Wir konnten damals die politische Lage noch nicht recht beurteilen, geschweige denn die Entwicklung, die sie in den folgenden Jahren nahm. Doch allmählich wuchs die Einsicht, dass man diesen ‚Tirannen' aus Frankreich, diese Geißel der Menschheit, mit kriegerischen Mitteln in die Knie zwingen müsse."

„Sie blieben schutzlos im Forsthaus zurück, als Beaulieu in den Befreiungskrieg zog?"

„Nein, das wollten wir vermeiden. Man hatte meinen Mann schon im Jahre 1811 auf eine frei gewordene Stelle nach Uelzen versetzt. Er galt bei der französischen Obrigkeit des Königreichs Westfalen, der wir damals unterstellt waren, als politisch äußerst unzuverlässig, und man hielt es für ratsam, ihn aus der Nähe der ehemaligen Hauptstadt Hannover zu entfernen."

„Gab es denn einen konkreten Anlass für dieses Misstrauen?"

„Gott sei Dank nicht, man hatte keine Beweise. Doch man hatte den nicht ganz unbegründeten Verdacht, dass er mit konspirativen Kreisen in Verbindung stand. Erst viel später erfuhr ich von dem wagemutigen Husarenstreich, mit dem er dem Anführer einer missglückten Revolte gegen die Besatzungstruppen, einem gewissen Herrn von Wesebe, zur Flucht nach Helgoland verholfen hat, von wo aus dieser dann glücklich nach England gelangte. Beaulieu erzählte mir damals nichts von solch gefährlichen Aktivitäten, denn sein Bestreben war es, die Kinder und mich nicht zum Spielball der politischen Wirren werden zu lassen. So verließ ich einige Monate später auf sein Betreiben unser liebgewordenes Heim und flüchtete buchstäblich zu meinen Angehörigen auf die Burg Egloffstein, wo man uns mit offenen Armen empfing. Mein Mann galt inzwischen als vogelfrei. Hätte er mich im Forsthaus besucht, wäre er womöglich aufgegriffen und in Gewahrsam genommen worden. Alles Weitere auszumalen wollen wir uns ersparen."

„Sie haben Ihren Mann eine lange Zeit nicht zu Gesicht bekommen."

„Das hatte ich damals befürchtet. Doch Beaulieu ist ein verwegener Mann. Eines frühen Morgens, als wir – außer unsere Frühaufsteherin Julie – im Komtessenhaus noch in tiefem Schlummer lagen, wurden wir durch das Eintreffen eines Boten aufgeschreckt. Gott sei Dank überbrachte er uns eine freudige Nachricht. Er meldete die baldige Ankunft Beaulieus mit seiner Begleitung. Wir konnten das Glück kaum fassen, endlich den lange entbehrten Mann in die Arme schließen zu dürfen. Und um unsere Seligkeit vollkommen zu machen, hatte er meinen geliebten Sohn Carl bei sich, für den er Urlaub von seiner Truppe erwirkt hatte. Acht beinahe unbeschwerte Tage konnten wir miteinander verbringen. Natürlich gelang es uns nicht, die politische

Carl von Egloffstein, Jettes Sohn

Karl von Beaulieu-Marconnay, der zweite Ehemann Jettes

Lage gänzlich zu ignorieren, doch unsere beiden Soldaten nahmen voller Hoffnung Abschied. Wie die Burgfräulein längst entschwundener Zeiten winkten wir ihnen bangen Herzens mit unseren Tüchern von der Spitze des Turmes herab noch lange nach, als sie durch das weite Tal davonritten."

„Wir befinden uns in welchem Jahr?"

„1813, dem denkwürdigen Jahr der Völkerschlacht zu Leipzig. Als die frohe Botschaft vom Sieg über den Despoten bei uns eintraf, packten wir sofort unsere Koffer. Was für eine überschwänglich ausgelassene Heimreise!"

„In Erwartung Ihres gemütlichen Heimes, das sie so lange entbehrt hatten."

„Nun, die Hoffnung war äußerst bescheiden. Von daheim gebliebenen Freunden hatten wir gehört, wie arg sie gelitten hatten. Aus Hannover erhielten wir Nachricht von der Geheimrätin Kestner. Sie wissen doch: von Goethes Lotte aus dem *Werther*. Drei Stuben und Kammern musste sie für die Einquartierung von einem Offizier und einem Wachmeister mit Husar abgeben, in ihrem Schuppen wieherten deren Pferde, in einem Sommermonat musste sie fünfzig Personen beköstigen. Ihre reich gefüllte Räucherkammer musste sie plündern, und die üppige Ernte aus ihrem wunderschönen, liebevoll gepflegten Garten auf der Bult vor den Toren der Stadt opfern. Doch trotz allem ist sie selbst erstaunt darüber, dass sie ihr sonniges Gemüt behalten hat und sich über Kleinigkeiten freuen kann, über die herrlichen Rosen in ihren Blumenbeeten und über eine neue Mütze, die ihre Tochter ihr geschickt hat. Sie ist dankbar dafür, dass trotz des großen Elends in der Stadt mit 15000 Kranken, Elenden und Hungernden ihre eigene Familie unversehrt blieb."

„Sie stehen mit Frau Kestner in Kontakt?"

„Aber ja. Ich schätze den Umgang mit dieser liebenswürdigen Dame sehr. Wann werde ich sie wiedersehen zwischen all den blühenden Bäumen, Büschen und Blumen, wie immer in blütenreines Weiß gekleidet, das ihr so hübsch zu Gesicht steht? Sie ist inzwischen verwitwet und ihre Pension ist ihr während dieser wirren Kriegszeiten gestrichen worden. Sie hält sich mit dem Nähen von Hemden über Wasser, deren Stoff in ihrem Hause gewebt wurde. Dennoch fand sie Zeit, sich während meiner Abwesenheit, die gleich nach meiner Rückkehr erfolgte, um meine Pflanzen zu kümmern."

„Sie hat ihre Blumen gegossen?"

„Blumen gegossen? Ach nein, ein kleines Missverständnis. Ich sprach von meinen Töchtern, die häufig von der Geheimen Rätin zum Essen eingeladen wurden. Frau Kestner selbst und zwei ihrer Kinder, Charlotte und August, sind als Mitglieder des Minnehofs regelmäßige Gäste in unserem Hause."

„In welchem Zustand fanden Sie das Forsthaus vor?"

„Es war alles ziemlich trostlos und heruntergekommen. Ersparen Sie mir die Schilderung von Details. Ich konnte mich nicht an den Aufräum- und Reinigungsarbeiten beteiligen, denn leider war mit dem Sieg in der Völkerschlacht zu Leipzig die französische Plage noch nicht beseitigt."

„Was bedeutete das für Sie?"

„Hannover war befreit und unserer Rückkehr stand nichts mehr im Wege. Während wir gerade auf der Burg Egloffstein unsere Koffer packten, hatte Beaulieu schon an der Seite des Generals von Kielmansegg seinen Einzug in Hannover gehalten. Er hat mir von dem Jubel der Bevölkerung erzählt, der gar kein Ende nehmen wollte, als der französische Präfekt die Stadt verließ und das seiner Raubgier zum Opfer gefallene Cranachsche Altarbild aus seiner Privatwohnung wieder in die Schlosskirche überführt wurde."

„An vielen Orten waren auf Befehl Napoleons die wertvollsten Kunstwerke geraubt worden und man plante in Paris ein großes Museum speziell für diese Beutekunst."

„Welch ein unschätzbarer Verlust wäre das gewesen. Unsere Feinde wollten uns schaden, aber Gott lenkte alles zu unserem Heil. Als sichtbares Zeichen dafür betrachteten es die Menschen, als im Frühling des darauffolgenden Jahres die Quadriga des Brandenburger Tores nach Berlin zurückgebracht wurde. Die Fuhre legte eine Zwischenstation in Hannover ein. Da die Menschen wussten, was sich in den unzähligen Kisten befand, schmückten sie diese mit Schleifen, Bändern, Blumenkränzen und Inschriften.

Doch die Hoffnung, dass alle Besatzungstruppen im norddeutschen Raum abgezogen würden, war trügerisch. So trieb beispielsweise Davout immer noch als Kommandant von Hamburg sein Unwesen. Er herrschte wie ein Diktator und Beaulieu war der Meinung, dass diesem Treiben schnell ein Ende gesetzt werden müsse. Er eilte mit seinen jungen Männern den Generälen Tettenborn und Bennigsen zu Hilfe."

„Also wieder eine Trennung von Ihrem Mann."

„Nicht für lange Zeit, denn ich erhielt Nachricht über die erbarmungswürdigen Zustände unter unseren Belagerungstruppen, die nur noch durch die Leiden der Zivilbevölkerung übertroffen wurden. In der Stadt war Typhus ausgebrochen und es gab kaum etwas zum Essen. Um die Versorgung seiner Besatzungssoldaten sicherzustellen, hatte Davout verfügt, dass die Bewohner zu Tausenden die Stadt zu verlassen hatten. Schwärme von vollkommen entkräfteten Hungergestalten strömten in die Randgebiete der Stadt und es war eine Frage der Zeit, dass unsere Soldaten auf Grund von Seuchen und Hunger nicht mehr zum Einsatz kommen können würden."

„Wie reagierten Sie auf die Schreckensnachrichten?"

„Schon auf unserem Rückweg aus Egloffstein hatte ich auf unserer Zwischenstation in Göttingen beschlossen, Beaulieu zu unterstützen. Sollte ich zurückstehen, da doch die Begeisterung in der Bevölkerung so groß war? Gerade die kleinen Zeichen der Anerkennung für den Wagemut meines Mannes waren rührend. Da traf ein komplettes Kaffee-Service für ihn von einer unbekannten Spenderin ein, andere Menschen aus dem Umland überwanden alle Hindernisse, um ihn und seine Familie kennen zu lernen. Das war nicht leicht, da doch kaum Pferde zur Verfügung standen, denn diese wurden für Kriegsfuhren benötigt. Auch unser Musen-Freund August Kestner, der Sohn von Goethes Lotte, war aus Hannover herbeigeeilt, als er von unserer Ankunft hörte. Er machte uns mit vielen seiner Bekannten aus seiner Studienzeit in dieser Stadt bekannt. Mit einer Mischung aus Begeisterung und Erschütterung betrachtete ich die jungen Leute, zumeist Studenten, die in die Kommandantur strömten, um sich als Freiwillige zu melden. Für ihre eigene Sache wollten sie eintreten, nicht für die Launen und Begierden irgendwelcher Fürsten. Den Gedanken an meinen eigenen erst siebzehnjährigen Sohn Carl, der bei einem preußischen Jägercorps seinen Dienst versah, konnte ich nicht verdrängen. Die bange Frage, ob diese allgemeine freudige Hoffnung und der Idealismus dem mörderischen Elend Stand halten würde, das sie in Harburg und Hamburg erwartete, ließ mich nicht los. So eilte ich gemeinsam mit Beaulieu in das Hauptquartier des Jägerbataillons in Buxtehude und sah sofort, wie dringend dort Hilfe erforderlich war. Verwundete und Kranke wurden herantransportiert und wir beschlossen, sie auf keinen Fall in der Nähe der Stadt ärztlich versorgen zu lassen. Wir brachten sie in den umliegenden weiter entfernten Dörfern unter und verringerten so die Gefahr, dass sie von den Läusen gänzlich aufgefressen wurden oder sich gefährliche Infektionen zuzogen. Jetzt gelangte August Kestner zum Einsatz. Als Adjutant meines Mannes spielte er den Kurier zwischen Hannover und unserem Standort und organisierte kurzfristig auf bewunderungswürdige Weise Hilfsmaßnahmen unter den hannöverschen Frauen. Er scharrte alles zusammen, was er bekommen konnte: Nahrungsmittel, Wachstuch, Betttücher, Kleidungsstücke und Verbandsmaterial. Vor allem die selbstgestrickten Socken wurden sehnlichst erwartet, da die alten wegen der langen Fußmärsche fast nur noch aus Löchern bestanden. Selbst meine warmen Überschuhe, die ich schmerzlich vermisste, lieferte er bei mir ab."

„Man hört, dass Sie Bemerkenswertes geleistet haben."

August Kestner, einer der Söhne von Goethes Lotte

„Ich war froh, dass ich Zuspruch geben und Leiden lindern konnte. Ich bewundere den Idealismus der jungen Leute, die sich unter Aufbietung aller Kräfte gefährlichen Situationen aussetzten und das, obwohl ihre körperliche Organisation nicht immer dazu geschaffen war."

„Inwiefern nicht?"

„Kestner zum Beispiel kränkelte ständig und der junge Poet Ernst Schulze, der in Göttingen zu uns stieß, war in hohem Maße kurzsichtig und von schwächlicher Gesundheit, die einen frühen Tod befürchten ließ. Durch das schwere Leid, das er erfahren musste, waren seine Nerven aufs äußerste angespannt. Beim ersten Kanonendonner fiel er wie tot um. Dennoch bewies er in Wandsbek wie alle anderen Kämpfer bewundernswerten Mut und konnte sogar als Kommandeur eines Trupps eingesetzt werden. Auf abenteuerliche Weise überquerte dieser unter feindlichem Beschuss auf Leitern, die aus Bodenfenstern zum gegenüberliegenden Deich gelegt worden waren, die heranflutenden Wellen. Das wurde erforderlich, da die Franzosen nämlich den Deich durchstochen hatten, um die Feinde abzuwehren. Viele unserer Leute mussten bis zur Hüfte stundenlang durch das eisige Wasser marschieren und es gelang auch ihnen, auf den Deich zu klettern. So standen sie jeder auf lediglich vier Fuß breiter Erde, umgeben von Wasser, und bereiteten die Einnahme der Stadt vor. Davon wurde abends im Lager in epischer Breite berichtet. So tief wurden die Schillerworte, die ich bei der Gelegenheit vortrug, wohl noch nie nachempfunden. Sie sind Ihnen sicher bekannt:

Doch aus der strudelnden Wasserhöhle
Hat der Brave gerettet die lebende Seele...

Jetzt, da alles überstanden war, sonnten unsere mutigen Harzer Jäger sich in ihrem Triumph, zumal ihnen zugetragen wurde, dass die Feinde vor dem Namen ‚Scharfe Schützen' besonders bange waren. Auch unsere Verbündeten, vornehmlich die Kosaken, hatten großen Respekt vor den überragenden Schießkünsten meines Mannes, der ja die Jäger ausgebildet hatte. Nun war auch endlich Zeit dafür, meinem Mann die ewig bestellten und endlich eingetroffenen Goldtressen nebst erhabenen Goldknöpfen an seinen Uniformrock zu nähen. Die hatte er sich wahrlich verdient. Ein kleiner Tribut an meine Eitelkeit, nicht an die seine, die ihm vollkommen abgeht."

„Stimmt es, dass Sie inmitten der siegreichen Belagerungstruppen in Hamburg eingeritten sind?"

„Ja, hoch zu Ross. Beaulieu und seine Leute hatten darauf bestanden."

„Eine geeignete Art, den hochverdienten Dank abzustatten. Fühlten Sie sich ein wenig wie die Jungfrau von Orleans?"

„Wie kommen Sie auf diese Idee? Merkwürdig. Das Mädchen ist mir wirklich die liebste unter allen Figuren des unsterblichen Dichters, der mir einmal sogar gestanden hat, dass ich ihm als Vorbild für die Heldin gedient habe."

„Wenn ich Ihnen das Kompliment machen darf, so ist das in Anbetracht Ihrer schlanken mädchenhaften Gestalt gut nachvollziehbar. Gibt es weitere Parallelen?“

„Haben Sie welche entdeckt?“

„Wie soll man es formulieren? Vielleicht die Unbeirrbarkeit, mit der Sie als richtig Erkanntes mit schlafwandlerischer Sicherheit ausführen?“

„Mit schlafwandlerischer Sicherheit und mit überirdischer Führung, das könnte zutreffen. Aber zumindest bin ich – dem Himmel sei Dank! – nicht auf dem Scheiterhaufen geendet.“

Der Minnehof

„Damit wären wir nach diesem aufschlussreichen martialischen Exkurs im klassischen Weimar gelandet, aus dem sie doch wohl die Anregung für Ihren eigenen Musenhof mitbrachten. Wie war es möglich, an diesem so abgelegenen Ort solch eine Form der Geselligkeit aus dem Nichts hervorzuzaubern?“

„Zauberei war es nicht. Es gab Verwandte Beaulieus in der Nähe – Sie müssen wissen, dass bereits sein Vater hannöverscher Jägermeister war – und natürlich viele Verehrer der großen Dichter, bei denen der Ruf meiner Vertrautheit mit den Geistesheroen Weimars mir schon vorausgeeilt war. Man empfing meine Töchter und mich mit offenen Armen. Im Gegenzug wurde jeder, der Bildung, Herz und Geist hatte, von uns herzlich willkommen geheißen.“

„Konnte Ihnen das die anspruchsvollen Weimarer Zusammenkünfte und die geistigen Anregungen ersetzen?“

„Darüber habe ich nicht lange nachgegrübelt. Gewiss hat mir der Anschluss an die geistige Welt gefehlt. Die lumpigen Journale und Gazetten, die man erhielt, waren oft schon Wochen alt und zerfleddert. Das nahe gelegene Hannover kam mir vor wie die finsterste Provinz. Was sie ja auch leider geworden war, seit Jerôme, der sogenannte König Lustig, von Kassel aus sein Königreich Westfalen regierte, zu dem wir leider Gottes gehörten. Im Ilm-Athen, wie man Weimar damals schon nannte, war ich es gewöhnt, dass die neuesten deutschen und ausländischen Journale unter den Gebildeten kursierten und man allein aus ihnen genügend Stoff für Unterhaltungen gewann. Oder man besuchte einmal den Journalisten Böttiger in seinem Hause und war über wichtige Ereignisse und Neuerscheinungen von Büchern schon im Voraus informiert."

„Von dieser Möglichkeit waren Sie jetzt abgeschnitten."

„Ich versuchte, diesen Mangel durch umfangreiche Korrespondenz mit den in Weimar Zurückgelassenen auszugleichen, die meinen Weggang bedauerten und mich über vieles auf dem Laufenden hielten. Reiste einer aus unserem Kreise in diese glanzvolle Hauptstadt des Geistes, so kam er stets mit den neuesten dichterischen Produktionen zurück."

„Die dann sicher bei Ihren Zusammenkünften gemeinsam mit den erhaltenen Briefen vorgelesen wurden."

„Es wurde nicht nur gelesen. Jeder der Beteiligten leistete einen eigenen Beitrag. Meine Älteste, Caroline, und Kestner komponierten Melodien zu Goethe-Gedichten und sangen sie gemeinsam, Julie dichtete und malte, fertigte hübsche Dekors an, auch unsere kleine Auguste steuerte schon die ersten Verse bei. Es gab unvergessliche Nachmittage und Abende. Unauslöschlich ist mir ein anmutiger Anblick: Julie krönt August Kestner unter der Liebesbuche da drüben mit einem Lorbeerkranz zum Poeten als Belohnung für ein Versepos, in dem er mich als Friedensfürstin feiert, die dem Land Kunst, Kultur und Bildung bringt."

„Ein anmutiges Bild und vermutlich ein gut zusammenpassendes Paar."

„Wir alle passten gut zueinander. Kestner hätte niemals die Grenzen des Schicklichen überschritten."

„Und Sie waren die Seele des Ganzen?"

„Ich war die Begründerin und schwang mein Zepter, doch es war eine milde Herrschaft. Mir vor allem widmeten die ‚Minnesänger' ihre Lieder, so waren die Spielregeln an unserem ‚Minnehof'. Die Seele und der Mittelpunkt unseres Musenhofes war jedoch unbestreitbar Julie."

„Die Malerin."

„Jeder, sowohl die älteren als auch die jüngeren Damen und Herren, war von ihrer Anmut und ihrer Liebenswürdigkeit begeistert."

„Ich nehme an, besonders die jungen Herren."

„Oh ja, Julie war die Begehrteste von allen. Sie war die ausdauerndste und graziöseste Tänzerin, wenn wir unsere Abende mit den neuesten Tänzen ausklingen ließen. Einmal feierten wir so ausgelassen und fanden kein Ende, dass Kestner seinen langen Heimweg nach Hannover in Ermangelung einer Kutsche zu Fuß antreten musste. Das Fernbleiben hat er am nächsten Tage bei seiner Behörde mit ‚Fatiguen' entschuldigt. Als Königin des Minnehofes hatte ich ein wachsames Auge auf die jungen Mädchen, denn ich glaube, dass auch darin die Pflicht einer Mutter besteht."

„Das klingt sehr streng."

Jettes Töchter:

Caroline von Egloffstein

Julie von Egloffstein

Auguste von Egloffstein

„Die jungen Mädchen sollen ihr Amusement haben, doch es ist nicht gut, sie sich selbst zu überlassen. Das hat mich die eigene Erfahrung gelehrt. Meine früh verwitwete Mutter nahm mich in meiner Jugend – ich denke, ich war etwa vierzehn Jahre alt – häufig mit an die Fürstenhöfe von Ansbach und Bayreuth. Da sie den Fürstinnen Gesellschaft leisten musste, befand ich mich oft vollkommen verlassen in einer großen Gesellschaft. Als ich eines Tages dort endlich einen ritterlichen Beschützer fand, traf ich mich auch in unserem Hause mit ihm, schloss mich eng mit ihm zusammen und es entstand eine feste Freundschaft daraus. Bei diesen Treffen war nur ein argloser Bruder anwesend, der sich lediglich um seine eigenen Angelegenheiten kümmerte. Ich danke Gott noch heute, dass er schützend seine Hand über mich gehalten und mich auf den Weg des Anstands und der Schicklichkeit geleitet hat."

„Nun waren Ihre Töchter im Laufe der Jahre ins heiratsfähige Alter hineingewachsen, sodass eine allzu große Wachsamkeit sicher nicht mehr ganz angemessen war."

„Bei unseren Zusammenkünften herrschte eine zwanglose, nicht selten ausgelassene Atmosphäre, bei denen Unterschiede des Standes und des Vermögens keine Rolle spielten. Doch durfte ich nicht so weltfremd sein, sie in Bezug auf sich anbahnende Liebesbeziehungen mit womöglich sich anschließenden Wünschen nach einer Eheschließung zu ignorieren."

„Haben Sie versucht, Ehen zu arrangieren?"

„Nein, nein, nein. Eltern sollten sich eher zurückhalten. Mein Ziel war es, dass die Mitglieder unseres Kreises ihre Talente frei entfalten und Freude an allem Schönen in Kunst und Dichtung entwickeln sollten. Durch den Umgang mit dem Schönen bilden sie nicht nur ihren Geschmack, sondern – da bin ich sehr von dem Weimarer Dichterpaar beeinflusst – sie werden so zum ethisch Guten und Wertvollen geführt."

„Welche Ihrer Talente konnten Sie miteinbringen?"

„Darüber sollten Ihnen eher die anderen Mitglieder Auskunft geben. Lediglich eine meiner besonders ausgeprägten Begabungen möchte ich hervorheben. Es ist mir gegeben, mich an jedes Detail von Dingen und Begebenheiten zu erinnern, mögen sie auch jahrzehntelang zurückliegen. Ich kann mich dann vollständig in meine damalige Situation hineinversetzen und spiele sie von Neuem durch, so wie Sie es eben erlebt haben. Zu meinen liebsten Erinnerungen zählen die wunderbaren unvergesslichen Jahre hier an diesem idyllischen Ort, die in mein jetziges Leben hinüber leuchten."

„Sie wohnen also jetzt an einem anderen Ort???"

„Schon seit vielen Jahrzehnten. Beaulieu erhielt als Anerkennung für seine Verdienste während der Befreiungskriege, an denen er bis 1815 teilnahm – er war nämlich auch noch an der Besetzung Belgiens beteiligt – die

Ernennung zum Generalleutnant und eine Oberforstmeisterstelle im Kloster Marienrode bei Hildesheim, das ihm als Wohnsitz und zur Nutzung überlassen wurde. Das war nur recht und billig, denn er hatte sein gesamtes Vermögen, das ohnehin nicht allzu üppig war, für die Anwerbung der Rekruten und andere martialische Dinge ausgegeben. Für ihn war es eine Belohnung und Beförderung, für uns alle bedeutete es den schmerzvollen Abschied von unserem kleinen Paradies."

„Das Ihnen unversehrt in Ihrer Erinnerung erhalten bleiben möge."

„Julie hat unsere Gefühle so zart und gleichzeitig mutig und tröstlich formuliert. Die letzten Verse ihres Gedichts *Der letzte Abend in Misburg* möchte ich Ihnen zum Abschied mit auf den Weg geben:

Ach zum Entbehren ist der Mensch geboren,
Und bittrer Schmerz folgt jedem Erdenglück-
Doch geht dem Herzen nie, was es geliebt, verloren,
Erinnerung bringt es ihm verschönert stets zurück."

So bin ich also in Gnaden entlassen. Gern hätte ich die Unterhaltung fortgesetzt, doch die Baronin ist nicht mehr erreichbar. Das glückliche Aufeinandertreffen zweier Bestrebungen – nämlich der ihren, sich in ihr vergangenes Arkadien zu versetzen, und der meinen, alles, was ich in Büchern gelesen und in Archiven aufgestöbert habe, mir möglichst anschaulich und lebensnah vorzustellen – ist offenbar gestört worden. An meinem womöglich nachlassenden Interesse kann es nicht liegen, das ist ungebrochen, wenn nicht gar noch stärker geworden. Vielleicht liegt es an der ‚verschönerten Erinnerung', aus der die inzwischen zur ‚Frau Generalin' Avancierte sich nicht durch lästige Fragen herausreißen lassen möchte. Was hat es mit Julies herzzerreißender Klage auf sich? Gilt sie nur dem bevorstehenden Umzug in einen nicht weit entfernten Ort oder verbirgt sich mehr dahinter? Unwillkürlich fällt mir eine Verszeile des Poeten Ernst Schulze ein: „...was er verlor, *verschönert* wiederfindet." Der gleiche Gedankengang. Ich krame in meiner Tasche und ziehe tatsächlich den vom vielen Lesen bereits zerknüllten Zettel mit dem gesamten Gedicht *Misburg* hervor, das

Schulze den Bewohnern des Forsthauses widmet. Ach ja hier, die zweite der acht Strophen ist es:

„...So ist auch euch ein Wunder hier gelungen;
Die Wüste steht mit Blumen jetzt geschmückt,
Und wo sich Dorn und Distel sonst verstrickt,
ist eurer Hand ein Paradies entsprungen.
Und keiner naht dem seligen Gebiet,
Den plötzlich nicht das Zauberband umwindet
Und hin zu euch in freudge Kreise zieht,
bis aller Gram aus seiner Brust entschwindet,
und süß getäuscht das staunende Gemüth,
was er verlor, verschönert wiederfindet."

Zwei junge Leute, die voller Wehmut Trost in ihrer Erinnerung suchen. Ernst Schulze fand ihn – wenigstens für kurze Zeit – im Forsthaus. Nicht Vergessen suchte er hier nach dem frühen Tod seiner geliebten Göttinger Freundin Cecilie, sondern die Möglichkeit, sich ungestört in das verlorene Paradies zurückzuversetzen. Erneut lese ich die Verse über die Misburger Idylle, denke darüber nach, welche Gespräche hier wohl geführt wurden, welche seiner Werke der Dichter hier vorgetragen hat und zu welchen Gedichten er inspiriert wurde. Auch Briefe hat er sicher dort oben im Giebelstübchen geschrieben, in dem er als Gast wohnte. Während ich gedankenverloren auf den Text des Gedichtes starre, erwacht der junge Poet zum Leben, indem aus dem einen Zettel nun vier... sieben... nein, achtzehn (!) etwas vergilbte Blätter werden. Überrascht und atemlos suche ich die – dem Himmel sei Dank – recht gut leserliche Handschrift zu entziffern.

„Verehrte liebste Mutter,

Sie haben solch ein Übermaß an wärmender Fürsorge und Liebe für mich, Ihren undankbaren wüsten Sohn, der seinen Aeltern sicherlich schon häufig größere Sorgen bereitet hat, als er ihnen je wird vergelten können. Mit welcher Empfindsamkeit haben Sie mir erst kürzlich die himmlischste Freude bereitet, als ich nach einer langen einsamen Wanderung durch die nebelige düstere und doch so geliebte Celler Heide- und Moorlandschaft in mein Zimmer trat. Oh wie selig war ich doch, als ich in Körben und Vasen ein Meer der allerlieblichsten Blumen aus Ihrem Garten erblickte und mich augenblicklich in die holde Frühlingszeit versetzt fühlte. Wie erquickend ist es, ein mitfühlendes Herz in der Nähe zu wissen. Und wie habe ich es Ihnen gedankt? Meine Worte waren sehr kümmerlich im Vergleich zu dem, was ich für Sie und den Vater mit all der unverdienten Güte und dem Verständnis empfinde, das mir entgegengebracht wird. Wenn ich oft launisch und verschlossen wirke und ihnen auch Geständnisse über meinen seelischen Zustand vorenthalten habe, so bitte ich Sie, das nicht als Zurückweisung und Undank aufzufassen. Der einzige tiefere Beweggrund war, daß ich Ihnen Sorgen um mein Wohlergehen ersparen wollte. Doch inzwischen frage ich mich – allerdings noch immer voller Zweifel – ob es nicht ein ächterer Beweiß von Sohnesliebe wäre, Ihnen das vollste Vertrauen zu schenken und Ihnen mein Herz zu öffnen.

So sei es denn. Was meine Knaben- und Jünglingszeit betrifft, so brauche ich Ihnen nicht viel zu offenbaren. Es war für mich ein großes Glück, daß Sie, nachdem meine Mutter, an die ich keine Erinnerung habe, und meine Stiefmutter verstorben waren, als dritte Frau meines verehrten Vaters in unser Haus kamen und mir und meinen beiden Geschwistern eine wirkliche Mutter wurden. Zwar blieb Ihnen nicht genügend Zeit, sich ständig um uns zu kümmern, da die Geburt der weiteren vierzehn Geschwister Ihre Zeit sehr in Anspruch nahm. Doch mir hat die Freiheit, die ich dadurch und auch durch das Bürgermeisteramt erhielt, das meinen Herrn Vater in diesen kriegerischen wirren Zeiten über alle Maßen beanspruchte, gut getan. Gleichsam als Symbol hierfür gilt mir die kleine, von Wildwuchs bedeckte zum Gut Lindhorst gehörende Insel, die ich als Knabe zum Geschenk von ihm erhielt. Sie war so recht geschaffen für jugendliche Robinsonaden und Träume. Als ich mich dann jedoch auch auf das Praktische, den Gemüseanbau, verlegte, erlitt ich kläglichen Schiffbruch, denn innerhalb kürzester Frist war der erträumte Erntesegen von den hier ebenfalls hausenden Wildenten vertilgt, die wohl der Ansicht waren, einen berechtigten Anspruch zu besitzen.

Meine ersten Dichtversuche wurden von Euch, meinen Aeltern, wohlwollend aufgenommen und es gefiel mir, etwas vorweisen zu können, worauf Ihr vielleicht stolz sein konntet, was in Bezug auf meine schulischen Leistungen eher nicht der Fall war. Meine Gymnasialprofessoren haben sich mit mir im schulischen und dem notwendig werdenden zusätzlichen privaten Unterricht Mühe gegeben, den Rest wissen Sie sicher noch allzu genau. Kurz und gut – am Ende der Schulzeit erhielt ich die notwendigen Zertifikate, um mein Studium an der Georgia Augusta in Göttingen aufzunehmen.

Über die nun folgende Zeit habe ich zu Hause nicht allzu viel erzählt. In der studentischen Verbindung der Hannoveraner und den unterschiedlichen geselligen und kulturellen Cirkeln zeigte ich ein vollkommen anderes Benehmen, als dasjenige, das Sie von mir kennen. Zwar liebte ich es immer noch, weite Wanderungen und Ausflüge in Gesellschaft zu unternehmen, zu trinken und zu rauchen, doch legte ich mir in den geistreichen Kreisen ein durch und durch gestelztes Wesen zu, quittierte Äußerungen – vor allem der Damen – mit Hohn und Spott und wunderte mich dann, daß ich nicht gerade sonderlich beliebt war. Es gehörte zu der von mir angenommenen Rolle, dass ich diese lediglich als Marionettenpuppen betrachtete, die allesamt – jede für sich genommen – aus meiner Sicht ein Ausbund an Medisance, der weiblichen Erbsünde, waren und nur durch unablässiges Gesäusel, das sie wohl für geistreich hielten, die Aufmerksamkeit der Herren auf sich zu ziehen suchten. So manch einer jungen Dame habe ich vielleicht damit Unrecht getan.

Was danach folgte, wissen Sie aus meinen Berichten. Ich lernte in diesen Zirkeln die beiden Töchter des Professors Tychsen kennen, beide mit ihrer Anmut, ihrem Liebreiz und ihrer umfassenden Bildung eine Zierde für jeden

Kreis, in dem sie sich bewegten. Besonders die Jüngere, Cecilie, hatte es mir angetan und bald war ich in keuscher Liebe zu ihr entbrannt. Sie war in Wahrheit meine erste Liebe, denn meine flüchtigen vorherigen Abenteuer waren mit meinen Empfindungen für sie nicht zu vergleichen. Ihr las ich all meine bisherigen Gedichte vor – die veröffentlichten und auch die übrigen – und es wurde offenbar, daß wir Seelenverwandte waren. Von ihr fühlte ich mich anerkannt, verstanden und geliebt. Dass dieses Glück von kurzer Dauer war, haben Sie erfahren. Nachdem die Ärzte bei ihr die Schwindsucht festgestellt hatten, gab es wenig Hoffnung. Monatelang zog sich ihr Siechtum hin und alle, die sie liebten, schwankten zwischen Bangen und Hoffnung. In den letzten Wochen durfte keiner der Freunde, außer mir, sie besuchen. Von Verzweiflung ganz ausgezehrt, war ich zu keiner wirklichen Arbeit fähig und sehnte mich danach, mit ihr gemeinsam zu sterben. Doch mir fehlten die Überzeugung und die Hoffnung, in einer schönen friedlichen Welt gemeinsam mit ihr zu erwachen und schon an ihrem Krankenlager überkam mich die Gewißheit, dass ich ihr *hier auf Erden* ein Denkmal setzen müsse.

Nachdem ihre Angehörigen und ich sie unter Tränen in eine uns unbekannte Welt verabschieden mussten, begann ich, meinen Vorsatz in die Tat umzusetzen. Für mich, den Altphilologen, hätte es nahe gelegen, das geplante Epos, in dem sie die Heldin sein sollte, in der Antike anzusiedeln. Obwohl Cecilie auch dort auf Grund ihrer umfassenden Bildung zu Hause war, hielt ich es für passender, für sie ein germanisch-nordisches Motiv zu wählen, denn das entsprach ihrem innersten Wesen. Nicht die vormittelalterlichen Germanen meine ich, sondern die durch das Christentum geläuterten. Kein Mensch hat mich jemals eindrücklicher darüber belehrt, was christliche Demut bedeutet, als die Art und Weise, in der meine verewigte Freundin ihr unabänderliches Schicksal hinnahm.

All meine Kräfte warf ich nun auf die Fertigstellung des großen Versepos. Der Gedanke an Dante, der seiner Beatrice, und Petrarca, der seiner Laura unsterbliche Verse zum Andenken gewidmet hat, spornte mich an und ich wollte es ihnen gleichtun. Gleichzeitig sah ich aber auch die Notwendigkeit, durch eigenen Broterwerb die Sorge um mich von den Schultern meiner Aeltern zu nehmen. So geriet ich in einen heftigen Widerstreit der Bestrebungen und Gefühle. Wie manches Mal grinste mich des Morgens das zerfledderte Lumpengesindel von alten Grammatikscharteken an und verlangte, dass ich mit ihnen vertrauliche Freundschaft schließen sollte. Es reichte gerade einmal dazu, dass ich eine Privatdozentur für alte Sprachen bekam und eine verschwindend kleine Schaar von Studenten in Griechisch, Hebräisch und Latein unterrichten konnte. Meine Vorlesungen waren öde und langweilig, da ich nicht den nötigen Elan aufbringen konnte. Einen Dichter zum Grammatiker zu machen, bedeutet das nicht den kläglichen Versuch, Eis aus Sonnenstrahlen zu gewinnen?

Doch dann rettete mich der Lichtstrahl, der in mein verblühtes Leben fiel: Es war die plötzliche innere Offenbarung, dass meine unvergängliche, unauslöschliche Liebe zu Cecilie auch die sich ständig steigernde Neigung zu ihrer Schwester Adelheid umfasste. Beide verschmolzen in meiner Seele zu einer Person. Unsere gemeinsame Trauer hatte uns noch enger zusammengeführt als vordem. Doch dieser ideale Zustand war nicht von Dauer. Nach und nach zog sich meine über alles geliebte Retterin zurück. Die gesamte Familie, der ich meine Cecilie nach der Fertigstellung zu Füßen gelegt hatte, mied den Umgang mit mir und ließ mich in unendlicher Verzweiflung zurück.

Schon der Gedanke an den in unserem Vaterlande immer mehr um sich greifenden Freiheitskampf bedeutete für mich eine Befreiung aus meiner Lage. Lebhaft erinnerte ich mich an die Begeisterung, mit der Cecilie für ihn eingetreten war und mich wegen meiner Passivität gescholten hatte.

Es hat mich geschmerzt, dass ich das Euch gegebene Versprechen, nicht in den Krieg zu ziehen, nicht halten konnte. Eure ernsthafte Sorge um meine Gesundheit, hervorgerufen durch das Spucken von Blut und starkes Husten, waren für mich jedoch kein hinreichender Grund, zumal sich mein Zustand allmählich gebessert hatte, vor allem dadurch, dass ich meinem Hang zu ausgiebigen mehrtägigen Wanderungen wieder aufgenommen hatte. Wie Ihr sehr gut wißt, habe ich mich seit jeher bemüht, ein gutes Verhältniß zu unserer französischen Besatzung zu pflegen und wurde schon als Schüler zur Vermittlung zwischen den Bauern in der Nähe unseres Gutes und den Soldaten herangezogen. Auch unter meinen Bundesbrüdern in Göttingen zeichnete ich mich durch meine kosmopolitische Haltung aus. Leider mußte ich allmählich erkennen, daß ich diese friedfertige

Gesinnung nicht länger verantworten konnte. Als ich in den Ferien wieder in meiner Vaterstadt weilte, wurde die Unsinnigkeit des Krieges, die unser Celle zum wehrlosen Spielball der beiden kriegführenden Parteien machte, für mich unerträglich. Je nachdem, wer nun gerade die Oberherrschaft erlangt hatte, wurde am Morgen englisch und am Abend bereits französisch parliert. Als sich dann das Gerücht verbreitete, die gerade wieder notdürftig aufgebaute Brücke solle durch die heranmarschierenden Franzosen wieder abgerissen werden, war ich bereit, mich als Freiwilliger zu melden. Ich schrieb einen Abschiedsbrief an Adelheid, da ich mit meinem Tod rechnen musste. Der Feind zog einige Meilen vor der Stadt unverrichteter Dinge wieder ab und ich führte meinen Plan nicht aus. Aus Göttingen dagegen kamen beunruhigende Nachrichten. Spät in der Nacht wurdet Ihr durch ein mächtiges Poltern in meinem Zimmer aufgeschreckt. Den wahren Grund habe ich Ihnen damals nicht mitgeteilt. Heute will ich es tun. Ich war aus einem schrecklichen Traum in dem Wahn aufgefahren, ich müsse das Leben meiner geliebten Adelheid mit dem Schwert verteidigen. Wild schlug ich um mich und warf dabei den Schreibtisch zu Boden.

Schon auf der Rückreise nach Göttingen stand mein Entschluss fest. Unverzüglich schrieb ich mich bei dem Beaulieuschen Jägercorps ein und wartete ungeduldig darauf, daß wir ausrücken würden. Da das erst im Frühjahr geschehen konnte, wurde ich als ‚Einquartierung' bei Professor Bouterwek untergebracht, mit dem mich seither eine herzliche Freundschaft verbindet. Was den kriegerischen Einsatz in den folgenden zwei Jahren betrifft, habt Ihr, Sie und der Vater, diesen stets mit Aufmerksamkeit verfolgt. Ich habe wohl gemerkt, wie Ihr aufgeatmet habt, wenn ich zwischendurch nach Celle heimkehrte und nicht an allen Einsätzen teilnahm, um meine Gesundheit zu schonen. Doch auch als ich den Marsch nach Moorburg unterbrach, um mit all meinen Lieben daheim meinen Geburtstag zu feiern, und Ihr mich nur mit Zittern und Zagen weiterziehen ließet, freute ich mich auf den bevorstehenden Kampf. Ich wünsche so sehr, dass Ihr nachträglich seht, wie wohl mir das Bestehen der gemeinsam durchlebten Gefahr getan hat. Bei Hausbruch wurde ich als Piquet und Vendette gebraucht. Das erfüllte mich mit Stolz. Als wir frierend und hungerig aus dem dichten Nebel in die eilig errichtete Hütte aus Tannenreisern zurückkamen und über die Hafergrütze herfielen, die unsere Kameraden aus geschmolzenem Schnee in einem Topf bereitet hatten und dann noch geröstete Kartoffeln hinzukamen, die ein Trupp Kosaken uns gestiftet hatte, durchströmte mich eine ungeahnte Heiterkeit. Mein Geist war auf eine angenehme Weise gespannt, sodass auch bei dem heftigen Scharmützel des übernächsten Tages, das uns der Feind lieferte, keine wirkliche Todesfurcht aufkam. Erfolgreich schlugen wir den Feind in die Flucht und ich genoß es, mit dem größten Vergnügen durch die Zweige der blühenden Kirschbäume zu schiffen. Diese standen nämlich durch das Brechen des Elbdeiches unter Wasser.

Jeder gute Deutsche empfindet jetzt Freude und Genugtuung darüber, dass sein Vaterland befreit wurde und es bleibt nur zu hoffen, dass diese Freyheit dem ganzen Volke zugutekommt. Welch unermeßlichen Nutzen mir das Leben in der Gemeinschaft der Patrioten, insbesondere in der meines Chefs Beaulieu brachte, kann ich kaum in Worten ausdrücken und möchte doch so gern, dass Ihr es wißt. Er ist ein ächter Held und Führer unserer jungen Schaar gewesen. Er verlangte von sich selbst Alles und setzte jeden von uns entsprechend seinen Fähigkeiten und Talenten ein. So wusste er sogleich meine flinke Feder zu nutzen und bewog mich dazu, Secretärsdienste bei ihm zu übernehmen und August Kestner bei seiner Arbeit zu unterstützen. Wir beide arbeiteten vorzüglich zusammen und mußten sogar einige Monate später wochenlang unsern Chef in seiner Funktion als Militärgouverneur der Fürstenthümer Göttingen und Grubenhagen und der Grafschaft Hohnstein vertreten. Wir haben uns dort tapfer geschlagen und uns eifrig im Curialstyl geübt. Die Briefe an die Beamten, Kommandanten und an das Ministerium fielen denn auch ganz leidlich aus. Nirgendwo hat es allerdings ein Buero wie das Unsere gegeben. Zwischen die Akten hatten sich lateinische, griechische und englische Gedichte verirrt, unsere eigenen kleinen lyrischen Gedichte und Compositionen steckten zwischen Strafbefehlen und Requisitionsschreiben und wenn wir der vielen ermüdenden Arbeit überdrüssig waren, deklamierten wir aus dem Homer oder Vergil. Beaulieu blieb das nicht verborgen, doch er war mir immer noch dankbar dafür, dass ich gleich zu Beginn auf seine Veranlassung hin eine feurige Proklamation zur Anwerbung von weiteren Rekruten verfasst hatte, unter die ich eifrig einige prächtige politische Phrasen gemischt hatte. Man hat uns die Zettel buchstäblich aus den Händen gerissen. Der Beifall gefiel mir, da er im Dienst der gerechten Sache stand. Einen Lobgesang auf den durchreisenden König von Westfalen zu verfassen, habe ich zum Ärger der Celler Ratsherren seinerzeit abgelehnt. Nun träumte ich davon, nicht nur mit der Feder, sondern auch auf dem Schlachtfeld Ruhm und Ehre zu erringen und womöglich aus Adelheids Händen den Siegeslorbeer in Empfang zu nehmen. Doch nicht sie, sondern die Gräfin Caroline von Egloffstein sang mir nach einer selbst komponierten Melodie sehr nett mein *Jägerlied* vor, wirkungsvoll schmetterte sie zur Klavierbegleitung das

Ein Knall,
Ein Fall.
Das ist Jägergebot.

Wie viel Empfindung und Schmerz legte sie dann aber in die letzte Strophe

Doch der größte Jägersmann ist der Tod…!

Als sie geendigt hatte, drückte ich zum Dank ihre Hand, sie hatte meine zwiespältigen Gefühle so eindrucksvoll wiedergegeben. Noch lieber aber wäre mir der markige Gesang aus den Kehlen von hundert Kameraden gewesen.

Damit habe ich Ihnen ein Mitglied der Familie vorgestellt, die mich wie einen Sohn und Bruder zwischen den militärischen Einsätzen mehrfach in ihrem gastlichen Haus aufnahm. Wenn ich je etwas gedichtet habe, was mein eigenes Leben überdauern sollte, so verdanke ich es diesen Menschen, die mich durch ihre liebreiche Zuwendung und ihre Anteilnahme meinen Kummer vergessen ließen und meinem Streben eine neue Richtung gaben. In dem seligen Frieden ihrer Räume gelang es mir, wieder zu mir selbst zu finden und ohne Gram und irgendeine Störung an Cecilien zu denken und die ihr gewidmeten Stanzen des Versepos zu Papier zu bringen. Nirgends vorher war mir so klar geworden, dass Hoffnung und Erinnerung die Brennpunkte des dichterischen Feuers sind. Während ich die Gegenwart lebe, kann ich sie nicht gleichzeitig aufschreiben. Doch wenn ich mir Vergangenes in Erinnerung rufe, so erscheint es mir verschönert in zauberhaftem Glanz. Noch einmal ließ ich das Bild der Freundin in all ihrem Liebreiz vor meinem inneren Auge erscheinen und sie war es gewesen, die mich zum Jägercorps geleitete. Dessen Chef Beaulieu-Marconnay war für mich in seiner Tapferkeit, seiner Verwegenheit, seiner Großmut und seinem ritterlichen Charakter gleichsam eine Verkörperung der Helden der Vorzeit und gleichzeitig ein hervorragender Freund und Führer. Durch seine ruhige Entschlossenheit, mit der er ohne Hass auf den Feind den endgültigen Sieg über ihn anstrebte, um den Menschen ein Leben ohne Zwang, Tyranney und ständiges Ausspionieren zu ermöglichen. Durch seine Milde, seine Offenherzigkeit und Opferbereitschaft wurde er uns allen zum Vorbild. Da er in allen seinen Handlungen und Entscheidungen tiefe Menschlichkeit walten ließ, niemals Härte oder Ungerechtigkeit zeigte, sah man ihm seine gelegentlich aufbrausende Art gern nach. Für mich persönlich wurde er zum Freund.

Wie lebhaft erinnerte ich mich an das Datum des 4. April, den Tag, an dem ich unverbrüchliche Freundschaft mit Beaulieu schloss. Während des heftigen Angriffs der Franzosen hatte ich den ganzen Tag nichts zu mir genommen und war vollkommen entkräftet. Da sah ich Beaulieu in aller Seelenruhe vollkommen gelassen auf dem Wall der Schanze sitzen. Er winkte mich zu sich heran, schenkte mir ein Glas Wein ein und rief: ‚Auf unsere Freundschaft!' Keiner von uns beiden wusste, ob wir uns am Abend noch die Hand würden reichen können. Das damals geknüpfte Band bleibt für mich unauflöslich.

Erst wenn man seine Gattin kennen gelernt hat, kann man ermessen, wie schwer ihm jedes Mal der Abschied von ihr geworden sein muss. Sie ist eine Frau voller Sanftmut, groß und majestätisch, obwohl von mittlerem Alter und sieben Jahre älter als er, immer noch schön. Nicht nur Goethe war von ihr angetan. Ich genieße es, mit ihr die Begeisterung für Wieland zu teilen und... es muss einmal gesagt werden, die für Italien, das Land meiner Sehnsucht. Die Schilderungen von ihrer Reise, die sie mit ihrem ersten Gatten unternahm, sind hinreißend. Es ist kein Wunder, dass unter ihrem Schutz drei so herrliche Töchter herangewachsen sind. In Carolines Charakter vereinigen sich alle Kräfte und Bestrebungen zu schönster Harmonie, Verstand und Gefühl halten einander die Waage, sie ist geistreich, doch ihr

Witz verwundet nie. Stets verhält sie sich comme il faut, doch ihr Anstand wirkt nicht steif, sondern ist voller Grazie. Unsere Zusammenkünfte verschönert sie durch ihr Musizieren, oft auch durch eigene Kompositionen. Das Geschick zu schönen Handarbeiten hat sie wohl von ihrer Mutter geerbt. In Gesellschaft überstrahlt allerdings ihre Schwester Julie alle. Sie ist glühend, schwärmerisch und leidenschaftlich. Sie ist aufs höchste unterhaltend durch ihre fantasievollen Einfälle und ihre Unternehmungslust. Jeder bewundert ihre Talente, besonders das im Malen und Dichten, und ihrem Charme kann sich niemand entziehen. Alle Männer liegen ihr zu Füßen. Doch ich schätze ihren Umgang nicht immer, denn man wird fortwährend in Atem gehalten, nie besänftigt. Und doch fand ich bei ihr tiefstes Verständnis für meinen seelischen Schmerz, denn auch ihr verursacht die Liebe unauslöschlichen Kummer. Mehr will und kann ich nicht verraten. In mein Tagebuch schrieb ich einmal: ‚Ich möchte Caroline zur Freundin, Julie zur Geliebten haben.' Doch das bleibt entre nous, liebe Mama. Über Augustchen, die Jüngste, läßt sich noch nicht sehr viel sagen. Ihre andauernde kindische Fröhlichkeit kann doch nicht verbergen, dass sie einen vielversprechenden starken Geist besitzt. Offensichtlich hat sie größeren Gefallen an mir gefunden, als für sie angebracht ist. Ganz zum Schluss möchte ich August Kestner nicht vergessen, der so wie ich fast zur Familie gehört. Neben den Talenten im Zeichnen und Schreiben besitzt er noch einige andere. Seine stille Leidenschaft für Julie sucht er (vergeblich) geheim zu halten. Als ‚Hofpoet' möchte er in unserem Kreis gern mit Tasso verglichen werden.

Der Poet Ernst Schulze

Liebste Frau Mama, nun habe ich Ihnen solch eine endlose Epistel geschrieben, wie ich das sonst nur bei meinem innigsten Freund Bergmann tue. Doch es ist mir nun leichter ums Herz, da ich hoffe, nein eigentlich genau weiß, dass Sie mich verstehen werden. Vielleicht löst sich nun einiges auf, was Ihnen an meinem Verhalten befremdlich und rätselhaft erschien. Seien Sie meiner anhaltenden Sohnesliebe und Treue versichert.

Ihr Ernst Konrad Friedrich

Postscriptum.

Nun habe ich bei meinen tiefschürfenden Bekenntnissen ganz vergessen, mich dafür zu bedanken, wie Sie wieder einmal für mein leibliches Wohlergehen gesorgt haben. Die Mettwürste haben mir vorzüglich gemundet. Allerdings leiden sie unter galoppierender Schwindsucht, da sie unter meinen Kameraden viele Liebhaber gefunden haben. Der Hirschfänger, den der Vater mir geschickt hat, machte wegen seiner ungewöhnlichen Eleganz Sensation."

Zum ersten Mal in Weimar

(aus Henriette von Egloffsteins erst kürzlich aufgefundenem Tagebuch)

Längst sitze ich in den Polstern meines Autos, denn Gartenstühle, Forsthaus und Park sind verschwunden. In die Wehmut hierüber mischt sich die Gewissheit, in meinen Nachforschungen weiter vorangekommen zu sein als erwartet. Hatte das Gespräch im frühlingshaften Garten mir nicht mehr von der Persönlichkeit der Baronin offenbart als ich bei der einschlägigen Weimar-Lektüre bisher über sie erfahren hatte? Dem von ihr gegründeten Zirkel hatte sie ihren Stempel aufgedrückt, war gemeinsam mit ihrer Familie deren Mittelpunkt gewesen. Die Verbindungen zu Weimar waren nicht abgerissen, doch schienen sie nicht so stark zu sein, dass ein ständiger geistiger Austausch stattfand. Goethekennern ist der Name Henriette von Egloffsteins allenfalls im Zusammenhang mit dem großen Dichter bekannt. Konnte es sein, dass die Beschäftigung mit Henriettes erstem Aufenthalt in Ihrem „Jugendparadies", wie sie Weimar nannte, mehr über ihr Wesen offenbaren würde? Als Fünfzehnjährige, die losgelöst von der Aura des Olympiers handelte und ihren eigenen Wünschen und Träumen folgte, könnte eventuell in jener Zeit einiges zu Papier gebracht haben, das noch nicht in den Archiven aufgetaucht ist. Nach Briefen müsste man suchen. Oder vielleicht... nach Tagebuchaufzeichnungen.

Der Gedanke lässt mich nicht los. Ich nehme mir vor, gleich nach meiner Rückkehr die mir aus Weimar zugesandten Kopien ihres Nachlasses auf meinem Schreibtisch noch einmal zu durchforsten. Die Suche erübrigt sich, denn ganz obenauf liegt – einladend geöffnet – ein Heft mit einem grauen Pappdeckel. Auf der ersten Seite steht in gedruckten Buchstaben.

HENRIETTE VON EGLOFFSTEIN
WEIMAR 1788

Spielt mir meine Fantasie einen Streich? Oder...? Für nutzlose Grübeleien bin ich viel zu neugierig und beginne, ohne zu zögern, zu lesen.

„Endlich in Weimar!!! Jeden Tag zusammen mit meiner Herzensfreundin Caroline, mit meinem Bruder und der restlichen Familie! Die Einladungen zu Gesellschaften, Bällen, in das Theater und zu Konzerten reißen nicht ab. Meine von der Mama geplante Verlobung mit Vetter Leopold kann ich erst einmal vergessen. Stattdessen darf ich tanzen, tanzen... Darin bin ich schon seit Kindesbeinen Meisterin, was sogar der Herzogin von Bayreuth beim Kinderball auffiel, so daß Ihre Durchlaucht mir eine Vorzugsbehandlung angedeihen ließ und mich mit besonderen Leckereien verwöhnte. Sogar für meine Erzieherin gab sie mir damals einige mit, als sie sah, daß ich etwas Gebäck für sie in meinem Pompadour verschwinden ließ. Auch in Ansbach machte ich mit meinen Tanzkünsten Sensation, denn es fällt mir leicht, mir auch die schwierigsten Schrittfolgen zu merken. Jetzt steht mir das größte Ereignis, die Vorstellung bei Hof, noch bevor. Diese ist nötig, damit ich auch zu den Hofbällen und -redouten eingeladen werde. Außerdem soll ich zunächst einmal an einem kleineren Hof lernen, mich ohne Scheu anmuthig und gefällig zu bewegen, wie meine Mutter mir ans Herz gelegt hat. Der Hof wird bald aus Eisenach, wo er zurzeit weilt, zurückkehren, im Gegensatz zu Goethe, der Hauptattraktion in der Stadt. Alle rätseln, wann er wohl aus Italien zurückkehren wird. Ich hoffe, er kommt im Frühling, damit ich seine Ankunft hier noch erlebe. Ich kannte schon früher einige seiner Gedichte, doch richtig vertraut mit seinem Charakter und seinem Wirken hier in der Stadt wurde ich, als ich neulich bei Frau vom Stein in Kochberg zu Besuch war. Sie zeigte mir ein Porträt von ihm, Bilder, die er gezeichnet hat, las mir Gedichte und Briefe vor, die er an sie gerichtet hat und setzte überhaupt alles daran, daß auch ich ins Schwärmen geriet. Ach, wenn er doch bald zurückkäme! Frau von Göchhausen meint, eine Frau sei schuld daran, daß er Weimar so fluchtartig verlassen habe. Gern hätte ich erfahren, wer seine große Liebe war, doch Madame hüllte sich in Schweigen.

Februar 9te, 1787

Vorwurfsvoll starren mich die weißen Seiten meines Tagebuchs an, doch ich bin einfach nicht zum Schreiben gekommen. Die Ereignisse überschlugen sich. Und jetzt ist die schöne Zeit zu Ende. Ich bin wütend auf meine Mutter und weiß gar nicht, was in sie gefahren ist. Alle bestürmen sie, doch nicht jetzt, bei diesem eiskalten, stürmischen Winterwetter den Heimweg auf den verschneiten Straßen und Wegen zu wagen. Wenn ich sie nach dem Grund für diese Eile frage, schaut sie mich nur durchdringend an und sagt kein Wort. Ich vermute, daß sie mir nicht traut. Sie befürchtet wohl, daß ich mich nicht an unseren Vertrag halte. Sie hat mir nämlich hoch und heilig zugesagt, mich nicht zu einer Heurath mit dem schrecklichen Cousin Leopold zu zwingen, wenn ich ihr verspreche, mich auf keine andere Verbindung mit einem meiner Bewerber einzulassen. Davon gibt es allerdings einige, doch ich habe nicht die geringste Absicht, einen von ihnen zu erhören. Wenn es nach mir ginge, würde ich überhaupt nicht ‚heurathen'.

Nun sitze ich vollkommen isoliert in meiner Zelle, denn niemand hält sich gern in ihr wegen des angeblich hier spukenden kleinen grauen Männchens längere Zeit auf. An den Spuk glaube ich nicht, doch eine Zelle ist es wirklich, denn das alte graue Gemäuer, in dem wir wohnen, war ursprünglich einmal ein Kloster, das in ein Gefängnis umgewandelt wurde, als die Thüringer lutherisch wurden.

Gerade kommt die Zofe mit einer Nachricht von meiner Mutter. Unsere Abreise würde sich wegen der schlechten Wetterverhältnisse um einige Tage verzögern. Also habe ich noch mehr Zeit zum Schreiben als erwartet. Ich werde mir Mühe geben, damit ich meine Berichte Frau Diet, der Leiterin der Pension, die ich bisher besucht habe, und meinen ehemaligen Mitschülerinnen vorlesen kann.

Vorstellung bei Hofe

Das wichtigste Ereignis war natürlich die Audienz bei der herzoglichen Familie. Mit Herzklopfen wartete ich darauf, dass sich endlich die Flügeltür öffnen und mich mit den anderen Besuchern einlassen würde. Im Saal erwartete uns die Herzogin Louise, die mit ihrer hohen schönen Gestalt an einen altertümlichen Silbertisch gelehnt, dastand. Sie hielt die Arme über der Brust gekreuzt und hatte die Augen fortwährend niedergeschlagen. Als die Reihe an mich kam, wurde ich ihr vorgestellt, ohne daß sie das Wort an mich richtete. Sie wirkte auf mich wie eine heilige Madonna voller Majestät und Würde, doch empfand ich die Situation als peinlich. Wie sehr unterschied sie sich doch von der Herzoginmutter! Nach allem Guten, was ich von dieser gehört hatte, stellte ich mir eine wunderschöne liebreizende Frau vor und erschrak heftig, als stattdessen eine – ich verwende jetzt einmal andere Bezeichnungen als die, welche mir in dem Augenblick durch den Kopf gingen, die aber Frau Diet überhaupt nicht gefallen würden – etwas verwachsene winzig kleine Person mit viel zu großem Kopf an der Hand ihres Sohnes, des Herzogs, den Raum betrat. Sie hat die starken, ausgeprägten Züge ihres Oncles Friederich des Zweiten von Preußen, dessen Blick mich einmal in Berlin im Vorbeigaloppieren gestreift hatte, gerade als ich den Vorhang des Kutschenfensters zurückzog. Damals durchfuhr mich ein fürchterlicher Schrecken, so daß es mir schier die Sprache verschlug und ich keinen meiner Angehörigen auf das Spektakel aufmerksam machen konnte. Als ich mich nun im herzoglichen Audienzsaal zu Weimar bückte, um seiner fürstlichen Nichte die Hand zu küssen, verwirrte mich der Blick ihrer großen junonischen Falkenaugen so sehr, daß es mir kaum gelang, die an mich gerichteten Fragen laut und vernehmlich zu beantworten. Für mich war das eine peinliche Angelegenheit, hatte ich doch vorher schon das Aufrufen meines Namens durch die Hofdame von Göchhausen überhört und dadurch eine kleine Verzögerung verursacht. Doch ich spürte vom ersten Augenblick an Anna Amalias besonderes Wohlwollen, das sie mir in der Folge zeigte und von dem ich hoffe, daß es mir immer erhalten bleibt. Zum Herzog fällt mir nichts Besonderes ein, bis auf sein ziemlich häßliches Aussehen. Er war zurückhaltend und schien sich entsetzlich zu langweilen.

Die traurige Geschichte des Herzogs Ernst August Konstantin

Die folgende und viele weitere Geschichten hat mir Frau von Göchhausen, die Mutter der Hofdame, erzählt, der das Haus gehört, in dem wir wohnen. Hinfällig und an beiden Armen gelähmt, kommt sie kaum mehr aus ihrem Zimmer heraus und freut sie sich sehr, wenn ich mich mit einer Handarbeit zu ihr setze. Das tue ich nicht aus Mitleid, denn sie weiß so spannend und interessant zu erzählen, daß es die beste Unterhaltung für mich ist. Sie kennt die frühen Weimarer Verhältnisse, da ihr Vater und ihr Ehemann Weimarer Hofbeamte waren. So hat sie das Drama mit Anna Amalias Ehemann, dem damaligen Prinzen Ernst August Konstantin von ihnen erfahren. Als der Prinz zehn Jahre alt war, verstarb unvermutet sein Vater und er erhielt den

Herzog von Sachsen-Gotha als Vormund. Dieser holte ihn nach Gotha, um ihn vollkommen in seiner Gewalt zu haben. Dort soll man alles darangesetzt haben, die ohnehin schon schwächliche Gesundheit und die Verstandeskräfte des Knaben zu untergraben, um später behaupten zu können, daß er vollkommen unfähig sei zu regieren. Er stand wie ein Staatsgefangener unter strenger Aufsicht, so daß keiner seiner Weimarer Untertanen zu ihm in Verbindung treten konnte. Sein einziger Umgang war der frühere Hofnarr seines Vaters, der ihm treu ergeben war. Da dieser seine Rolle so vortrefflich spielte und man ihn folglich für vollkommen harmlos und ungefährlich hielt, konnte er frei schalten und walten. Seinem jungen Herrn zuliebe lernte er sogar lesen und schreiben, steckte ihm lehrreiche Bücher zu und setzte ihn in den Stand, seine Unterschrift unter wichtige Papiere zu setzen. Das war von Nöthen, da die Weimarer Beamten sein Signum brauchten, um beim Kaiser in Wien vorstellig zu werden und seine Einsetzung in die ihm zustehende Herzogswürde zu erreichen. Kurz nachdem der junge Herzog seinen Einzug in Weimar gehalten und sein Amt angetreten hatte, hielt er bei dem Herzog von Braunschweig und Wolfenbüttel um die Hand seiner Tochter Anna Amalia an. Das war ein Segen für Weimar, sagt man, denn nachdem der arme Ernst August Konstantin bereits drei Jahre später sein Leben endigte, übernahm seine junge Witwe die Regentschaft für den ältesten ihrer beiden Söhne und mit ihr begann die glanzvollste Zeit Weimars.

Merkwürdiger Aberglaube der Weimaraner

Manchmal könnte man allerdings daran zweifeln, daß mit den berühmten Männern, die Anna Amalia in die Stadt holte, Vernunft und Aufklärung ihren Einzug gehalten haben. Die Weimaraner sind nämlich ein ziemlich abergläubisches Völkchen, was nicht nur die niederen Stände betrifft. Das sieht man zum Beispiele daran, dass man selbst in den allerhöchsten Kreisen schaurige Geschichten von einem gewissen grauen Männchen zu berichten weiß. Einige wollen seine schlurfenden Schritte gehört haben, anderen wieder ist es angeblich erschienen und selbst unsere Hauswirthin von Göchhausen, eine sehr gebildete Dame, behauptet, seine unheimliche Anwesenheit gelegentlich zu spüren. Ihre Spukgeschichten finde ich spannend, doch halte ich es für wichtiger, sich mit lebendigen Menschen als mit Geistern zu befassen. Auch will ich mich nicht ängstigen, denn ich vertraue fest darauf, daß Gott in seiner Weisheit verirrten Seelen – wenn es sie denn geben sollte – niemals erlauben würde, uns arme Sterbliche zu quälen. Die aus dem Munde unserer Wirthin stammende Geschichte, eine von all denen, die ein ganzes Buch anfüllen könnten, bringe ich nur deshalb zu Papier, da sie Wichtiges über die Historie Sachsen-Weimars zum Inhalt hat:

Zur Zeit des hochberühmten Bernhard von Weimar bekannte sich die gesamte fürstliche Familie enthousiastisch zu dem damals neuen lutherischen Glauben. Die einzige Ausnahme machte ein Bruder Bernhards, der zwar nicht mehr der alten finsteren Lehre anhing, sich aber ein eigenes Religionssystem zusammengereimt hatte. Priester wollte er nicht anerkennen. Seine fanatischen Anverwandten verlangten von ihm, daß er Kirchenbuße für seinen Irrglauben tun sollte. Da er hartnäckig auf seinem ‚Irrglauben' beharrte, wurde er unter dem Schutz der Dunkelheit mit Gewalt in das Gefängniß geschafft, das man in dem inzwischen aufgelösten Kloster eingerichtet hatte. Seine Brüder billigten es, daß er hier der Rachsucht und der Verhöhnung durch die lutherischen Priester preißgegeben war und äußerst grausam behandelt wurde. Er verfiel in Schwermuth und tiefste Verzweiflung und bald endete er sein trauriges Leben. Da die fanatischen Priester erklärten, er sei vom Teufel besessen gewesen, der ihm den Hals umgedreht habe, gerade in dem Augenblick, als er wieder einmal die ruchlosesten Lästerungen gegen die unfehlbaren Diener Gottes ausgestoßen habe, verweigerte man ihm die Beisetzung in der Fürstengruft. Sein Bruder Bernhard strich mit großer Ruhe das Erbtheil des Verstorbenen ein. Die barbarische Behandlung des Gefangenen ist und bleibt ein dunkler Flecken in dem ruhmvollen Leben des Kriegshelden Bernhard und ich meine, daß man überhaupt den moralischen Werth seines Karakters einmal genauer untersuchen sollte. Man sagt, daß Goethe das getan und in der Folge seinen Plan aufgegeben hat, eine Biographie über ihn zu schreiben.

Das verstehe ich!!!! Daß im Volk in jener finsteren unaufgeklärten Zeit der Wahn entstand, daß der Geist des unseligen Prinzen zum ewigen Umherwandeln verdammt sei, kann ich mir vorstellen. Doch wenn dieses Hirngespinst sich von der Urururahne bis auf die heutige Generation fortgepflanzt hat, muss man den Aberglauben fast für eine erbliche Eigenschaft halten. Das habe ich leider erfahren, nachdem ich der Sache auf den Grund gegangen war. Doch ich darf das für mich allerwichtigste Ereignis nicht übergehen, bevor ich davon berichte.

Im Zauberland Anna Amalias

Was ich gewünscht und erträumt hatte, wurde Wirklichkeit. Des Öfteren war ich bereits in den Kreis der Herzoginmutter geladen worden und hatte dort all die berühmten Männer von Angesicht zu Angesicht gesehen, die man sonst nur aus Büchern kennt. Zwanglos konnte ich mich unter ihnen bewegen und stellte sehr bald fest, daß Wieland, Knebel, Herder und Einsiedel sich wie ganz gewöhnliche Menschen benehmen. Allmählich verlor ich jegliche Scheu vor ihnen und fühlte mich als Jüngste in diesem Kreise, in dem sie als Sterne glänzten, anerkannt und empfand die behaglichste Zutraulichkeit. Besonders Wieland gefiel es, daß ich aus seinen Werken zitieren konnte. Insgeheim dankte ich meiner Tante von Breitenbauch, daß sie mir schon in frühester Jugend den *Oberon* vorlas.

Doch meine größte Bewunderung gilt Anna Amalia. Ich bewundere die Art und Weise, in der sie mit den unterschiedlichsten Menschen umgeht. Sie scheint Jeden bemerkenswert zu finden, so kurios er sich auch verhalten mag. Lob und mitunter auch Tadel verteilt sie in der Hauptsache durch ihre Blicke, sie spricht wenig und wirkt doch elektrisirend auf Jeden in ihrer Nähe. Ihr besonderes Talent scheint es zu sein, bei Anderen Talente zu entdecken und sie zu fördern. So geschah es auch mir. Kaum hatte jemand der Fürstin zugetragen, daß ‚eine Stimme des Wohllauts' in mir wohne, als sie schon den Kammersänger Graves zu mir schickte. Dieser erzählte mir später, daß er eigentlich keinen Einzelunterricht erteile. Ich sollte wahrscheinlich begreifen, was für eine hohe Ehre er mir erwies. Als er dann noch – wie ich später erfuhr – auch der Herzogin gegenüber die Reinheit, den Umfang meiner Stimme und den Eifer lobte, mit dem ich all seine Anweisungen befolgte, fühlte ich mich wahrhaft hochgeehrt. Ich war sehr aufgeregt, als Anna Amalia mich dann zum Vorsingen in ihr Palais einlud. Ich wusste, daß sie nicht nur eine ausgezeichnete Kennerin ist, sondern dass auch ihr eigener Gesang gerühmt wird. Doch mehr noch als ihr Urteil fürchtete ich das ihres Hofstaates. Wie erlöst war ich, als die feinfühlige Fürstin Anweisung gab, daß sich die Anwesenden für die Dauer meines Vortrages entfernen sollten. Sie geleitete mich zum Piano, auf dem Grave bereits die ersten Akkorde zur augenblicklich häufig gesungenen Arie der Cena aus Straumanns *Sonnenjungfrau* anschlug. Anna Amalia redete mir liebevoll zu, streichelte meine Wangen und verschwand dann im Schatten hinter den künstlich verhüllten Kerzen. Während des Singens wich meine anfängliche Zaghaftigkeit und die Musik selbst verscheuchte meine Angst. Mit wachsender Hingabe trug ich den klagenden Gesang vor, der so sehr meinen eigenen Empfindungen entsprach. Kaum war der letzte Ton verhallt, fühlte ich mich von den Armen der Herzogin umschlungen. Es wäre sicher unbescheiden, wenn ich all die lobenden Worte wiederholte, welche sie mir sagte. Es war vielleicht nicht nur mein Gesang, sondern auch das tiefe Gefühl, das in dem Liede zum Ausdruck gelangt. Weckten die Worte am Anfang:

Darf ich nicht zu klagen wagen,
Darf ich Arme jung und schwach …

die Erinnerung an alles Leid, das sie als junge Frau erfahren hatte? Und was berührte ihre Seele im Innersten, als die letzte Strophe endete:

Aber dieses Herz verwahren,
ach das kann, das kann *ich nicht.*

Durch dieses Erlebniß empfand ich eine tiefe Verbundenheit mit der theuren Fürstin und ging noch wie auf Wolken, als ich Frau von Göchhausens altes Gemäuer betrat. In meiner Klause mußte ich mich ohne den Beistand meiner Jungfer der höfischen Kleider entledigen, denn diese hatte von allen im Hause die größte Angst vor dem grauen kopflosen Männchen, das besonders in meinen Zimmern sein Unwesen treiben sollte. Erschöpft und glücklich gedachte ich mich am Ende dieses ereignisreichen Tages auf meinen wohlverdienten Lorbeeren auszuruhen und ließ mich in mein Bett fallen.

Des Rätsels Lösung

Ich ruhte wie in Abrahams Schoße und wiegte mich in den seeligsten Träumen, als ich durch ein grausiges Wehklagen vermischt mit dem Klirren von Ketten und schaurigem Brummen geweckt wurde. In tödlichem Schrecken wartete ich auf den fürchterlichen Geist, dessen Existenz ich – wie es mir jetzt schien – so überheblich geleugnet hatte. Mein Herz raste und der Angstschweiß floß mir von Stirn und Wangen. Angestrengt starrte ich in die Dunkelheit, konnte jedoch nichts Verdächtiges erblicken. Allmählich verstummten die entsetzlichen Laute, nur ab und zu wurde die eingetretene Stille durch das Rasseln von Ketten unterbrochen. Noch lange sann ich über die Ursache des Gehörten nach. Wollte mir jemand einen Streich spielen? Die Hausbewohner ängstigten sich zu sehr vor dem Hauskobold als daß sie dergleichen gewagt hätten. Durch ruhiges Nachdenken kam ich zu dem Schluß, daß es sich um irgendeine körperliche, nicht um eine geistige Erscheinung gehandelt haben müsse. Als dann der erste heitere Sonnenstrahl durch das Fenster drang, faßte ich den mutigen Beschluß, der nächtlichen Ruhestörung auf den Grund zu gehen. Da sich in meiner Kammer nichts Verdächtiges ausmachen ließ, war es nötig, einen Blick aus dem Fenster zu werfen. Doch das war ein schwieriges Unterfangen, da dessen unterer Teil zugemauert war und sich folglich die Nothwendigkeit ergab, einen Tisch heran zu schieben. Als auch der nicht reichte, türmte ich noch einen Stuhl darauf und konnte nun die Außenwelt in Augenschein nehmen. Ich brauchte nicht lange zu suchen, bis ich die Lösung des Rätsels fand. Mein Fenster gab den Blick auf das benachbarte Gebäude frei und das war... ein Zuchthaus. Es war kein angenehmer Gedanke, daß hinter den vergitterten Stäben unseelige Menschen ihr Leben fristen. Als sie jetzt wieder mit ihren Ketten klirrten und brummende Laute ausstießen, empfand ich nur Mitleid. Es hörte sich immer noch schauerlich an, doch ich war erlöst, daß es sich nicht um Geister handelte.

Voller Stolz meinte ich nun den Schlüssel in der Hand zu haben, den kursierenden Aberglauben ein für allemal zu beseitigen und der Vernunft zum Siege zu verhelfen. Voller Triumph lief ich zu Frau von Göchhausen, um ihr meine Entdeckung mitzutheilen. Doch mußte ich einsehen, daß dieses nur bedeutete, Eulen nach Athen zu tragen. Meine Entdeckung war für sie nichts Neues und dennoch hielt sie hartnäckig an ihrem einmal gefaßten Glauben fest. In ihrer Vorstellung gehört der kleine Kobold offensichtlich zu den sorgfältig gehegten Besitzthümern ihres Hauses, von denen sie sich niemals trennen würde.

Vorbereitungen zum Maskenfest

Das wichtigste und größte Weimarer Hoffest in diesem Jahre war der Maskenball zu Ehren der Herzogin Louise, die am 30. Januar ihren Geburtstag feiert. Es ist eine große Ehre, hierzu geladen zu werden und zudem noch eine Rolle zugewiesen zu bekommen. Ich durfte als eine der Musen mit acht weiteren Mädchen unter der Leitung Apolls – in Gestalt des Herrn von Einsiedel – teilnehmen. Mir hatte man wegen meiner Größe die Rolle der Melpomene, der Muse des tragischen Spiels, zugeteilt. Natürlich wollte ich dabei eine gute Figur machen und stürzte mich eifrig in die Vorbereitungen. Wie hätte ich das nur ohne unsere hilfreiche Wirthin bewerkstelligen sollen? Sie erklärte sich bereit, mit mir an einem besonders hellen Morgen – eine andere Zeit kam wegen des Hauskobolds nicht in Frage – die entsprechende Vorrathskammer mit allen möglichen Utensilien für Maskeraden auf dem Boden zu inspiziren. Das kopflose Männchen musste dort fürchterlich gewütet haben, denn aller Krimskrams lag in einem wirren Durcheinander außerhalb der Koffer und Schränke. Mir schien es so, als seien hier die glänzenden Reichthümer beider Indien aufgehäuft worden, Doch mir blieb nur wenig Zeit alle beliebIichen Sachen zusammen zu raffen, denn meine furchtsame Gönnerin trieb mich zu äußerster Eile an. In ihrem Zimmer begann ich, mein Kostüm anzufertigen. Dieses erhielt dann auch wegen seiner angemessenen klassischen Schlichtheit höchstes Lob durch die Herzoginmutter, in deren Palais wir uns vor dem Beginn des Balls eingefunden hatten, um unsere Kostüme anzuziehen. Das Gekicher und Getuschel bei der gegenseitigen Begutachtung unserer Kostüme und der einiger anderer geladener Gäste nahm kein Ende. Herr von Einsiedel geriet in äußerste Verzückung über seine neunfache weibliche Gefolgschaft und scharwenzelte von einer Muse zur anderen, um ihr mit seinen Komplimenten zu huldigen. Ich wagte nicht, meine Blicke zu den Begleiterinnen zu erheben aus Furcht, über den Anblick unseres Musenführers in schallendes Gelächter auszubrechen. Oh hätte er doch ein klassisches wallendes Gewand angezogen! Das hätte seine corpulente Gestalt gnädig verhüllen können, stattdessen hatte er sein Bäuchlein, pardon, seinen Embonpoint, und alles Übrige in eine eng anliegende atlaßne Hose nebst Beinkleidern gezwängt. Dazu trug er eine honiggelbe Perücke mit wallenden Locken, die so gar nicht zu seiner rötlich-braunen Gesichtsfarbe, seinen buschigen schwarzen Augenbrauen und seiner stumpfen Nase passen wollten. Seine jugendliche Maske hatte er nämlich noch nicht angelegt. Unter der Führung dieser ridiculen Gestalt begaben wir uns aus dem Palais in das Schauspielhaus in Erwartung unseres großen Auftritts. Doch plötzlich geriet unsere kleine Prozession ins Stocken, da unser Apoll sich nicht von der Stelle bewegte. Hastig fuhr er immer wieder an seinen Hosenbeinen entlang, offensichtlich an der Stelle, wo sich sonst seine Hosentaschen befanden, auf der Suche nach irgendeinem Gegenstand. Zur Beruhigung nahm er nun auch noch eine Prise Schnupftabak. Auf unser Befragen gestand er uns den Grund seiner Unruhe. Das Band, auf welches das von ihm selbst eigens für die Geburtstagskönigin verfaßte Gedicht gedruckt stand, war unauffindbar. Dessen Überreichung an die Herzogin sollte der Hauptbestandtheil unseres Auftritts sein. Für ihn eine peinliche Situation, doch für uns Mädchen eine Heidenspaß! Wir drehten unseren bedauernswerthen Apoll von einer Seite auf die andere auf der Suche nach einem möglichen Versteck des Kunstwerks. Den Protest des Olympiers: ‚Halten zu Gnaden! Halten zu Gnaden!' übertönten wir durch unsere Zurufe: ‚Vielleicht hinten im Hosenboden?' ‚Oder links unter dem Rock?'...

Doch endlich wurde das grausame Spiel durch einen herannahenden Diener beendet, der seinem Herrn das flatternde Band entgegen streckte und ihn damit aus seiner peinlichen Lage befreite. Ohne einen Befehl abzuwarten, war dieser verständige Mann zurück in das Palais geeilt und dort sogleich fündig geworden. So konnte sich der Zug der Musen endlich in Bewegung setzen und in der gebothenen Würde den Saal betreten, nun mit einem maskierten jugendlichen Olympier an der Spitze, der unter allgemeinem Beifall seine Huldigungen darbrachte.

An diesem Abend habe ich wieder ein Paar Schuhsohlen durchgetanzt. An Tänzern fehlte es mir nicht, worauf meine Mutter einerseits stolz war, was sie jedoch andererseits wieder stark beunruhigte.

Ich weiß nicht, ob sie meine Gedanken am Ende dieses Abends eher besänftigen oder noch mehr aufregen würden. Die eindrucksvollste Gestalt an jenem denkwürdigen Abend war für mich nämlich die Schauspielerin Corinna Schröter. Unter allen Anwesenden fiel sie durch ihre Schönheit und ihre hohe schlanke Gestalt auf. Sie bewegte sich, da sie ja auch mit ihren sechsunddreißig Jahren schon älter ist, etwas steif, als ob sie auf der Bühne stünde. Doch sie wirkte auf mich sehr stolz und war der Mittelpunkt inmitten ihrer Bewunderer, was schon einmal das thörigte Vorurtheil gegen ‚alte Jungfern' widerlegt. Ich hatte schon vorher viel über ihren edlen Charakter gehört und es gefiel mir, daß sie sich frei von allen Fesseln gehalten hat. Eine Frau, die Talent hat, muss nicht verheurathet sein, um Ansehen in der Gesellschaft zu genießen. Oh, gäbe es doch nur viele Corinnen! Sie ist mein Ideal!

Nun, da ich mein Paradies verlassen muss, denke ich auch daran, daß ich in Weimar so viele kluge und gebildete Mädchen und Frauen getroffen habe. Sie sind den Männern weit überlegen, wenn man einmal von den bekannten Geistesgrößen absieht.

Wenn ich an Erlangen denke, komme ich mir vor wie eine Schiffbrüchige, die auf eine unfruchtbare Insel zwischen Wilde geworfen wird, die meine Sprache nicht verstehen und des Lesens und Schreibens kaum kundig sind."

Überlistet

„Liebe Frau Baronin von Beaulieu-Marconnay, ich bin erfreut, dass Sie mir durch Ihr Erscheinen hier in meinem Arbeitszimmer Ihre Bereitschaft signalisieren, unser Gespräch fortzusetzen. Wie Sie sehen, steht auch bei mir eine Kanne Tee bereit, sodass ich mich gehörig revanchieren kann. Inzwischen sind mir durch einen glücklichen Zufall einige Blätter gleichsam zugeflattert, in denen Sie als Jugendliche über Ihren ersten Aufenthalt in Weimar berichten."

„Tatsächlich? Als ich im Alter von sechzig Jahren begann, meine Lebenserinnerungen zu schreiben, habe ich vergeblich nach diesen Aufzeichnungen gesucht. Doch wie ich Ihnen schon erzählt habe, liegt alles detailgetreu in meinem Gedächtnis gespeichert."

„Dann ist Ihnen sicher die Szene gegenwärtig, in der Sie der Herzoginmutter innerlich tief bewegt die *Arie der Cora* vorsingen. Ich denke vor allem an den Schluss."

„Mein Herz bewahren
Das kann ich nicht…

Niemals werde ich diese denkwürdige Episode vergessen."

„Ich stelle einmal den Kontext innerhalb der Oper *Die Sonnenkönigin* her, in der Cora die Hauptheldin ist."

„Dieses Stück war seinerzeit sehr populär und es wurde auch im Weimarer Theater gegeben."

„Also hier der Kontext: Cora ist durch ihre Eltern einem Bewerber versprochen, hat sich jedoch in einen plötzlich auftauchenden Fremdling verliebt. Sie erwähnen in Ihren Aufzeichnungen, dass die Ähnlichkeit dieser Situation mit ihrer eigenen einen besonders innigen Vortrag bewirkt hat. Wie ist das zu verstehen?"

„Sie sind ja reichlich neugierig. Was meine Herzensangelegenheiten betrifft, muss ich Ihnen nicht unbedingt Auskunft geben. Doch da es da eigentlich gar nichts zu verbergen gibt, will ich es trotzdem tun. Ich lernte in Weimar durch das rege gesellschaftliche Leben viele junge Herren kennen, von denen mir einige Avancen machten. Mir gefiel die Vorstellung, irgendwann einmal *frei* unter ihnen wählen zu können. Erst später erfuhr ich von meinem Bruder Gottlieb, dass einer von ihnen, ein gewisser Herr von Wolfskehl, ernstere Absichten hegte und sich dementsprechend ihm gegenüber geäußert hatte. Vielleicht war auch von meiner Seite etwas Liebe im Spiel, doch dachte ich nicht an eine feste Bindung. Ich genoss meine mir ganz neue Freiheit und wollte sie mir erhalten. Doch meine Mutter hatte andere Pläne, wie Sie sicher schon meinen Tagebuchblättern entnommen haben."

„Allerdings. Wieso war ihre Mutter so besessen von der Idee einer Heirat mit Ihrem Cousin?"

„Das ist eine lange Geschichte und ich kann kaum erwarten, dass Sie so viel Geduld aufbringen werden, sie anzuhören."

„Doch, ganz gewiss, zumal ich Ihnen mein Mitgefühl nicht versagen kann und das Ende doch zeigt, dass es letzten Endes auf eine Katastrophe hinausläuft."

„So ist es. Ich habe bereits den General erwähnt, der innerhalb der weit verbreiteten Familie derer von Egloffstein einen großen Einfluss besaß. Er hatte sich zum Ziel gesetzt, die beiden Zweige des Geschlechts, den fränkischen und den preußischen, wieder zu vereinen. Er selbst hatte unter dem preußischen Friedrich große Verdienste erworben und als Lohn dafür das Majorat Arklitten in Ostpreußen erhalten. Den Sohn seines Bruders, den besagten Cousin Leopold, setzte er als Erben ein, da er selbst kinderlos war. Der General ließ sein einfaches Gutshaus zu einem prächtigen Barockschloss umbauen und nährte den Gedanken daran, dass dort einmal Abkommen beider Familienzweige vereint miteinander leben würden. Es ist nicht auszuschließen, dass er mich schon als Säugling als Repräsentantin der fränkischen Linie auserkoren hat. Jedenfalls bestand er darauf, dass der siebenjährige Leopold mich als Pate über das Taufbecken hielt und dass ich in Erinnerung an seine verstorbene Frau den Namen Henriette erhielt. Ich habe mich niemals mit dieser Namenswahl anfreunden können und lasse mich deshalb von meinen Freunden gern Jette nennen. Wie ich später von Freunden erfuhr, war mein Vater mit keiner der Anordnungen des Familienoberhaupts einverstanden, wagte jedoch keinen Widerspruch. Wie einige andere, die mit dem verwöhnten Knaben Leopold zu tun hatten, hegte er Bedenken bezüglich der Lauterkeit seines Charakters."

„Vielleicht handelte es sich bei dem kleinen Stepke nur um eine vorübergehende Phase der Entwicklung."

„Die dann jedoch reichlich lange angehalten hat. Meine Mutter zumindest hatte keinerlei Bedenken. Sie gab dem General sehr frühzeitig das Versprechen, mit aller Kraft auf eine Verlobung hinzuwirken. Zwar kamen die beiden überein, mich nicht gegen meinen Willen in eine Ehe zu zwingen, doch war meine Mutter offensichtlich entschlossen, jede erdenkliche List anzuwenden. Jedenfalls traf bald nach meiner Rückkunft aus Weimar ein Bildnis Leopolds ein, den ich niemals von Angesicht zu Angesicht gesehen hatte, wenn man einmal von den ersten Eindrücken des Säuglings absieht. Auch meine Mutter war ihm damals das erste und einzige Mal begegnet."

„Oh, ich denke, dass ich die Fortsetzung Ihres ‚Romans' kenne, eine reizende Geschichte."

„Wer, bitte, hat da aus dem Nähkästchen geplaudert? Reizend finden Sie das?"

„Ja. Es ist doch eine verzeihliche kleine List, mit der man Sie zur Aufgabe

Ihrer beharrlichen Ablehnung eines künftigen Eheglücks brachte, an das man doch damals noch glaubte."

„Aha, jetzt ahne ich, woher Sie Ihr vermeintliches Wissen bezogen haben. Bestimmt haben Sie die *Erinnerungen an meine dritte Schweizerreise* der Sophie de la Roche gelesen. Diese Dame haben mein Mann und ich auf unserer Reise nach Italien in Genf getroffen. Leopold war ohnehin – wie ich wohl sagen kann, zu meinem Leidwesen – darauf aus, allen möglichen Celebritäten auf unserem Weg seine Aufwartung zu machen. Doch dem Besuch bei der von mir hochgeschätzten und eifrig gelesenen Schriftstellerin fieberte auch ich entgegen, da ich einige ihrer Werke, besonders ihre Schriften für junge Mädchen, kannte. Ihr würdiges äußeres Auftreten und die ihrem vorgerückten Alter angemessene geschmackvolle Kleidung nahmen mich für sie ein, jedoch empfand ich es als störend, dass Ihre harten, scharfen Gesichtszüge alle Zartheit und Weichheit die doch eigentlich zum Stil ihres Schreibens gepasst hätten, vermissen ließen. Sie begann sogleich, mich über mein bisheriges Leben in allen Einzelheiten zu befragen, doch ihr Interesse erlosch sofort, als ihr Herr von Stollberg gemeldet wurde. Nahezu ekstatisch begrüßte sie ihren ‚Bruder in Apoll', wie sie ihn titulierte, und wollte ihn gar nicht aus ihrer Umarmung entlassen. Ich war sofort abgemeldet. Das Resultat unserer vorzeitig unterbrochenen Unterhaltung konnte ich später in vollkommen entstellter Form in ihrem Reisebericht nachlesen, durch den ich mich kompromittiert fühlte."

„Was hat Sie an der harmlosen kleinen Anekdote so sehr empört?"

„Sie entsprach absolut nicht den wahren Ereignissen. Doch es würde zu weit führen, Ihnen diese im Detail wiederzugeben, zumal das alles schon so lange her ist."

„Dennoch sind diese für sie noch sehr gegenwärtig und der Gedanke an sie erzürnt Sie auch heute noch. Ich fasse einmal verkürzt zusammen, was ich von der Anekdote in Erinnerung habe, oder soll ich das lieber Ihnen überlassen?"

„Ich bitte darum. Also die Dame de la Roche stellt den Sachverhalt folgendermaßen dar:

Sie habe meinen Ehemann und mich kennengelernt und von mir erfahren, wie unsere Ehe zu Stande gekommen sei. Demnach soll ich im Zimmer meines Bruders Gottlieb ein auf dem Tische liegendes Porträt eines jungen Mannes entdeckt haben, von dem ich nicht wusste, dass er mir von der lieben Mutter und dem gütigen Onkel als Zukünftiger zugedacht war. Die Frage meines Bruders, ob mir der Mann gefiele, habe ich bejaht und schon habe sich die Tür aufgetan und dieser sei leibhaftig vor mich hingetreten. Wir schauten einander an und schon sei aller Widerstand, den ich bisher gegen eine mögliche Heirat gehegt hatte, gebrochen."

„Und wie verhielt es sich nun wirklich?"

„Wie gesagt, dazu muss ich etwas weiter ausholen. Als ich aus Weimar nach Erlangen zurückgekehrt war, verbreitete sich sehr schnell die Kunde von der wundersamen Veränderung, die sich an mir während meiner achtmonatigen Abwesenheit vollzogen hatte. Man lobte mich dafür, dass ich jetzt damenhaft und kultiviert wirke. Irgendjemand verglich mich mit dem heimgekehrten Bären aus Gellerts Fabel und der Ruf ‚Petz ist wieder da, aber so humanisiert, dass er nicht wiederzuerkennen ist', lief durch die Stadt."

„Ein passender Vergleich für eine begeisterte Tänzerin wie Sie. Doch erweckte der Tanzbär der Fabel einige Zeit nach seiner Rückkehr nicht den Neid seiner Artgenossen, denen es nicht gelang, das erworbene Talent nachzuahmen?"

„Ja, er wurde von ihnen aus dem Wald vertrieben. Der Grund dafür war jedoch seine Prahlerei, zu der ich zumindest keine Veranlagung besaß. Ich hätte sie auch gar nicht anwenden müssen, denn auch die Markgräfin hörte den Ruf vom Petz und in ihrer Neugier lud sie mich noch für denselben Abend ein, bei Hofe zu erscheinen. Während ich noch im Hause meines Bruders, wo ich während der Abwesenheit meiner Mutter wohnte, mit meiner Toilette beschäftigt war, meldete man mir den Besuch der Markgräfin höchstpersönlich mit ihrem gesamten Hofstaat. In diesem halbfertigen Zustand eilte ich ihr entgegen, führte sie in das Empfangszimmer, machte Konversation und ließ die Gesellschaft bewirten. Die Art und Weise, in der ich diese Situation gemeistert hatte, nahm die Markgräfin für mich ein und sie überschüttete mich mit Lob. Von diesem Abend an musste ich täglich an ihrem Hof erscheinen.

Die besondere Beachtung, die mir die Markgräfin schenkte, mag mit dazu beigetragen haben, dass der junge Herr von Pöllnitz aus ihrem Gefolge mich auf zunehmend lästige Weise mit seinen Aufmerksamkeiten und Komplimenten verfolgte. Diese waren mir umso unangenehmer, da mir sein auf mich abstoßend wirkendes Äußeres, gepaart mit einer unangenehmen Selbstgefälligkeit und dementsprechend arrogantem Auftreten, äußerst zuwider waren. Doch der junge Mann schien meine Abneigung, die ich ihm deutlich zeigte, gar nicht zu bemerken. Bald erging durch seinen Vater, den Justizpräsidenten und Amtshauptmann von Erlangen, eine Einladung an meine Mutter und mich. Meine Mutter setzte sich über mein flehentliches Bitten, sie nicht dorthin begleiten zu müssen, hinweg. Sie wollte diesen einflussreichen Mann nicht vor den Kopf stoßen und hielt meine Befürchtung, das alles könne auf eine Brautwerbung hinauslaufen, für eine mädchenhafte Grille. Doch ich hatte mich nicht geirrt. Trotz des Empfanges, der einer königlichen Prinzessin alle Ehre gemacht hätte – Einholung mit einer achtspännigen Kutsche, prunkvolles Geleit, Böllerschüsse vom Söller der Burg und Weiteres – blieb ich unbeeindruckt. Auch die Überredungskünste der Mutter von Pöllnitz und ihrer Tochter blieben erfolglos. Als der alte liebenswerte Burgherr für seinen Sohn um meine Hand anhielt, kam meine arme Mutter in arge Bedrängnis und bat sich Bedenkzeit aus. Sie verbrachte eine schlaflose Nacht, denn der alte Herr hatte einen Köder ausgelegt. Er hatte nämlich versprochen, sich dafür zu verwenden, dass mein Bruder Christian in wenigen Jahren seine Nachfolge antrete. Ich rechne es meinem lieben Brüderchen hoch an, dass es später erklärte, ein solches Opfer könne es von mir nicht verlangen, ich habe etwas Besseres verdient."

„Sehr nobel von ihm. Seine Äußerung bestätigt Ihre Vorbehalte gegenüber dem Sohn. Dass sie auch gegenüber dem Vater wegen der Verquickung der Interessen angebracht waren, steht auf einem anderen Blatt. Man darf gespannt sein, wie sich ihre Mutter aus der Affäre zog."

„Sie können sich sicher vorstellen, dass sie eine schlaflose Nacht verbrachte. Am nächsten Morgen präsentierte die kluge Frau folgende Lösung: Sie wolle dem Präsidenten von dem Versprechen erzählen, dass sie dem General gegeben habe. Man solle mir die Entscheidung zwischen beiden Kandidaten überlassen, doch erst, nachdem ich meinen Cousin Leopold kennen gelernt hätte. Letzteres musste ich dem Präsidenten vortragen. So verblieb man dann."

„Aus Ihrer Sicht durften Sie also zwischen Teufel und Beelzebub wählen."

„So etwa habe ich es damals empfunden. Schon einige Zeit vor meiner Abreise war in Erlangen das besagte Bildnis Leopolds eingetroffen. Es lag also nicht im Zimmer meines Bruders, wie Madame de la Roche behauptet hatte, sondern es war mir in einer verschlossenen Schatulle mit dem Hinweis auf deren Inhalt ausgehändigt worden. Ich hatte mich bisher hartnäckig geweigert, diese zu öffnen. Nach dem unerfreulichen Erlebnis auf dem Schloss Frankenberg bestand ich darauf, meine Mutter nicht bei ihrem Besuch unserer Güter zu begleiten, sondern nach Erlangen zurückzukehren. Ich hatte richtig gehandelt, denn dort hatte das von dem jungen Pöllnitz ausgestreute Gerücht meiner bevorstehenden Verlobung mit ihm bereits die Runde gemacht. Durch mein Erscheinen gelang es mir, die Leute vom Gegenteil zu überzeugen und – was den jungen Pöllnitz betraf, meinte ich bei den Leuten sogar eine gewisse Schadenfreude zu bemerken, sogar bei der Markgräfin.

Zum ersten Mal erwachte in mir die Hoffnung, dass der Vetter aus Preußen vielleicht nicht so grauslich sein könnte wie sein Ruf. Nun endlich entschloss ich mich, die Schatulle zu öffnen und das Bild zu betrachten – welch angenehme Überraschung! Ich beantwortete das Lächeln auf dem Antlitz Leopolds ebenfalls mit einem Lächeln und die Prüfung des sonstigen Aussehens zeitigte ein positives Resultat. Es stach so auffallend von dem des unansehnlichen Herrn von Pöllnitz ab, dass ich zum ersten Mal die Möglichkeit einer Verlobung mit Leopold in Erwägung zog. Sollte er mir nicht gefallen, könnte man ihn immer noch nach Preußen zurückschicken. Die Anspannung der letzten Wochen fiel von mir ab und ich fühlte mich leicht und frei. Fröhlich eilte ich die Treppe hinunter und wäre fast über einige Kisten gestolpert, die auf der Diele standen. Die seien aus Straßburg für mich angelangt, erklärte mir eine alte Dienerin meiner Mutter. Aus Straßburg? Mir fiel es wie Schuppen von den Augen. Es musste sich um einen corbeille de noces handeln."

„Bitte klären Sie mich auf! Corbeille de noces, ist das nicht ein kleines

Körbchen für den Hochzeitsschmuck der Braut? Um was für einen Riesenkorb mit verborgenen Schätzen handelte es sich denn? Befand sich in den Kisten der Inhalt für ihn? Oder eine Art Mitgift?"

„Jawohl. Die gesamte Aussteuer für die Braut."

„Ich verstehe. Bett- und Tischwäsche, Gläser, Bestecke."

„Oh nein, das hätte mich nicht in ein derartiges Entzücken versetzt. Ich wusste bereits von meiner Schwägerin Caroline, die auch einen solchen corbeille vor ihrer Hochzeit erhalten hatte, welche Kostbarkeiten mich erwarten würden, und kurz entschlossen öffnete ich die Kisten, ohne die Erlaubnis meiner Mutter abzuwarten. Trunken vor Freude stand ich vor den zauberhaften Hüten, Krägelchen, Schals, Mützen, Federn, Blumen und Mantillen. In einem regelrechten Rausch probierte ich alles an und starrte verwundert auf das fremde elegante Wesen, das mir aus dem Spiegel entgegenblickte. Ich verhielt mich wie ein Kind, das sich an einem neuen glänzenden Spielzeug ergötzt. Und ich *war* im Grunde noch ein Kind. Ein kindliches Gefühl der Dankbarkeit gegen meine Mutter durchströmte mich, die mich freigebig mit so herrlichen Geschenken bedachte und doch selbst sehr anspruchslos war. In Zukunft wollte ich mich gehorsamer gegen sie zeigen und ihr keine schlaflosen Nächte mehr bereiten."

„Ich stelle fest: Die Meisterin Petz war in die Falle gelaufen. Damit war also die Entscheidung gefallen?"

„Es war kein bewusster Entschluss, wie ihn eine erwachsene Person gefasst hätte. Indem ich es Ihnen erzählt habe, denke ich wieder daran, wie unreif und wenig schonend ich mich in jugendlichem Übermut dem jungen Herrn von Pöllnitz gegenüber verhalten habe. Ich hatte einfach noch nicht gelernt, wie man ihn auf eine taktvollere und zartfühlendere Art hätte zurecht- und zurückzuweisen können. Ich hoffe, dass er mir die ihm zugefügten Kränkungen vergeben haben wird, wenn wir uns vielleicht später einmal auf einem anderen Stern wiederbegegnen sollten. Er hat übrigens bald darauf doch noch eine Gattin gefunden, die ihn leidenschaftlich liebte. Ich dagegen habe oft darüber nachgedacht, ob all die Leiden, die ich später zu ertragen hatte, womöglich eine gerechte Strafe für meine unchristliche Gesinnung gegen ihn gewesen sind."

„Diese Leiden, die ich nur erahnen kann, dürften meines Erachtens andere Ursachen gehabt haben."

„Es freut mich, dass Sie mich von diesen Selbstvorwürfen befreien wollen. Man versuchte zielstrebig, mir durch lauter elende listige Schachzüge einen Entschluss abzuzwingen. Über dessen Bedeutung für mein zukünftiges Leben sprach niemand mit mir. Selbst meine beste Freundin redete mir zu, da sie die heftigen Auseinandersetzungen mit meiner Mutter fürchtete. Diese suchte immer den Anschein zu erwecken oder vielleicht gab sie sich sogar selbst der trügerischen Vorstellung hin, dass ich frei in meiner Entscheidung sei. So dachte sie sich die merkwürdigsten Unternehmungen aus."

„Ich bin auf alles gefasst."

„Ich bezweifle, ob Ihre Fantasie ausreicht."

„Vielleicht mussten Sie in den Ort reisen, in dem sich ihre Mutter gerade aufhielt. Dort wurden Sie dem auf Befehl des Generals anreisenden Neffen als deren Gesellschafterin vorgestellt und hatten die Möglichkeit, sich ein Bild von ihm zu machen?"

„Ich vermute, Sie sind eine eifrige Romanleserin. Meine Mutter kannte offensichtlich auch einige. Allerdings fasste sie einen Plan, der für mich wesentlich unkomfortabler und demütigender war, als er jemals in dieser süßlichen Literatur geschildert worden sein dürfte. In einem ersten Schritt wollte sie den Neffen, den sie zuletzt als Siebenjährigen gesehen hatte, ohne mein Beisein allein begutachten. Er sollte zu ihr nach Blankenfels reisen, wo sie sich zu der Zeit gerade aufhielt. Dort wollte sie ihn einer kurzen Begutachtung unterziehen. Sollte sie ihn für einen geeigneten Kandidaten halten, dürfte er sie nach Kunreuth zum bevorstehenden Geschlechtstag, unserem in mehrjährigen Abständen erfolgenden Familientreffen, begleiten, andernfalls wolle sie ihn unter irgendeinem Vorwande verabschieden. Meinen Einwand, dass sie nach so kurzer Zeit kein angemessenes Urteil fällen könne, ließ sie nicht gelten. Auch heute würde ich behaupten, dass selbst der scharfsichtigste Psychologe dazu nicht in der Lage wäre, schon gar nicht meine Mutter. Sie hatte ein gutes Herz und einen edlen, aufrichtigen Charakter. Gleiches setzte sie auch bei anderen Menschen voraus. Bei allen großartigen Talenten und Tugenden, durch die sie sich auszeichnete, mangelte es ihr an Menschenkenntnis, da sie zu vertrauensselig war, Täuschungen und Betrügereien zu durchschauen. So war also bereits das positive Resultat des ersten Schritts ihres Planes, nämlich die Prüfung des Kandidaten, vorherzusehen.

Weitaus schlimmer und demütigender war der zweite Schritt. Ich nehme an, meine Mutter wollte den möglichen Vorwurf entkräften, sie habe die Hand ihrer Tochter einem Mann versprochen, den diese niemals vorher zu Gesicht bekommen hatte. Also musste sie so schnell wie möglich ein Treffen zwischen den beiden jungen Leuten arrangieren. So erreichte mich einen Abend vor ihrem Eintreffen in Kunreuth die Ordre, ich habe mich in Begleitung einer vertrauenswürdigen Dame in das Dörfchen Wiesenthau zu begeben und dort auf das Eintreffen ihrer Postkutsche zu warten. Sie wolle mich als Fräulein von Wiesenthau anreden und dann den Eindruck beobachten, den Leopold und ich aufeinander machten. Ich weiß bis heute nicht, ob sie gehofft hatte, dass ich in meinem noch recht kindischen Gemüt Gefallen an solch einem abgeschmackten Scherz finden würde. Sie hatte sich getäuscht. Ich gefiel mir nicht in der Rolle einer Romanheldin, zumal ich bei meinem Eintreffen in Wiesenthau feststellen musste, dass der Dorfplatz nicht die geeignete Kulisse für eine romantische Begegnung bot. Er war der Versammlungsplatz der Schweine und Gänse des Ortes, in deren Mitte ich in meiner eleganten Robe gleichsam die Obergans war. Mehrere Stunden harrten wir auf diesem schmutzigsten Winkel der Erde aus, bis mir trotz allen guten Zuredens meiner Begleiterin – übrigens der Stiefgroßmutter des späteren Weimarer Kanzlers von Müller – der mühsam fortgesponnene Geduldsfaden riss. Ich gab Weisung, im Schein des inzwischen aufgegangenen Mondes die Rückfahrt anzutreten. Das war wegen der holprigen Wege ein ziemlich gefährliches Unterfangen. Am liebsten wäre ich in den Erdboden versunken, als ich mich bei der Rückkehr auf die Burg den forschenden Blicken der versammelten Familie ausgesetzt fühlte. Nicht nur ihre Neugier, sondern auch ihr Hunger blieb ungestillt, denn man hatte die Ankunft meiner Mutter und des ‚Bräutigams Lissabon', wie Leopold in der Familie scherzhaft genannt wurde, abwarten wollen, bevor man mit der Mahlzeit begann.

Der Egloffsteiner Geschlechtstag 1811, Julie von Egloffstein, Bleistift 330x 468mm, Privatbesitz

Erstes Kennenlernen?

Gerade wollte man sich nun endlich zu mitternächtlicher Stunde an die Abendtafel begeben, als das Posthorn vom Hof her ertönte und die Gäste mit knurrendem Magen zum Empfang der Verspäteten hinauseilten. Nur Caroline und ich blieben am oberen Treppenabsatz stehen. Im fahlen Mondlicht huschte eine dunkle Gestalt auf mich zu, griff mich fest am Arm und zog mich wortlos durch die offen stehende Tür einer finsteren Kammer. Es war meine Mutter, die sofort wieder verschwand und mich in Verwirrung und Ungewissheit zurückließ. Doch kehrte sie in kürzester Zeit an der Hand eines hochgewachsenen Mannes wieder zurück. Bei seinem Anblick überfiel mich die Ahndung meines künftigen Geschicks und mir stürzten die Tränen aus den Augen. Ich schlug beide Hände vor das Gesicht und hörte zum ersten Mal Leopolds schnarrende Stimme: ‚Gelten diese Tränen mir, schöne Cousine?' ‚Alles Verstellung', dachte ich voller Widerwillen, ‚bei dieser Finsternis hat er mich doch gar nicht sehen können.'

In dem Augenblick zog meine Mutter gewaltsam die Hände von meinem Gesicht und drehte es in Richtung auf das einzige trübe flackernde Licht. Ob das den gewünschten Effekt bei dem Betrachter bewirkt hat, mag dahingestellt bleiben. Zumindest konnte die Urheberin dieser grässlichen

Komödie befriedigt sein, denn die zukünftigen Brautleute hatten einander ‚kennengelernt' und konnten sich nun – wie sie es vorgesehen hatte – Arm in Arm den im Saal versammelten Gästen präsentieren. Verlegen und zutiefst gekränkt durfte ich mich danach gemeinsam mit meiner Mutter in unsere Gemächer zurückziehen. Ich hatte vergessen zu erwähnen, dass meine Mutter extrem heiser und unpässlich war. Daher rührte ihr gespenstisch anmutendes stummes Auftreten in der Kammer."

„Ich danke ihnen für die ausführliche Schilderung. Erst durch sie wird verständlich, wie entrüstet sie über die verniedlichende Anekdote der Frau de la Roche sein mussten. Doch darf man ihr einen Vorwurf machen? Hatte Sie bei Ihrem Treffen womöglich den Eindruck gewonnen, ein glücklich verheiratetes Paar vor sich zu haben?"

„Das ist möglich und ich kritisiere sie auch nicht. Ich suchte nur zu erklären, wie diese entstellte, schwankhafte Erzählung zustande kam. Es liegt nicht in meinem Charakter, erlittene Unbill lange mit mir herumzutragen. Wie ein Kind schlief ich stets des Nachts ein und wachte mit dem Sonnenschein fröhlich wieder auf. Allerdings wurde mir der Tag dadurch vergällt, dass Leopold sich darin gefiel, mir als Liebhaber die heftigste Leidenschaft vorzuspielen. Ich war einfach nicht in der Lage, diese zu erwidern. Dieses Verhalten wurde von meiner Mutter getadelt, die mich immer wieder dazu anhielt, meinem Bräutigam in spe größere Zärtlichkeit zu zeigen. Fortwährend ermahnte sie mich, dass ich fortan nur noch für ihn und mit ihm leben dürfe. Dieses Martyrium zog sich bis zu der von meiner Mutter heiß ersehnten Ankunft des Generals hin. Sie fieberte dem Augenblick entgegen, da sie ihm die gelungene Mission verkünden könnte.

Doch welch herbe Enttäuschung erwartete sie, als die Kutsche nach einigen Tagen auf dem Burghof einrollte! Die Ankunftszeremonie für das Familienoberhaupt musste ausfallen, stattdessen trugen ihn zwei Diener sogleich in sein Bett, wo er in einen lethargischen Schlaf fiel. Wie wir erfuhren, war die Kur in Karlsbad für ihn sehr abträglich gewesen und er habe einen Schlaganfall erlitten. Gerade als Leopold mich umschlungen hielt und meine Hand küsste, erwachte der alte Herr aus seinem Schlaf. Auf das Schärfste wies er seinen Neffen zurecht und verlangte, dass er sich nicht weiter an mir zu schaffen machen solle. Er nannte ihn einen nichtsnutzigen Kerl und erst später erfuhr ich, dass der General inzwischen meiner Mutter gegenüber zugegeben habe, wie sehr er es bereue, dass er die Verbindung zwischen mir und Leopold gefördert habe. Dieser habe inzwischen solch eine unglückselige Entwicklung genommen, dass man ihm ein schönes unschuldiges Mädchen wie mich nicht anvertrauen dürfe. Als Wiedergutmachung bot der alte Herr nun an, selbst die Ehe mit mir einzugehen, damit mir dermaleinst sein beachtliches Vermögen zufalle."

„Ihr Bericht nimmt langsam groteske Formen an."

Die Verlobung

„Mehrfach sprach der Alte auch später noch von seinem Vorsatz, doch wurde der – dem Herrn sei Dank! – nicht ernst genommen. Meine Mutter wusste nicht, wie sie angesichts der gelegentlichen geistigen Verwirrung des Onkels die gegen Leopold erhobenen Vorwürfe beurteilen sollte. Sie entschied sich dafür, sie für belanglos zu halten. Wie ich später erfuhr, war Leopold unter anderem wegen irgendeiner Weibergeschichte der Universität Königsberg verwiesen worden.

Einige Tage nach seiner Ankunft war der Onkel in der Lage, der stundenlangen, höchst langweiligen Zeremonie unserer offiziellen Verlobung beizuwohnen. Nach der Unterzeichnung des Ehekontrakts durch ihn und mehrere Verwandte im Wappensaal steckte er Leopold und mir die Brillantringe an die Finger, die er und seine verstorbene Frau Henriette zu ihrem Ehegelöbnis erhalten hatten. Dabei flossen ihm Tränen der Rührung über die Wangen."

„Die Würfel waren also endgültig gefallen. Und wie ging es nun weiter?"

„Die Lage entspannte sich zusehends, denn da meine Mutter sich von einer großen Last befreit fühlte, unterließ sie es, mich argwöhnisch zu beobachten oder Druck auf mich auszuüben. Dadurch fühlte ich mich erlöst und setzte alles daran, Frohsinn unter den anwesenden Gästen zu verbreiten.

Als einzige Bedingung für eine Heirat hatte ich die unabdingbare Forderung gestellt, dass Leopold den Soldatendienst quittieren und mir als freier Mann gegenüber treten müsse. Es wurde nun im Familienrat beschlossen, dass er nach Preußen abreisen und seine dortigen Angelegenheiten regeln solle, wodurch mir noch eine Zeit der inneren Einkehr gewährt wurde. Ich begann, mich mit meinem Schicksal abzufinden und sah der Gründung eines eigenen Hausstandes zuversichtlich entgegen. Ich liebte es, zu Hause zu sein und war weder an Luxus noch an Bequemlichkeit gewöhnt. Ich war leicht zufrieden zu stellen. Was sollte meinem Glück im Wege stehen?"

„Steht das nicht im Widerspruch dazu, dass Sie in Weimar gerade von dem regen gesellschaftlichen Leben fasziniert waren, also doch viel Zeit außerhalb des Hauses verbrachten?"

„Ertappt. Tatsächlich liebte ich es zu tanzen. Vor allem gefielen mir aber die geistreichen Ideen beim Kostümieren und die Dichtungen, mit denen die Bälle und Redouten Witz und Leichtigkeit erhielten. Und bei genauerer Überlegung muss ich sagen, dass mir auch in Weimar die Geselligkeit im kleineren Kreis am besten gefiel. Ich traf mich mit gleichaltrigen Freundinnen, mit Bekannten meiner dort lebenden Verwandten, doch über allem stand der Musenhof der Herzoginmutter. Das waren keine rauschenden Feste, sondern Zusammenkünfte meist weniger Personen."

Stillleben

„Da ich das Pensionat, also meine eigentliche Schulzeit, bereits beendet hatte und dort nur noch besuchsweise erscheinen konnte, hatte meine Mutter mich nach Bayreuth zu ihrer Freundin Frau von Kunsperg gegeben, die in ihrem Hause einige unverheiratete Frauen beherbergte. Nach den ereignisreichen, stürmischen Wochen war der Aufenthalt in diesem freundlichen, wohlgeordneten Hause ein wahres erholsames ‚Stillleben' für mich. Ich genoss das Zusammensein mit den kultivierten, gebildeten Frauen und beneidete sie um ihre Freiheit. Bei dieser Gelegenheit möchte ich noch einmal eine Lanze für die sogenannten ‚alten Jungfern' brechen. Sie wirkten heiter und zufrieden, jede hatte ihre besonderen Pflichten innerhalb und außerhalb des Hauses. Ihr Leben war ausgefüllt. Die Abwesenheit von Männern bewirkte, dass sie ihre Meinungen frei äußerten. Sie brauchten keine Rücksicht darauf zu nehmen, ob diese irgendeinem Mann gefielen oder überhaupt erlaubt seien. Ich genoss die besondere Zuwendung, die mir als der Jüngsten in der kleinen Gruppe zu Teil wurde, und konnte meinen Tag ohne jeden Zwang selbst planen. Eine der Bewohnerinnen half mir, meine Kenntnisse im Italienischen zu erweitern, eine andere lehrte mich, feine Handarbeiten auszuführen. An Leopold verschwendete ich keinen Gedanken. Doch dieser paradiesische Zustand wurde jäh durch die per Eilstafette eintreffende Nachricht meiner Mutter unterbrochen, die wie ein Wetterstrahl an einem heiteren Sonnentag in die fröhliche Hausgemeinschaft hereinbrach, die sich gerade zum Abendessen niedergesetzt hatte. Mein Verlobter sei auf der nächstgelegenen Poststation abgestiegen und erwarte von meiner Mutter Verhaltensbefehle, wann und wo er mich treffen dürfe..."

„Bitte fahren Sie fort, ich möchte Sie bei der Schilderung dieser spannenden Entwicklung nicht unterbrechen."

Es wird ernst

„Die Anweisung meiner Mutter, dass ich mich unverzüglich in Bewegung zu setzen habe, um gemeinsam mit ihr meinem Bräutigam entgegen zu reisen, erzeugte in mir ein schwer zu beschreibendes Gefühl. Ich empfand mich als Sklavin, die gleich einer Ware nach Gutdünken der Herrin hin- und hergeschoben wurde und auf deren Empfindungen und Bedürfnisse man keine Rücksicht nahm. Alles in mir sträubte sich gegen diesen voreiligen Schritt, durch den ich mich in meinem Stolz zutiefst verletzt fühlte.

Meine Einwände, dass unser Verhalten unschicklich sei und es sich gezieme, die Ankunft des Bräutigams in Ruhe zu Hause abzuwarten, stießen bei meiner Mutter auf taube Ohren. In einem entsetzlichen Zustand aus Scham und Beklemmung sah ich unserem Ziel entgegen. Hinzu kamen Hunger und Durst, da ich schon mit leerem Magen losgefahren war, und eine unter die Haut dringende Eiseskälte. Schon langten wir am Ziel an, laut ertönte das Posthorn und Leopold eilte herbei, um den Schlag zu öffnen. War es der Ton seiner schneidenden, schnarrenden Stimme oder vollkommene Erschöpfung im Verein mit dem profunden Widerwillen? Jedenfalls sank ich meinem Verlobten bewusstlos vom Wagentritt hinunter in die Arme. Später habe ich oft darüber nachgedacht, ob in mir bereits eine Ahndung meines künftigen traurigen Geschicks schlummerte. Sechs Jahre später sollte ich eben das Haus, in das ich getragen wurde, als Unglücklichste aller Frauen wieder betreten."

„Wie verhielt sich Ihre Mutter?"

„Sie schätzte die Situation vollkommen falsch ein. Sie hielt meine Ohnmacht für eine Folge zärtlicher Gefühle für Leopold, die mich überwältigt hatten und die nun – oh Wunder! – plötzlich erwacht seien. In Bayreuth setzte sie das Märchen von dem rührenden Wiedersehen zweier Liebender in Umlauf. Auf diesbezügliche Fragen konnte ich einfach nicht wahr und offen antworten, sondern spielte Komödie."

„Sie übernahmen also beide die Rolle eines glücklichen jungen Paares."

„Ich glaube, jedes junge unerfahrene Mädchen in meiner Situation wäre stolz gewesen angesichts der überschwänglichen Begeisterung seiner Freundinnen für den ansehnlichen, schmucken Gefährten. Sie lernten ja nur seine Außenseite kennen, dennoch schmeichelten ihre Lobsprüche meiner Eitelkeit. Leopold galt allgemein als schöner Mann. Als ich nach langer Abwesenheit nun mit ihm gemeinsam unser hübsches Schlösschen Meyenberg erblickte, konnte ich mich vor Entzücken gar nicht lassen. Meine Mutter hatte es mir zur Aussteuer bestimmt und ich sollte fortan hier mit meinem Ehemann leben. Sie hatte alles auf das komfortabelste eingerichtet und nichts hätte ich lieber getan, als diese friedliche Häuslichkeit noch viele Tage allein oder gemeinsam mit meiner lieben Mutter zu genießen."

Das Los ist gefallen

„Spätestens zu diesem Zeitpunkt war Ihnen doch aber sicher klar, dass es kein Zurück mehr gab."

„Ja, das war doch eigentlich bereits nach meiner Verlobung der Fall gewesen. Doch ich hatte das untrügliche Gefühl, dass ich einfach noch mehr Zeit brauchte, um mich in Ruhe weiterzuentwickeln. Da ich physisch schon seit Jahren über mein Alter hinaus entwickelt war, meinte meine Mutter, dass ich mit meinen fünfzehn Jahren schon im heiratsfähigen Alter sei. Doch ich war im Grunde noch ein Kind, was meine Mutter mir ja auch oft genug vorgeworfen hat. Da ich mich ihren Plänen ständig widersetzte, behandelte sie mich wie einen schwierigen Trotzkopf, den man zu seinem eigenen Besten mit sanfter Gewalt zu seinem Glück zwingen müsse."

„Hatte Leopold denn die Bedingung für Ihr endgültiges Jawort erfüllt, die Sie ihm abverlangt hatten?"

„Welche Bedingung?"

„Er sollte Ihnen als freier Mann gegenüber treten."

„Selbstverständlich. Seinen Abschied vom Militär hatte er mir in einer seiner vielen Episteln bereits mitgeteilt, wie stets von den innigsten Liebeserklärungen umrankt."

„Das klingt etwas ironisch. Meinen Sie nicht, dass Sie ihm einiges abverlangt haben?"

„Dessen bin ich mir nicht bewusst. *Ich* war es, die Opfer bringen musste."

„Von einem Mann zu verlangen, dass er seiner Frau zuliebe seinen Beruf aufgeben soll, ist keine Kleinigkeit. Er hat sich auf Ihre Forderung eingelassen und war zunächst einmal ohne Beschäftigung. Vielleicht hat er sie wirklich geliebt."

„Liebe, wie er sie verstand, war es vielleicht. Ich hatte allerdings nicht den Eindruck, dass der Soldatenberuf ihm sehr am Herzen lag. Auch nach unserer Trennung ist er nicht zu ihm zurückgekehrt. Er war in seinem Charakter noch nicht gefestigt genug, auch er war zu jung, um eine Ehe schließen zu können."

„War *ihm* denn an einer schnellen Heirat gelegen?"

„Allerdings! Sein Hauptbestreben war es, den Wunsch des Generals zu erfüllen."

„*Er* drängte also auf eine Ehe, *Sie* wollten Zeit gewinnen."

„Vor allem grauste es mir vor einer großen Hochzeit. Zu tief saß noch die Erinnerung an die Eheschließung meines Bruders Gottlieb mit meiner besten Freundin in meinem Innersten. Die abgeschmackten Anspielungen und Witze, welche die arme Braut über sich ergehen lassen musste, fand ich abscheulich. Es war erstaunlich für mich, mit welchem Gleichmut sie diese beschämende Situation damals ertragen hat, für mich kam das nicht in Frage."

„Würden Sie aus heutiger Sicht meinen, dass sie damals zu empfindlich waren?"

„Durchaus nicht. Dem Aufwand, der bei Hochzeiten getrieben wird, kann ich nichts abgewinnen. Der tiefere Sinn der Eheschließung geht dabei vollkommen verloren. Es sollte sich um eine kleine würdige Feier handeln, bei welcher die christliche Bedeutung des Ehegelübdes im Vordergrund steht."

„Sie drangen also damals auf eine Zeremonie lediglich im Rahmen des engsten Familienkreises."

„Gerade der bereitete mir Probleme. Die Teilnahme meiner Brüder hatte ich mir wegen der zu erwartenden Hänseleien ausdrücklich verbeten."

„Eine ungewöhnliche Aufgabe für Ihre Mutter, die entsprechenden ihnen genehmen Vorbereitungen zu treffen."

„Es ist ihr ausgezeichnet gelungen, diese geheim zu halten."

Überraschung

„Eines Morgens verkündete meine Mutter, dass sie in der Stadt einiges zu erledigen habe. Da es unschicklich sei, uns allein in Meyenberg zurückzulassen, sollten Leopold und ich sie begleiten. Ich eilte in mein Zimmer, um Toilette zu machen. Als ich mit meinem eleganten neuen roten Überrock nebst einem dazu passenden Hut mit langer Feder zurückkehrte, erregte dieser Aufzug das Missfallen meiner Mutter. Doch da Leopold seiner Bewunderung Ausdruck gab, brauchte ich mich nicht wieder umzuziehen, denn seine Meinung war für sie stets maßgeblich. So kam ich mir wie eine Königin vor, als ich in die neue von vier feurigen Rossen gezogene glänzend Chaise kletterte. Keine alte Kalesche mit den beiden vorgespannten Ackergäulen, die ich sonst gewohnt war! Wir glitten auf der gefrorenen Chaussee entlang und wenn Häuser in Sicht kamen, knallte ein uns voraus laufender prächtig kostümierter Herold mit der Peitsche, was deren Bewohner ans Fenster lockte. Erst als wir am Schloss Blankenfels vorfuhren, begriff ich, was hier gespielt wurde. Die Hauptmitwirkenden, der Geistliche und der Amtmann, erwarteten uns bereits am Eingang und wir wurden umgehend in den Raum geführt, in dem man einen Trau-Altar errichtet hatte. Meine Mutter gab alsbald das Zeichen zum Beginn des Stücks. In diesem Augenblick schien es ihr auf die Seele zu fallen, dass meine Kostümierung so gar nicht zu der mir zugedachten Rolle passte und Erstaunen bei den Anwesenden hervorrufen müsse. Entschlossen riss sie mir den Federhut vom Kopf und unglücklicher Weise zugleich den Kamm, der meine langen Haare zusammenhielt. Im Nu wallten sie ungeordnet an meinem Körper herunter und ich muss wohl einen äußerst sonderbaren Anblick abgegeben haben. Doch damit nicht genug! Nun begann der greise Geistliche seine Rede, die derart ridikül war, dass alle Anwesenden Mühe hatten, ein lautes Lachen zu unterdrücken. Ihn muss wohl die Anwesenheit Leopolds, eines leibhaftigen Grafen, derart beeindruckt haben, dass er ständig den Faden verlor. Wie eine nicht abreißende Litanei wiederholte er, wenn er die Bedeutung unsere ach so erlauchten Familie beschwor, die Wendungen: ‚Sie steigen hinan! – Sie steigen hinauf!', bis er den Abschluss gefunden hatte: ‚.... um neben Fürsten und Königen zu sitzen'. Die nun folgende ungetrübte Heiterkeit half mir über eine der schlimmsten Stunden meines Lebens hinweg. Frau von Brokdorf, meine besonders abergläubische Freundin aus der Pension, die von meiner Mutter als einzige Zeugin der Zeremonie eingeladen war, nahm meine Fröhlichkeit als ungünstiges Omen auf. Zu tief saß das uralte Vorurteil, dass eine lachende Braut eine weinende Ehefrau sein würde. Dieses eine Mal sollte sie mit ihrer Ängstlichkeit Recht behalten.

Honig- oder Wermutswochen?

Die Kunde von der erfolgten Eheschließung machte in Bayreuth schnell die Runde und so folgte eine Einladung auf die andere. Ich will mich kurz fassen. Leopold fand Gefallen an dieser ständigen Feierei, und meine Mutter trieb mich an, ihm zuliebe keine auszulassen. Beide bemerkten nicht, was anderen durchaus auffiel, nämlich dass ich mich elend und erschöpft fühlte. Zu allem Überfluss suchte eine ältere Freundin mich zu trösten, es sei doch durchaus üblich, dass Männer unseres Standes sich eine Geliebte zulegten. Diese Eröffnung war mir neu und ich glaubte ihr kein Wort, vielmehr nahm ich Leopold glühend in Schutz. Umgehend verkündete ich dieses Gerücht zu Hause, was zumindest zur Folge hatte, dass die Anzahl der bei der herrschenden Eiseskälte äußerst anstrengenden Kutschfahrten nach Bayreuth, wo das fragliche Frauenzimmer wohnen sollte, erheblich vermindert wurde. Gleichzeitig erhielt ich von meiner Mutter die Weisung, mich verstärkt darum zu bemühen, meinen Ehemann zu unterhalten. Ich tat mein Bestes, doch er saß mir lediglich missgelaunt gegenüber und kaute gelangweilt an seinen Nägeln. Meine Mutter sann auf Abhilfe und unterbreitete Leopold den Vorschlag, auf unser Gut Kunreuth zu reisen, um dort mit meinen Brüdern Christian und Gottfried zusammenzutreffen. Ohnehin war es notwendig, die beiden mit uns zu versöhnen, da sie sehr gekränkt darüber waren, dass man sie nicht zu meiner Hochzeit geladen hatte. Mit Feuereifer betrieb sie nun dieses Projekt und wollte einfach nicht zur Kenntnis nehmen, dass mein Gesundheitszustand sich täglich verschlechterte."

„Haben Sie es ihr nicht gesagt?"

„Ich hatte es schon vorher versucht. Sie war – na, sagen wir einmal – eine willensstarke Frau, die auch sich selbst keine Schwächen gestattete. Ihrer Meinung nach sollte ich lernen, mich zu beherrschen und nicht jeder Laune nachzugeben. Auch die grimmige Kälte und der heftige Schneefall konnte sie nicht von ihrem einmal gefassten Plan abbringen. So wurde denn die Fahrt eine Katastrophe. Mehrfach musste unsere Kutsche durch Bauern frei geschaufelt werden. Währenddessen wartete ich, bis zu den

Knien im feuchten Schnee steckend, auf unsere Weiterfahrt. Das Resultat dessen ließ nicht auf sich warten. Als wir nach Beendigung unserer abenteuerlichen Fahrt in Kunreuth anlangten, fiel ich in einen heftigen Fieberparoxismus. Als meine Brüder davon benachrichtigt wurden, sorgten sie für sofortige Hilfe und erschienen mit unserem guten, alten Arzt, dem Hofrat Rudolph, auf der Bildfläche. Dieser kannte von frühester Kindheit an meine sonst so kräftige körperliche Organisation und meine widerstandsfähige Natur. Dieser treffliche Menschenkenner entdeckte sofort die Auslöser des Übels. Folglich verzichtete er auf die Verschreibung irgendwelcher Arzneien, und verordnete stattdessen Ruhe und die Vermeidung jeglicher heftiger Affekte. Mit schonungsloser Offenheit verurteilte er die Rücksichtslosigkeit, durch die ich zu einem Lebenswandel gezwungen worden sei, der zu Schlafmangel, Erkältungen und Erschöpfungszuständen geführt habe. Er werde nicht die Verantwortung für die Folgen übernehmen, wenn man nicht das wärmere Frühlingswetter abwarte, bevor man nach Meyenberg zurückkehre."

„Es bleibt nur zu hoffen, dass Ihr Ehemann sich diese Vorwürfe und Ermahnungen zu Herzen genommen hat. Wurde auch Ihre Mutter als die Hauptverantwortliche wenigstens in Kenntnis gesetzt?"

„Das muss wohl unverzüglich geschehen sein, denn kurz darauf saß sie an meinem Bett, um mir Beistand zu leisten und über meine sich wieder einstellende Gesundheit zu wachen."

„Fiel Ihnen die lange Abwesenheit von Ihrem gerade erst bezogenen kleinen Schlösschen schwer?"

„Darüber kam ich hinweg. Ich genoss die mit Hilfe der Amtskastnerin Müller, der Mutter des späteren Weimarer Kanzlers von Müller, geschaffene Gemütlichkeit in unseren Räumen und die Geselligkeit in meiner Familie. Das war ein Leben so recht nach meinem Herzen. Als dann die Gewissheit hinzu kam, dass sich meine schönste und süßeste Hoffnung erfüllen würde, erhielt mein Leben eine ganz neue Wendung. Ich wurde milder gestimmt gegen den Vater meines zukünftigen Kindes und fand mich mit seinen ständig wechselnden Launen ab. Meine Mutter unterstützte meine Bestrebungen, ihm die Zeit so angenehm wie möglich zu vertreiben. Es wurden für teures Geld Lehrer engagiert, besonders für die

Musik, da Leopold hier endlich einmal wirkliches Interesse zeigte. Es kamen Freunde hinzu und wir brachten es tatsächlich so weit, kleine Opern aufführen zu können. Herr Müller, der Verwalter unseres Gutes, trug durch geistreiche Beiträge, zu denen er sich mitunter herbeiließ, viel zu unserer Unterhaltung bei. Seine mit alten und neuen Werken gut sortierte Bibliothek stand mir ständig zur Verfügung."

„War der spätere Kanzler Müller, von dem man ja weiß, dass er durch Sie und Ihre Brüder bewogen wurde, sich um eine Stelle als Jurist in der Weimarer Verwaltung zu bewerben, zu dem Zeitpunkt bereits geboren?"

„Er war der Älteste der drei Müller-Knaben. Schon von frühester Kindheit an zeichnete er sich durch seine glänzenden Anlagen und eine für alles Gute und Schöne empfängliche Seele aus. Wenn seine Mutter mich in ihrem Wohnzimmer im Anfertigen von Kinderzeug unterwies, ließ ich nie die Gelegenheit verstreichen, Einfluss auf die Herausbildung seines poetischen Gemüts und seiner Tugend zu nehmen. Mit Enthusiasmus schloss er sich an mich an und diese innige freundschaftliche Verbundenheit hat stets angehalten und leuchtet wie der freundlichste Sonnenblick in mein Alter herüber."

„Sie haben offenbar die Rollen gewechselt, indem Herr von Müller jetzt die Verbindung zu Weimar herstellt, so wie Sie das früher für ihn getan haben."

„Über wichtige Ereignisse hält er mich auf dem Laufenden und er berichtete mir über Goethe, den er zeitweise fast täglich sah. Er verehrte ihn über alle Maßen."

„Sie auch?"

„Ich bewundere sein Genie."

„Wenn es Ihnen recht ist, kehren wir nun nach Kunnersreuth zurück, wo Sie in einer behaglichen, friedlichen Umgebung die Ankunft Ihres ersten Kindes erwarten."

Daheim auf der Burg Egloffstein

„Die Hausgesetze der Familie erlaubten lediglich, dass wir eine begrenzte Zeit auf der Burg Kunnersreuth verweilen durften. Da wir alle den Frühling und Sommer in der Natur verleben wollten, beschlossen wir, uns auf die Burg Egloffstein zu begeben. Voller Seligkeit nahm ich die Stätte meiner Kindheit wieder in Besitz, wo ich das Licht der Welt erblickte. Wenn der Schein der Abendsonne über dem mir so vertrauten Tal erstrahlte, erschienen mir meine Hoffnungen in diesem goldglänzenden Schimmer. Ich genoss die Einfachheit und Gediegenheit der Ausstattung unserer Burg, die so wohltuend im Gegensatz zum heute um sich greifenden Bedürfnis nach übertriebenem Luxus stand. Mit niemandem sprach ich darüber, dass sich in diese glücklichen Gedanken auch solche über die Endlichkeit des menschlichen Lebens mischten. Besonders beim Besuch des nahe gelegenen Friedhofs sann ich darüber nach, dass mir der letzte Tag meines Lebens bevorstehen könne. Doch meine Zuversicht behielt die Oberhand. Auf jeden Fall würde ich das mir bis jetzt noch unbekannte kleine Wesen in die Arme schließen können, auch wenn danach alles vorbei wäre. So brach ich voll froher Erwartung nach Erlangen auf, wo mein Kind das Licht der Welt erblicken sollte."

„Also drei Ortswechsel, beziehungsweise vier Wohnstätten innerhalb ihres ersten Ehejahres."

Der wichtigste Tag in Jettes Leben

„Die Stadt erschien uns günstiger für eine Entbindung. Meine liebe Caroline ließ dann auch nicht lange auf sich warten, wenn auch die Vorboten sich über zwei Tage hinzogen. Standhaft und mit größter Resignation erduldete ich die unvermeidlichen Schmerzen, was für eine so junge Mutter gewiss keine Selbstverständlichkeit war. Schwärme von lärmenden und jubelnden Kindern zogen von ihren Spielplätzen unter den Fenstern vorbei und bildeten eine wunderbare Begleitung zu dem beglückenden Augenblick, als ich am Abend des 2. November meine geliebte Caroline zum ersten Mal in den Armen hielt. Was für ein günstiges Vorzeichen! Und wissen Sie, was die Hebamme und den anwesenden Arzt am meisten verblüffte?"

„Sie machen mich neugierig."

„Noch nie hatten sie eine Gebärende erlebt, die beim Anblick des Neugeborenen in ein anhaltendes fröhliches Lachen ausgebrochen ist."

„Eine herrliche Vorstellung, dieses äußere Zeichen für die Anspannung, die nun von Ihnen gewichen war."

„Ich sah mehr darin. Würden Sie meine wunderbare Caroline kennen, könnten Sie verstehen, dass ich in dem sich vereinigenden Klang meines Lachens und dem Jubel der Jugend von draußen ein Zeichen erblickte, dass Himmel und Erde ein Wesen begrüßten, das seiner Mutter Trost und Wonne und allen guten Menschen Freude bereiten sollte. Ihre Geburt war der wichtigste Tag in meinem Leben."

„Waren die Geburten der weiteren vier Kinder nicht ebenso bedeutend für Sie?"

„Na, das ist aber wirklich eine merkwürdige Frage. Selbstverständlich war jedes meiner Kinder erwünscht und es herrschte Freude, wenn sie das Licht der Welt erblickten. Nur war ich durch das erstmalige Erlebnis in den Kreis der Mütter gerückt und ich empfand durch sie zum ersten Mal die für mich heilige Verpflichtung, alle Egoismen zu vergessen und nur für ein anderes Wesen zu leben. Das galt natürlich auch für meine anderen Kinder. Zu jedem von ihnen hatte ich vom ersten Tag an eine ganz besondere seiner Persönlichkeit entsprechende Beziehung. Nehmen Sie zum Beispiel meine Tochter Julie, die ihre Entstehung unserem Aufenthalt in Rom verdankt. Für mich war die Begegnung mit der Ewigen Stadt die Erfüllung eines lange gehegten Wunschtraumes. Diese Tochter ist es, die wie keines meiner anderen Kinder diese Sehnsucht tief in ihre Seele aufgenommen hat und dort ihre Vollendung als Malerin erfuhr. Carl, mein einziger Sohn, kam in Weimar ausgerechnet am 24. Oktober, dem Geburtstag unserer geliebten und verehrten Herzoginmutter, zur Welt. So konnte sein Vater überglücklich in ihr Palais hinüberlaufen und ihr die frohe Botschaft überbringen. Ohne zu überlegen bat Anna Amalia darum, die Patenschaft übernehmen zu dürfen, und der regierende Herzog schloss sich ihrer Bitte an. Auch das wirkte wohl prägend, denn auf glücklichste Weise hat Carl in seinem Leben neben seinen späteren Aufgaben als Gutsherr die Liebe zu Kunst und Wissenschaft mit politischem Interesse vereinigt."

Nach der Scheidung

„Hatten ihre ‚Pflänzchen' eine glückliche Kindheit?"

„Das möchte ich mit Sicherheit bejahen, soweit es die ersten Jahre betrifft. Sie gediehen prächtig und schritten in ihrer Entwicklung schnell voran. Auf Gustchen, die Jüngste, musste ich allerdings besonders achten, da sie einen angeborenen Herzfehler hat. Später war ich aus finanziellen Gründen dazu gezwungen, meine drei Töchter selbst zu unterrichten, und bin mir bewusst, dass es mir trotz aller Hingabe und dem auf die Kinder übergreifenden Enthusiasmus doch wohl gelegentlich an den notwendigen Kenntnissen fehlte."

„Hat die Scheidung von ihrem Ehemann sich nachteilig ausgewirkt?"

„Der Scheidung war bereits eine mehrjährige Trennung voraus gegangen, die ich ja gerade mit Rücksicht auf meine Kinder für nötig hielt. Ich musste befürchten, dass insbesondere Caroline in ihrer moralischen Entwicklung beeinträchtigt werden könnte. Wissen Sie, ich habe vor einigen Jahren begonnen, meine Lebensgeschichte, fast möchte ich sagen meine Leidensgeschichte, zu Papier zu bringen. Dabei habe ich mir alles von der Seele geschrieben. Die beiden Hefte, in denen die fatale Entwicklung festgehalten ist, die Leopolds und meine Ehe genommen hat, habe ich immer wieder gelesen, bis ich wirklich damit abgeschlossen habe. Mein Entschluss stand fest: Diese Papiere gehören auf den Scheiterhaufen."

„Sie haben Ihren Entschluss wahr gemacht?"

„Wenn ich mir etwas vornehme, führe ich es in der Regel auch durch."

„Wären Sie bereit, die Gründe für Ihr Vorgehen zu erklären?"

„Je öfter ich mich in Gedanken mit dem Vergangenen beschäftigte, desto deutlicher wurde mir, dass der Hauptfehler darin lag, dass nicht nur ich, sondern auch Leopold zu jung und unreif für eine Ehe war. Ich habe Grund zu der Annahme, dass er es heute bereut, mir durch sein Fehlverhalten meine Jugend geraubt zu haben. Fragen Sie mich jetzt bitte nicht, worin dieses bestand. Es reichte zumindest aus, dass ihm bei der Scheidung die alleinige Schuld am Scheitern der Ehe angelastet und mir das Sorgerecht für alle meine Kinder – selbst den Sohn – zugesprochen wurde. Im Allgemeinen lässt man die Söhne bei ihren Vätern, selbst wenn diese schuldig geschieden werden. Gelegentlich habe ich auf diese besondere Ausnahme hingewiesen, wenn es mir für meine Reputation erforderlich schien, denn die ist für eine geschiedene Frau besonders wichtig. Ansonsten habe ich aber darauf verzichtet, Einzelheiten über meine Ehe öffentlich auszubreiten und möchte es auch jetzt nicht tun. Nach all den vielen Jahren habe ich als Christin die Pflicht zu vergeben und außerdem möchte ich auch meinen Kindern, für die ich doch gerade meine Erinnerungen schreibe, kein allzu nachteiliges Bild ihres Erzeugers hinterlassen."

„Noch eine Zwischenfrage: Wie war es möglich, dass Ihr Sohn dennoch beim Vater aufwuchs? Sie hatten doch das alleinige Sorgerecht."

„Habe ich das gesagt? Das ist ein Missverständnis. Ich hatte das Mitsorgerecht, das heißt, ohne meine Zustimmung lief nichts. Meinen Sohn Carl beim Vater aufwachsen zu lassen, der später eine angesehene Stellung am preußischen Hof bekleidete, war für ihn als späteren Erben des ostpreußischen Gutes Arklitten sinnvoll."

„Haben Sie Kontakt zu Ihrem ersten Ehemann?"

„Wir haben uns gelegentlich geschrieben und uns getroffen. Einmal wohnten wir sogar bei ihm und seiner Frau Nanny, einer geborenen von Viereck, in Berlin. Ich erinnere mich daran, dass ich damals mit Nanny gemeinsam Kinderzeug einkaufte. Sie haben – wie Beaulieu und ich – im Jahr 1804, also anderthalb Jahre nach der Scheidung, geheiratet. Leopold ist jetzt Oberschenk am preußischen Hof, seine Frau war damals Hofdame der verewigten Königin Luise. Unter uns gesagt: Nanny brachte ein beträchtliches Vermögen in die Ehe ein."

„Worauf ihr Ex als Erbe des Generals nicht unbedingt angewiesen war?"

„Mein Ex! Ein merkwürdiger Ausdruck, der mir nicht geläufig ist. Aus dem gegebenen Zusammenhang kann ich doch nur annehmen, dass Sie von meinem verflossenen Ehemann reden. Nun ja, als Erbe des Majorats Arklitten mit seinem wunderbaren Barockschloss war zunächst Leopolds Vater eingesetzt worden, sodass mein ‚Ex', wie Sie ihn titulieren, von daher über keine Einkünfte verfügte. Was die Zahlung des Unterhalts für die Kinder betrifft, so war es selbstverständlich, dass er nicht auf das Vermögen seiner Frau zurückgreifen konnte. Es war vertraglich festgelegt, welche Summen er für die bei mir lebenden Töchter zu zahlen hatte, doch waren seine Ressourcen äußerst begrenzt. Es kam vor, dass er in Verzug geriet."

Graf Leopold von Egloffstein, Jettes erster Ehemann

„Sie sind eine der ersten Frauen, die den Mut hatten, sich aus einer unerträglich gewordenen Ehe durch die räumliche Trennung von Ihrem Mann zu lösen und letztendlich, wenn auch unter Druck, einer Scheidung zuzustimmen. Würden Sie anderen Frauen diesen Schritt empfehlen?"

„Keineswegs. Ich halte die Ehe für eine vor Gott eingegangene Verpflichtung und bin deshalb prinzipiell gegen Scheidungen."

„????"

„*Ich* wollte mich eigentlich nicht scheiden lassen und dürfte wohl die einzige Frau sein, die gegen ihren Willen zweimal die Scheidung beantragt hat. Zunächst hatte Leopold bei dem Consistorium in Egloffstein sein Scheidungsgesuch eingereicht und mich gebeten, es zu unterschreiben. Eigentlich wollte ich mich weigern, doch mein juristischer Bruder Gottlieb klärte mich über die möglichen Konsequenzen auf. Mein Noch-Ehemann hätte dann auf der Fortsetzung der gemeinsamen Ehe an einem von ihm zu bestimmenden Ort bestehen und seine Zahlungen für die Kinder einstellen dürfen. Das konnte ich meinen Kindern gegenüber nicht verantworten. So unterschrieb ich das Scheidungsgesuch. Ich war allerdings äußerst erstaunt, dass ein kirchliches Gericht so leichtfertig eine Ehe sollte auflösen können, ohne dass hierfür triftige Gründe genannt wurden. Und tatsächlich ließ die Ablehnung durch das Consistorium nicht auf sich warten. Man forderte die Angabe von Gründen. Den Vorschlag meines Ehemannes, beiderseitiges Verschulden anzugeben, lehnte ich ab. Endlich war er bereit, meinen ständig wachsenden Widerwillen gegen ihn auf sein alleiniges Fehlverhalten zurückzuführen. Ein entsprechendes Schreiben an das Consistorium ließ Leopold meinem Bruder per Eilstafette zukommen."

„Er hatte es offensichtlich sehr eilig, vollendete Tatsachen zu schaffen."

„Für seine Rücksichtslosigkeit gab es zwei Gründe: Erstens wurde mir zugetragen, dass er bereits auf eine gute Partie spekulierte, und zweitens stand eine Reform bevor, die eine Zentralisierung der Rechtsprechung in Bayern vorsah. Eine Scheidung wäre dann sicher nicht mehr so glatt über die Bühne gegangen."

„Wurde Ihr Ehemann also explizit schuldig geschieden?"

„Nein, trotz seines Schuldeingeständnisses wählte das Gericht einen Passus, der mich sehr empörte. ‚Wegen langwieriger unversöhnlicher Abneigung beider Teile', hieß es. Allerdings wurde die Erziehung der Kinder beiden Eltern übertragen, was damals noch eine Seltenheit war und Graf Leopold musste die Gerichtskosten tragen."

„Ihnen wäre das wohl auch kaum möglich gewesen. Oder besaßen sie ein eigenes Vermögen?"

„Das war sehr gering. Es handelte sich um die Einkünfte aus dem vermieteten Meyenberg und eigentlich regelmäßig auszuzahlende Beträge aus der Stiftung eines Vorfahren. Diese trafen jedoch ziemlich unregelmäßig bei mir ein, sodass ich meine Mutter um eine Aufstellung der zu erwartenden Zahlungen bat, um meine Zukunft planen zu können. Über dieses Ansinnen war sie äußerst ungehalten, da sie sich als Verwalterin des Vermögens in großen Schwierigkeiten befand. Durch die Gebietsreformen Napoleons waren unserer Familie ebenso wie vielen Landadligen ihre Privilegien verloren gegangen, zudem hatten ungünstige Spekulationen die Familieneinkünfte stark reduziert. Trotz meines flehentlichen Bittens war meine Mutter nicht bereit, mich mit meiner Familie in dem in Thüringen gelegenen Tannroda aufzunehmen, wo sie inzwischen lebte."

„Wie hatten Sie sich denn vor der Scheidung, während sie von ihrem Mann getrennt lebten, finanziell über Wasser gehalten?"

„Ich war zu meinem Bruder Gottlob nach Weimar gezogen. Er besaß dort ein wunderbares, großes Haus an der Esplanade, das er zum Teil selbst entworfen hatte und das viele Familienmitglieder aufnehmen konnte. Wir wohnten in unmittelbarer Nachbarschaft zum Palais der Herzogin Anna Amalia. Oft beobachtete sie die Kinder beim Spielen auf der Straße. Es war eine herrliche Zeit. Selbstverständlich bezahlte ich meinen Beitrag zur Haushaltsführung, allerdings nur dann, wenn die mir zustehenden Zahlungen, die mir aus dem Familienbesitz zustanden, eintrafen. In diesem Hause wurde ich für alles Leid entschädigt, das ich hatte erdulden müssen.

Endlich konnte ich wieder meine Schwägerin und beste Freundin Caroline in die Arme schließen. Wir beide haben vor Freude einige Tränchen zerdrückt. Habe ich Ihnen schon von ihr erzählt? Nein? Wie konnte ich das nur vergessen? Es war gewissermaßen eine ererbte Freundschaft, denn schon unsere Mütter und Großmütter waren miteinander befreundet. Wenn Caroline mit ihrer Mutter zu Besuch kam, waren wir unzertrennlich, obwohl wir gegensätzlicher nicht sein konnten. Auf unseren Streifzügen auf den felsigen Abhängen um die Burg herum war ich stets die Mutige, Verwegene, Caroline die Besonnene und Mahnende. Immer war sie, die Ältere, um Ausgleich bemüht, ermahnte mich zur Nachgiebigkeit meinen Brüdern und meiner Mutter gegenüber. Ihr Umgang tat mir in meiner Lage besonders gut, denn sie zeigte kein übertriebenes Mitleid, sondern suchte mich mit ihren Scherzen aufzumuntern. Erhielten meine Kinder und ich als Neuankömmlinge in der Weimarer Gesellschaft ein besonderes Lob oder irgendein anerkennendes Wort, dann strahlte ihr fröhliches, rundliches Gesicht vor Stolz und Freude. Die ‚Mitfreude' hat meine Tochter Caroline sie später einmal genannt. Überhaupt wurde sie, die leider kinderlos geblieben war, meinen Kindern eine zweite Mutter und so zögerte ich auch nicht, meine Zweitälteste in ihrer Obhut zurück zu lassen, als wir nach Misburg zogen. Meine unvergessene Jeanette blieb bis zu ihrem leider viel zu frühen Tod bei ihr."

„Ihre gemeinsam verbrachte Kindheit und Jugend bildete also ein starkes Band zwischen den beiden ungleichen Freundinnen. Ist es auch so, dass Sie sich äußerlich sehr unterschieden?"

„Das betrifft vor allem unsere Körpergröße. Bereits mit zehn Jahren wuchs ich der fast fünf Jahre Älteren über den Kopf und als erwachsene Frau überragte ich sie um Haupteslänge. Indem ich es beschreibe, denke ich, dass wir sicher ein recht merkwürdiges, doch gut aufeinander eingespieltes Gespann waren. Als Gattin des Hofmarschalls füllte Caroline ihre Rolle vorzüglich aus und stellte für mich die gesellschaftlichen Verbindungen her. Ich dagegen gab ihr diskrete Hinweise ihre Garderobe betreffend."

„Inwiefern?"

„Ich riet ihr dazu, ihren Putz auf Kopf und Ärmel zu beschränken und statt des transparenten Voile lieber elegante Umhänge zu tragen, was ihre rundliche Figur vorteilhaft ins Licht setzte. Sie war eine liebenswerte Erscheinung."

„Sie beschreiben eine wahr gewordene Idylle. Es hätte doch eigentlich alles so weiter laufen können."

„Nichts hätte ich mir mehr gewünscht. Doch eines Tages eröffnete mein Bruder uns, dass die Unterhaltung des großen Hauses für ihn zu kostspielig geworden sei und er sich nach einer bescheideneren Wohnung nur für seine kleine Familie umschauen müsse. Ich wäre also gezwungen gewesen, mir ein eigenes Domizil zu suchen. Auf mich wären in diesem Falle erhöhte Kosten für Miete und Personal zugekommen, die ich niemals hätte erschwingen können. Außerdem musste ich daran denken, dass meine vier heranwachsenden Töchter im Verlauf der kommenden Jahre bei Hofe eingeführt werden müssten, wodurch erhebliche Ausgaben entstehen würden. Ein Ortswechsel war also unumgänglich."

„Sie haben in einem früheren Gespräch schon einmal erwähnt, dass Ihnen die Werbung Beaulieus in dieser verzweifelten Situation sehr gelegen kam."

„Das kann ich letzten Endes nicht leugnen. Doch ich wahrte die gebotene Zurückhaltung. Als Beaulieu, übrigens ein Freund meines Bruders, mich bat, mir schreiben zu dürfen, erklärte ich ihm, ich müsse zunächst die Erlaubnis meiner Mutter einholen. Ich hatte eigentlich damit gerechnet, dass sie diese Korrespondenz untersagen würde, und war erstaunt, als sie keine Einwände erhob."

„Hätten Sie sich als inzwischen erwachsene Frau und mehrfache Mutter einem mütterlichen Verbot gebeugt, zumal Sie doch berechtigte Zweifel an ihrer Menschenkenntnis hegten?"

„Selbstverständlich. Sie war das Familienoberhaupt..."

„...das Sie in eine unglückliche Ehe hineinmanövriert hatte."

„Ich habe es damals weder als meine eigene souveräne Entscheidung empfunden, meine bestehende Ehe aufzulösen, noch eine neue einzugehen. In größter Resignation habe ich mich in meiner verzweifelten Lage der Führung Gottes überlassen, durch die ich auf den rechten Weg gelangt bin. Ohne die Weigerung meiner Mutter, mich bei sich aufzunehmen, wäre ich niemals die Ehe mit Beaulieu eingegangen."

„Eine Ehe, die doch als glücklich zu bezeichnen ist?"

„Allerdings."

„Also müssen Sie Ihrer Mutter dankbar sein?"

„Ihr Verhalten konnte ich nicht verstehen. Sie hat mich meinem Schicksal überlassen."

„Kannte sie den Freiherrn von Beaulieu-Marconnay bereits?"

„Sie hatte seine Bekanntschaft gemacht und fand ihn sympathisch. Er hat ihr auch mehrfach geschrieben, doch konnte sie seine Briefe wegen seiner schwer lesbaren Handschrift kaum entziffern."

„Hat sie versucht, Ihre Entscheidung für oder gegen eine Heirat zu beeinflussen?"

„In keiner Weise."

„Sie hat sich also endlich einmal weise zurückgehalten und keinen Druck ausgeübt?"

„Zumindest nicht direkt. Doch die Lage, in der ich mich befand, zwang mich zum Handeln und das wusste sie. Damals habe ich erkannt, dass uns das Schicksal manchmal Wege führt, die nicht unseren ursprünglichen Vorsätzen entsprechen. Diese Erfahrungen haben mich in dem Vertrauen bestärkt, dass Gott mich nicht verlässt. Er hat mir einen Schutzengel zur Seite gestellt."

„Und das Verhältnis zu Ihrer Mutter?"

„Ich liebe und verehre sie. Sie war ein Engel, eine Heilige. Sie selbst hat auf vieles verzichtet, um für ihre Familie Gutes zu bewirken."

„Doch wie sie selbst beredt geschildert haben, war diese Heilige nicht unfehlbar."

„Wenn ich meinen eigenen Leidensweg beschreiben will, kann ich es nicht vermeiden, ihre Maßnahmen offen zu legen. Ich möchte, dass Sie und meine Kinder – was meine schriftlichen Aufzeichnungen betrifft – meinen Werdegang verstehen und mir als Mutter nicht den schuldigen Respekt versagen. Ich möchte, dass meine Töchter mir nicht anlasten, dass sie ohne ihren Vater aufgewachsen sind. Das Gleiche gilt auch für mich und das Verhältnis zu meiner Mutter. Ich sehe ein, dass sie mir gegenüber in bester Absicht gehandelt hat. Es steht mir als Tochter nicht zu, sie zu kritisieren. Ich kann allerdings mein Bemühen verstärkt darauf richten, als Mutter solche Fehler zu vermeiden."

Allgemeine Betrachtungen über Liebe und Ehe

„Ihre drei Töchter sind unverheiratet geblieben. Man kann also daraus schließen, dass sie nicht in eine Ehe hineingezwungen oder hineingeredet wurden."

„Das kann ich mit gutem Gewissen bestätigen."

„Haben Sie umgekehrt Ihre Skepsis gegenüber der Ehe bewusst oder unbewusst auf sie übertragen?"

„So würde ich das nicht formulieren. Allerdings habe ich Wert darauf gelegt, dass sie die Ehe nicht als einziges und vorrangiges Ziel für ein junges Mädchen ansehen. Ihr gesamtes Sinnen und Trachten sollte nicht darauf abzielen, möglichst bald in den Hafen der Ehe einzufahren. Es ist heutzutage nahezu abstoßend, zu beobachten, wie die Geschlechter auf widernatürliche Weise ihre Rollen vertauscht haben. Die jungen Frauen überlassen nicht den Männern die Aufgabe des Werbenden, sondern suchen auf aufdringliche Weise deren Aufmerksamkeit zu erringen. Indem sie ihre Reize offen zur Schau stellen, erregen sie beim männlichen Geschlecht Leidenschaft und körperliche Begierde, die aber kein geeignetes Fundament für eine dauerhafte Bindung sein können."

„Worauf käme es denn Ihrer Meinung nach an?"

„Auf eine tugendhafte Liebe, eine Art Seelenverwandtschaft, und Achtung vor dem zukünftigen Ehegemahl. Die physische Anziehung ist oft nicht von Dauer. Ich kann in den Jubel der Gäste bei einer Eheschließung nicht mit vollem Herzen einstimmen, denn meistens ist das junge Paar auf seine Aufgaben schlecht vorbereitet."

„Sollten materielle Erwägungen eine Rolle spielen?"

„Das ist ein sehr wichtiger Punkt. Die jungen Leute neigen dazu, im Überschwang der Gefühle zu unterschätzen, wie wichtig das Vorhandensein eines gewissen Vermögens ist. Sollte das nicht der Fall sein, ist es die Pflicht der Eltern, auf behutsame Weise eindringlich auf die bevorstehenden Schwierigkeiten hinzuweisen. Um Ihre sicher bevorstehende Frage vorwegzunehmen: Ja, wir, das heißt, mein ‚Ex' und ich, nebst den Eltern des jungen Freiherrn von Dachenhausen, haben ihm und unserer Tochter Julie die Zustimmung zu einer Verlobung verweigert. Nicht nur Julie, sondern auch mich hat das Tränen gekostet. Doch auf Grund meiner größeren Lebenserfahrung musste ich voraussehen, dass diese Ehe eine Unmöglichkeit gewesen wäre. Von Geburt an ist Julie mit einem Augenleiden behaftet, das häufiger Behandlungen bedarf, die uns bereits höhere Summen gekostet haben. Die Führung eines größeren Hauses wie die des Dachenhausenschen Palais hätte für sie eine schwer zu bewältigende Aufgabe dargestellt. Es wären also zusätzliche Bedienstete benötigt worden, die sie hätte beaufsichtigen müssen. Als Mutter kenne ich den Charakter meiner Tochter gut und wusste bereits damals, dass sie dazu nicht in der Lage gewesen wäre. Die letzten Jahrzehnte haben gezeigt, dass meine Befürchtungen berechtigt waren. Julie hat ein gutes Herz, doch oft stellt sie mit ihren Ansprüchen zu hohe Anforderungen an ihre Bediensteten, was häufig zu Querelen führt. Es reicht ihr nicht, dass diese ihre häuslichen Pflichten erfüllen, nein, sie sollen auch noch ein angenehmes Äußeres haben, um ihr Modell sitzen zu können. Gleichzeitig entspricht es nicht ihrem Naturell, ihrer jeweiligen

Zofe gegenüber die nötige Strenge walten zu lassen, die sich manchmal nicht vermeiden lässt. So blieb es mir mitunter vorbehalten, gelegentliche mündliche oder gar schriftliche Ermahnungen an die jeweiligen Dienstboten ergehen zu lassen. Julie hatte damals noch kein eigenes Einkommen als Hofdame und wir besaßen kein Vermögen. Herr von Dachenhausen, übrigens ein entfernter Verwandter Beaulieus, war auch ein armer Schlucker und hatte damals noch keine Anstellung in der hannöverschen Verwaltung. Wie sollte er unter diesen besonderen Gegebenheiten für die bei einer Familiengründung entstehenden Kosten aufkommen? Es wäre verantwortungslos gewesen, dieser Ehe unsere Zustimmung zu geben."

„Vielleicht hätte man einfach ein paar Jahre warten sollen, bis der junge Mann zumindest eine feste Anstellung gefunden hätte?"

„Ich muss heute zugeben, dass ich die Stärke von Julies Liebe unterschätzt habe. Mehreren Bewerbern, an denen es durchaus nicht fehlte, hat sie einen Korb gegeben und zwar stets mit dem Hinweis auf ihre noch nicht erloschene Liebe zu Fritz von Dachenhausen. Später allerdings kamen zweimal bereits auch von ihr geplante Verbindungen mit anderen Bewerbern um ihre Hand im letzten Augenblick nicht zustande. Möglicherweise war Julie den fraglichen Ehekandidaten zu selbstbewusst und zu anspruchsvoll, doch ihre Reaktionen nach dem Scheitern der Pläne lassen mich auch etwas anderes vermuten. Ich halte es für nicht unwahrscheinlich, dass sie, ohne es sich selbst einzugestehen, letztlich davor zugeschreckt ist, ihr hoch gestecktes Ziel aufzugeben, ihre Fähigkeiten als Malerin immer weiter und weiter auszubilden. Es schien mir fast so, als sei sie erleichtert darüber, dass sie nun nolens volens auf den ihr vorbestimmten Weg gelangt war."

„Was haben Sie dabei empfunden?"

„Zunächst habe ich das Scheitern der Heiratspläne bedauert, doch ich muss wohl letzten Endes Goethe zustimmen. Er hat dem Kanzler Müller gegenüber einmal geäußert, er habe eine ganze Anzahl von Malweibern mit vielversprechendem Talent erlebt, doch sei dieses stets verkümmert, sobald sie geheiratet hätten."

„Das wäre im Hinblick auf ihre Tochter wirklich bedauerlich gewesen."

„Die weitere Entwicklung bestätigt, wie sinnvoll Julies Verzicht gewesen ist. Schon längst ist sie keine Dilettantin mehr auf dem Gebiet der Malerei. Zielstrebig hat sie das ihr verliehene Talent fortentwickelt und damit alle in Erstaunen versetzt. Selbst ihr größter Bewunderer, August Kestner, hat das nicht für möglich gehalten. Aus eigenem Entschluss hat sie Jahre später zwei weitere Anträge ihres zurückgewiesenen Bewerbers von Dachenhausen abgelehnt. Allerdings hatte ich nicht an die Hartnäckigkeit ihrer Gefühle für ihn geglaubt. Als Julie im Alter von vierundvierzig Jahren gebeten wurde, die Königin Therese von Bayern zu porträtieren, da das von ihr gemalte Bild ihres Gemahls so überaus großen Anklang gefunden hatte, ergaben sich während der längeren Sitzungen viele Gelegenheiten zu zwanglosen Gesprächen. Julie erzählte der hohen Dame von ihrer tragischen Liebe, woraufhin diese zutiefst gerührt war. Sie fand es unerträglich, dass schnöde pekuniäre Überlegungen den Ausschlag geben sollten, dass Liebende nicht zueinander finden. Voller Mitleid bewirkte sie von ihrem Gemahl die Zusage, die Einkünfte zu ersetzen, die Julie bei einem Ausscheiden aus dem Nürnberger Damenkonvent, dem einige Frauen in meiner Familie traditionsgemäß angehörten, nach einer Verheiratung entgehen würden. Sie müssen nämlich wissen, dass dieser nur unverheiratete Mitglieder zuließ. Das generöse fürstliche Angebot hätte es meiner Tochter ermöglicht, ihre bisherige halbwegs standesgemäße Lebensführung fortzusetzen. Meinen Sie, dass Julie auf diesen königlichen Vorschlag eingegangen ist?"

„Schwer zu sagen. War der Kandidat denn wie sie immer noch unverheiratet?"

„Er war verwitwet und hatte vier Kinder."

„Keine leichte Aufgabe für Julie."

„Das fand sie auch und lehnte den Antrag ab."

„Auch bei einem weiteren Heiratsplan hielt ich es für angebracht, meine Bedenken ins Feld zu führen. Ein Malerkollege namens Thompson war in Rom der unmittelbare Nachbar Julies. Er hatte sich heftig in sie verliebt und auch Julie hegte sympathetische Neigungen für ihn. Er hatte zwar in fernerer Zukunft ein größeres Erbe in Aussicht, war jedoch für den Augenblick bettelarm. Ich riet Julie, sich ernsthaft zu prüfen, ob ihr Stolz es zulassen würde, von der englischen Verwandtschaft als Fremde ohne Mitgift über die Schulter angesehen zu werden. Mein Wahlspruch lautet immer: ‚Verzichten ist besser als ertragen.' Julie war einsichtig und verzichtete."

„Hielten Sie es auch bei ihrer Ältesten für angebracht, einen derartigen Einfluss zu nehmen?"

„Nein, das wäre überflüssig gewesen. So vernünftig, klug und selbstständig, wie meine Caroline ist, konnte sie ihre Entscheidungen selbst fällen. Sie liebte ihre Aufgabe als Hofdame der Herzogin Maria Pawlowna über alles und konnte sich schwer entschließen, Weimar zu verlassen. So kam für sie beispielsweise der Sohn der Frau vom Stein überhaupt nicht in Frage, da sie fortan in Breslau hätte leben müssen."

„Es wäre also nur ein Weimaraner in Frage gekommen?"

„Das wäre fatal gewesen, denn das hätte die Zahl der möglichen Kandidaten sehr eingeschränkt. Für die Weimarer Frauen waren besonders die auswärtigen Besucher interessant, die oft hochgebildet waren und geistigen Austausch im Ilm-Athen suchten. Im ‚Ernstfall' wäre sie wohl durchaus bereit gewesen, sich nach ihrem Ehemann zu richten, was die Wahl des Wohnsitzes betrifft. Doch das ist eine traurige Geschichte. Ihr langjähriger Freund, von dem sie durch seinen Soldatenberuf meist getrennt war, wurde bei seinem Einsatz in Indien getötet. Für ihn hat sie jahrelang Englisch gelernt und wäre sicher bereit gewesen, ihm in sein Heimatland zu folgen. Um Ihrer Frage zuvorkommen: Gustl oder Gustchen, wie wir unser Nesthäkchen Auguste zärtlich nennen, war durch ihre häufigen schweren Herzattacken auf ständige Rücksichtnahme und Pflege angewiesen und war unter diesen ungünstigen Bedingungen nicht zu einer Eheschließung bereit. Einmal hielt ein sehr honoriger Witwer mit schon erwachsenen Kindern um ihre Hand an, und es schien, als wolle Gustl ihre vorgefasste ablehnende Haltung einer möglichen Eheschließung gegenüber aufgeben, worüber ich sehr glücklich war. Die in Weimar ansässigen Engländer sangen Lobeshymnen auf seinen noblen Charakter, zusätzlich erkundigte ich mich nach seiner finanziellen Lage, die sich als zufriedenstellend erwies. Mir selbst war er überaus sympathisch und ich begriff, dass ich mein negatives Vorurteil gegenüber seiner Nation – er war Engländer – nicht mehr uneingeschränkt aufrechterhalten konnte. Sein kultiviertes, formvollendetes Benehmen unterschied sich nicht von dem eines gebildeten Deutschen.

Auch seinen erwachsenen Kindern merkte man ihre ausgezeichnete Erziehung an. Es schien, als solle Gustchen durch diesen sie innig liebenden Mann nun endlich ein Glück zuteil werden, das sie so sehr verdiente. Doch ach, im letzten Moment erlebte meine Jüngste eine komplette Zerrüttung ihres physischen Zustands, sodass sie schweren Herzens den Traum von einem glücklichen Familienleben begraben musste.

Damit Sie kein falsches Bild bekommen: Verbote gegen bestimmte Eheschließungen haben wir nur in einem Fall ausgesprochen, sonst haben wir stets versucht, durch Argumente die Einsicht bei unseren Töchtern zu fördern, was sicher nicht zu ihrem Nachteil gewesen ist. Jede ist auf ihre Weise ein nützlicher Teil der Gesellschaft geworden und hat für andere viel Gutes bewirkt. Ich bin stolz auf sie."

„Ihr Sohn ist, wie ich gehört habe, als einziges Ihrer Kinder verheiratet."

„Ja, und zwar sehr glücklich. Ich muss gestehen, dass diese Ehe nicht zu Stande gekommen wäre, wenn Carl auf meine Meinung gehört hätte. Seine Auserwählte, die übrigens aus einem verarmten Zweig der Familie von Egloffstein stammt, schien mir wegen ihrer physischen Schwäche nicht als künftige Gutsherrin des ostpreußischen Arklitten geeignet zu sein. Ein wenig Vermögen hätte dem inzwischen verschuldeten Hof ebenfalls gut getan. Doch ich habe mich getäuscht. Die junge Frau hat ihre Aufgabe gut gemeistert und ist für Carl ein guter Engel geworden. Die beiden haben das Gut so umsichtig bewirtschaftet, dass alle Schulden bald abgetragen sein werden. Dass ich mich über unser liebes Lottchen zunächst abfällig geäußert habe, ist eine der Sünden, für die ich mich dermaleinst werde verantworten müs-

Charlotte von Egloffstein, Jettes Schwiegertochter

sen. Doch ich hoffe, einen milden Richter zu finden, da Carl und Lottchen mir nichts nachtragen und mir vergeben haben."

„So, wie Sie ihrem Exmann vergeben haben. Eine christliche Einstellung."

„Die halte ich für wichtig. In meiner ersten Ehe und vor allem nach der Trennung hat mir mein Gottvertrauen geholfen. Auch mein Sohn Carl hat eine ähnliche Erfahrung gemacht. Er hat sehr unter der Ablehnung seiner Braut durch seine Eltern gelitten, war jedoch entschlossen, seine große Liebe nicht zu opfern. Er hat Gott um Hilfe angefleht und mit seinem Beistand gelang es ihm, mit Fassung diese Prüfung zu bestehen. Von da an wurde er ein tief religiöser Mensch, dessen Trost und Zuspruch mir jetzt mit zunehmendem Alter besonders guttun."

„Nun hat also Ihr Sohn auf dem schönen Anwesen und in dem prächtigen Schloss Fuß gefasst, von dem der alte General von Egloffstein gehofft hatte, dass Sie es als Braut betreten würden."

„Es war mir nicht vergönnt, es zu sehen. Doch es erfüllte mich mit überschwänglicher Freude, dass künftig ein Zweig unseres Stammes auf fremdem Boden Wurzeln fassen und blühen sollte. Carl und Lottchen hatten einen herrlichen Sohn, der zu stolzen Hoffnungen berechtigte. Sein Charakter ähnelte dem unserer Julie. Wie sie war er sehr talentiert, vor allem im Zeichnen, freundlich und bei aller Welt beliebt, doch leider hatte er auch ihren gefährlichen Hang zur Schwermut, der ihn mitunter in tiefste Verzweiflung stürzte. Einmal fand er nicht den Weg zurück und nahm sich in seiner Verlassenheit das Leben. Seine junge Frau, mit der er in herzlicher Liebe verbunden war, und seine armen Eltern waren fassungslos. Ersparen Sie mir weitere Erklärungen. Uns allen hat nur die Hoffnung geholfen, dass Gott in seiner Barmherzigkeit diese leidende verirrte Seele gnädig aufgenommen hat. Es war vor allem sein schwergeprüfter Vater, der mir durch seine Gläubigkeit Trost gespendet hat."

„Eine bewundernswerte Haltung! Sind Sie durch sein entschiedenes Durchsetzen seiner Liebe, was sich letztendlich als segensreich für ihn erwiesen hat, dazu gekommen, an der Allgemeingültigkeit Ihrer persönlichen Maxime ‚Verzichten ist besser als ertragen' zu zweifeln? Sicher sind Eltern in der Lage, auf Grund Ihrer Lebenserfahrung Schwierigkeiten einer Verbindung vorherzusehen. Doch unterschätzen Sie nicht den Lebensmut und die Fähigkeit der Jüngeren, diese gemeinsam zu überwinden? Sie selbst haben Ihre Kraft aus der Gewissheit bezogen, von einer höheren Macht beschützt und gelenkt zu werden. Gilt das Gleiche nicht für Ihre Kinder, wenn sie in eine schwierige Lage geraten sollten?"

„Oh je, gleich drei Fragen auf einmal. Durch das Beispiel meines Sohnes Carl bin ich heute geneigt, alle drei unter bestimmten Voraussetzungen zu bejahen. Bei Julie lag der Fall anders, wie ich Ihnen bereits dargelegt habe. Dass es eine Liebe gibt, die alle Hindernisse überwindet, kann ich aus eigener Erfahrung bestätigen. Mein zweiter Ehemann hat sich auf den ersten Blick in mich verliebt, als er mich in einer Gesellschaft an der Table d'hôte eines Hotels in Nürnberg entdeckte. Nur bestand die Notwendigkeit, dass er seine Liebe geheim halten musste, um mich als verheiratete Frau nicht zu kompromittieren. Es stellten sich schwere physische Leiden bei ihm ein, deren Ursache ein erfahrener Arzt, der übrigens auch der unserer Familie war, in einem verständnisvollen Gespräch herausbekam. Auf dessen Anraten wurde er mit dem Einverständnis seines Vaters auf Reisen durch halb Europa geschickt, um mich zu vergessen. Doch das gelang ihm nicht. Als er nach Jahren erfuhr, ich lebe bereits seit einem Jahr allein mit meinen Kindern in Weimar, schöpfte er Hoffnung, da er meinte, ich sei geschieden. Unter dem Vorwand, seinen Bruder in Jena besuchen zu wollen, meldete er sich auch bei meinem Bruder. Dieser litt gerade sehr wegen der tödlichen Erkrankung seines ältesten Sohnes und bat Beaulieu inständig, täglich bei ihm zu erscheinen und ihm Trost zu spenden. Verständlicherweise ließ er sich nicht zweimal bitten. So hatte er die Gelegenheit, mich täglich zu sehen. Er beeindruckte mich zunehmend durch die Festigkeit seines Charakters, die ich später bei ihm noch häufig bewundern konnte. Nachdem er meine verzweifelte Lage erkannt hatte, hielt er es nicht mehr für ein Verbrechen, mir nach seiner Abreise in seinen Briefen seine Liebe zu offenbaren. Ich gestattete ihm nicht, Pläne für eine gemeinsame Zukunft zu schmieden und legte ihm alle Gründe dar, die gegen eine Verbindung sprachen: meine fünf Kinder, den Altersunterschied von vier Jahren – ich bin also älter als er – und seine ungünstigen beruflichen Aussichten."

„Wenn ich es recht verstanden habe, waren Sie zu dem Zeitpunkt noch verheiratet."

„Sie haben Recht. Doch wahrscheinlich habe ich das damals nicht gleich als den wichtigsten Grund angeführt, um zu vermeiden, dass Beaulieu mich nun ständig zu einer Scheidung drängen würde. Als ich ihm auch noch erklärte, dass weder ich noch Leopold an eine Scheidung dächten und dass aus diesem Grunde sein ganzes Anliegen hoffnungslos sei, war sein Zustand so bejammernswürdig, dass es mir schwer wurde, ihn allzu hart zurückzuweisen. Ich bat ihn also, meiner Mutter sein Anliegen vorzutragen, da ich meinte, dass er in ihr eine strenge Richterin finden würde."

„Der Ärmste! Da Ihnen der erforderliche Mut fehlte, sollte sie ihm also eine Abfuhr erteilen?"

„Ich wusste mir keinen anderen Rat. Ich meinte, dass nur meine Mutter in der Lage sei, ihm zu erklären, mit welchen Hirngespinsten er sich abgebe. Aber ich habe Ihnen schon einmal gesagt, dass Beaulieu ein verwegener Mann ist. Nebenbei bemerkt darf man seine Liebenswürdigkeit und seinen Charme auch nicht unterschätzen."

„Er hat also Ihre Mutter im Handstreich erobert?"

„Jawohl. Diese Frau ist und bleibt mir ein Rätsel. Sie hat sich Beaulieus Absichten einschließlich der Offenlegung seiner Vermögensverhältnisse in aller Seelenruhe angehört und ihm dann geraten, die Entwicklung der Dinge in Ruhe abzuwarten.

Zudem hat die Tatsache, dass Beaulieus hugenottische Vorfahren dem französischen Uradel angehörten und sein Urgroßvater als erfahrener Oberjägermeister am herzoglichen Hof zu Celle wegen der aus Frankreich importierten verfeinerten Jagdsitten hochgeschätzt war, ihre Wirkung nicht verfehlt. Dennoch konnte ich es nicht verstehen, dass sie Beaulieu sogar ermutigt hat, seine Hoffnung nicht aufzugeben. Ich war davon ausgegangen, dass sie das Scheitern meiner Ehe mit Leopold, an dem sie einen Narren gefressen hatte, verhindern wollte."

„Sie war eine Realistin."

„Meinen Sie? Nun lag die Entscheidung doch allein bei mir."

„Eben. Vielleicht war genau das die Absicht Ihrer Mutter?"

„Ich musste Beaulieu nun doch mit allergrößter Entschiedenheit meinen Standpunkt klar machen, mit dem Resultat, dass er in eine abgrundtiefe

Verzweiflung fiel. In einem Brief versicherte er mich noch seiner unvergänglichen ewigen Liebe und begab sich dann auf die eben erwähnte Reise, was er mir in einem kurz gehaltenen Schreiben mitteilte. Nach einiger Zeit – ich war inzwischen geschieden – erhielt ich einen recht geistvollen Brief, der wieder seine alte Lebensfreude und Geistesfrische atmete. Während ich gerade noch in dessen Lektüre vertieft war, stand der, den ich noch in Paris wähnte, vor unserer Haustür."

„Nun, wie dieser rührende Roman zu Ende ging, haben Sie bereits in einem früheren Gespräch berichtet. Nach der Wiederkehr Beaulieus kurierten Sie Ihren nervlichen Erschöpfungszustand in Bad Lauchstädt aus, während er sich um eine Stelle als Forstmeister bewarb, was in Anbetracht der französischen Besetzung einiges Verhandlungsgeschick erforderte. Seine Bemühungen waren letztendlich von Erfolg gekrönt und Sie hielten schließlich Einzug in das Forsthaus.

Könnten Sie sich vorstellen, dass auch eine Frau mit der gleichen Unbedingtheit ihren Gefühlen folgt und für ihre Liebe kämpft?"

„Ich denke, sie fiele aus der Rolle, die ihr von der Natur und der Sittlichkeit zugeteilt ist. Selbstverständlich kann sie sich verlieben, doch sie sollte niemals blind ihrer Leidenschaft folgen. Es ist kläglich, wie in der heutigen Zeit zum Beispiel Frauen alle Pflichten ihrer Familie gegenüber vergessen. Sinnlichkeit und Leichtfertigkeit der Mutter führen mitunter zu Gleichgültigkeit und Eiseskälte den eigenen Kindern gegenüber, wie wir das zum Beispiel im Hause des hervorragendsten Dichters – ich meine natürlich nicht ihn, sondern die Familie seines Sohnes – beobachten können. Sogar Großmütter gibt es heutzutage, die mit ihrem Enkelkind auf dem Schoß dasitzen und sich darüber grämen, was sie in ihrem Leben versäumt haben. Vielleicht hätten sie Glück und Zufriedenheit finden können, wenn sie die seelische Verbundenheit mit ihrem Gatten und die Achtung vor ihm zu ihrer wichtigsten Maxime gemacht hätten."

„Gibt es aus Ihrer Sicht weitere Empfehlungen, die das Gelingen einer Ehe fördern können?"

„Die Brautleute sollte nicht zu jung, auf keinen Fall noch halbe Kinder sein. Ich habe festgestellt, dass Ehen, in denen der Mann beträchtlich älter als seine Ehefrau ist, nicht die schlechtesten sind. Auf Grund seiner größeren Lebenserfahrung ist er in der Lage, auf behutsame Weise die Führung zu übernehmen."

„Erwähnten Sie nicht, dass ihr zweiter Ehemann jünger ist als Sie?"

„Lebenserfahrung hatte ich vor der Eheschließung mit ihm zur Genüge gesammelt, bedurfte also auch keiner Führung mehr."

Ins Schwarze getroffen

„Wenn es Ihnen recht ist, möchte ich gern mit Ihnen über die Gedanken Beaulieus sprechen, die er als Dreiundzwanzigjähriger über seine zukünftige Ehefrau zu Papier gebracht hat."

„Ach ja, hat er das getan? Das ist mir neu."

„Er hat sie in London, also wohl während seiner ‚Europareise aus Liebeskummer', formuliert. Er hatte offensichtlich die Absicht, sich Klarheit über seine Situation zu verschaffen, die dadurch gekennzeichnet war, dass er auf eine Ehe mit Ihnen nicht hoffen durfte. Ich verstehe sein Schreiben als eine Methode, seiner Depression Herr zu werden, indem er neue Zukunftspläne entwickelt. Sicher ist ihm von seinem Arzt und seinem Vater gepredigt worden, dass es auch noch andere Frauen außer Ihnen auf der Welt gebe, und so hielt er nun nach einem weiblichen Wesen Ausschau, das als Zukünftige für ihn in Frage käme.

Es ist rührend zu lesen, wie sorgfältig er seine Vorstellungen umreißt. Das scheint ihm eine eminent wichtige Voraussetzung für das Gelingen einer Ehe zu sein. Deshalb schickt voraus, dass eine glückliche Ehe, von denen es allerdings nur verschwindend wenige gebe, der Himmel auf Erden, eine unglückliche dagegen die Hölle sein könne.

Auffallend ist, dass sein Entwurf des Charakters der idealen Frau haargenau auf Sie zutrifft. Natürlichkeit, Aufrichtigkeit, moralische Wertvorstellungen sind für ihn unabdingbare Voraussetzungen. Eine gewisse Weltläufigkeit, Beherrschen der französischen, vor allem aber der Muttersprache, kein wahlloses Lesen, sondern Bevorzugung guter Literatur, im musischen Bereich das Vorhandensein von ‚etwas Stimme' und einigem Talent im Zeichnen stehen darüber hinaus auf der Wunschliste. Ganz besonderes sinnvoll erscheint der Hinweis – oder genauer die Warnung – , dass auf seine Frau ein jahrelanges Leben auf dem Lande warte, dem sie nach Möglichkeit Freude abgewinnen solle. Zwar seien Küche und Stall nicht als ihre hauptsächlichen Aufenthaltsorte vorgesehen, doch solle sie über alles einen Überblick haben, um die entsprechenden Anweisungen erteilen zu können. Das fordert er vor allem im Hinblick auf seine zukünftigen nicht allzu üppigen Einkünfte, die ihm sicher nicht die Einstellung einer selbständig arbeitenden Hausverwalterin gestatten würden. Die zunächst etwas befremdliche unabdingbare Forderung nach Reinlichkeit und Sorgfalt, die Priorität vor allen bereits erwähnten Vorzügen haben sollten, wird durch sein Eingeständnis sympathischer, dass ihm diese Talente vollkommen abgingen."

„Letzterem möchte ich nicht widersprechen."

„Man sagt ja, Einsicht sei der erste Weg zur Besserung."

„Sagen wir einmal, er war stets bemüht."

„Auch sein zunächst unbescheiden erscheinender Wunsch, dass seine Eheliebste ihm quasi jeden Wunsch von den Augen ablesen solle, bevor er ihn ausgesprochen habe, wird durch die Zusicherung gemildert, dass auch er zu dieser Haltung bereit sei. Ist das nicht etwas zu idealistisch gedacht?"

„Keineswegs. Es hängt doch von den Wünschen ab. Seit meiner eher bescheiden zu nennenden Kindheit kann ich mich mit Wenigem auskommen und bin eigentlich leicht zufriedenzustellen. Kostspielige Reisen, wie zum Beispiel die nach Italien, habe ich zwar letzten Endes genossen, hätte jedoch gern darauf verzichten können."

„Beaulieu hat beim Schreiben sicher nicht nur an materielle Wünsche gedacht."

„Nein, mit Sicherheit nicht. Mein Mann liebte ein behagliches Heim, einige auserlesene Gäste und Fröhlichkeit. Ihm dieses zu verschaffen, bereitete mir große Freude. Er selbst war ein fantasievoller Meister im Improvisieren von kleinen Festen, was vor allem von meinen Töchtern mit Begeisterung aufgenommen wurde. Wie ich konnte er sich an Kleinigkeiten in Haus und Garten und in der Familie erfreuen."

„Die Ausführungen ihres Mannes lassen darauf schließen, dass er ein aufbrausendes, impulsives Naturell hatte und von seiner Frau erwartete, ihm das nicht zu verübeln, sondern in der Gewissheit, dass er nach einiger Zeit sein Fehlverhalten einsehen und sich entschuldigen würde, es ihm nicht weiter nachtrage. Hat er Wort gehalten?"

„Was unsere gegenseitige Beziehung betrifft, kann ich das bejahen. Gelegentlich musste ich besänftigend auf ihn einwirken. Solange meine Töchter noch jung waren und mit uns im Hause lebten, gab es auch ihnen gegenüber keine nennenswerten Schwierigkeiten. Er behandelte sie, wie er es vorher versprochen hatte, wie leibliche Kinder."

„Soweit ich informiert bin, sind Caroline und Julie, nachdem Sie sich von ihrem Hofdamen-Dasein verabschiedet haben, wieder in den Schoß der Familie zurückgekehrt."

„Zu meiner großen Freude. Das muss ich betonen. Es hätte sein können wie in alten Zeiten. Doch war unser Zusammenleben nicht mehr so unbeschwert. Wenn Caroline aus Weimar, wo sie noch häufig besuchsweise weilte, nach Hildesheim herüberkam, jammerte sie, dass sie jetzt wieder in das Hildesheimer ‚Krankenhaus' zurück müsse, was sie nicht davon abhielt, uns aufopfernd zu pflegen. Jeder hatte seine kleinen oder größeren Zipperlein, was vor allem für Beaulieu, den früher so Kerngesunden, schwer zu ertragen war. Auch beruflich verlief nicht alles zu seiner Zufriedenheit, sodass er gelegentlich ungeduldig und misslaunig war, was seine recht selbstbewussten beiden ältesten Stieftöchter mitunter zum Widerspruch reizte. Ich nahm das alles mit größtmöglicher Resignation hin und machte von einer verzeihlichen kleinen List Gebrauch. Da ich mit zunehmendem Alter immer stärker unter Schwerhörigkeit litt, konnte ich der Familie glaubwürdig vorspielen, dass ich nichts von Beaulieus gelegentlich gereizten unfreundlichen Bemerkungen mitbekam. So konnte ich mich diplomatisch aus diesen kleineren Querelen heraushalten. Doch waren das alles Marginalien. Immer wieder setzte sich die alte Verbundenheit und Herzlichkeit durch und so konnten wir am Tag unserer Goldenen Hochzeit zufrieden auf die gemeinsam verbrachten erfüllten Jahre zurückblicken. Alle waren untröstlich, als Beaulieu kurz darauf von uns ging."

„Sie müssen ihm also dankbar dafür sein, dass er als junger Mann so beharrlich sein Ziel angepeilt…“

„…und dann ins Schwarze getroffen hat.“

„Wie es sich für einen Jäger gehört, der eine Anleitung für Scharfschützen verfasst hat.“

„Das klingt nun wirklich sehr martialisch. Doch Beaulieu hielt Treffsicherheit für das höchste Gebot des Jägers, da sie den zum Abschuss bestimmten Tieren unnötige Qualen erspare. Lassen Sie uns den Faden nicht weiterspinnen. Beaulieu stellte seine Fähigkeiten in den Dienst einer guten Sache, aus der er, wie er mir während des Befreiungskampfes aus Belgien schrieb, ‚ohne Furcht und Tadel‘ herauskommen wollte. Wenn er mir – jetzt nach seinem Tode – einmal ganz besonders fehlt, schaue ich mir das Bild an, das ich noch ganz deutlich vor mir in der Eingangshalle des Misburger Forsthauses hängen sehe. Wahrlich kein Meisterwerk. Ein Kriegskamerad hatte die Kohlezeichnung angefertigt und mein Mann schickte sie mir per Eildepesche, voller Sorge darüber, dass es womöglich nicht rechtzeitig zu meinem Geburtstag eintreffen würde. Der Sendung war ein von ihm verfasstes reizendes kleines Gedicht beigefügt, das mir nicht aus dem Sinn kommt.“

„Sie könnten es also aus dem Kopf rezitieren?“

„Selbstverständlich, doch wenn ich das tue, müssen Sie sich dazu vorstellen, dass die Worte, die ich besonders betone, von Beaulieu in der für ihn typischen Manier schwungvoll unterstrichen sind. Auch die von ihm sehr geliebten Ausrufungszeichen fehlen nicht.“

„Kann man daraus schließen, dass er in der gleichen emphatischen Weise gesprochen hat?“

„Unbedingt. Als der Langentbehrte endlich heimkehrte, bat ich ihn, mir die ersten beiden Strophen noch einmal selbst vorzutragen. Sie klingen noch in meinen Ohren nach:

Könnte mich die Liebe tragen
Über Berg und Thal und Hain-
Würd ich mit dem Götterwagen
Schnell Geliebte bey dir seyn! –

Hätt ich Flügel, hätt ich Schwingen
Flög ich heute noch zu dir,
Wollte süße Gabe bringen
Und die Liebe lohnte mir.

Aber ach! Ich bin in Banden
Keine Gottheit zeigt sich mir
Und aus fernen weiten Landen,
Naht sich nur mein Bildnis dir.

Beaulieu als Harzer Jäger

Jette mit ihrem Papagei Coco

Die Vorfahren

„Frau Baronin, ich freue mich, dass sie mich bereits an meinem Schreibtisch erwarten und mir damit signalisieren, dass sie unser Gespräch fortsetzen möchten. Es erscheint überflüssig, Ihnen die Frage zu stellen, welche Rolle Ihr engster Familienkreis, das heißt ihre Kinder, deren Vater und Ihr jetziger Ehemann, für Sie spielt. Es wurde aber auch bereits deutlich, dass der Grundstein für Ihre späteren gesellschaftlichen Erfolge in Weimar bereits in früher Jugend durch die glänzenden Beziehungen Ihrer verzweigten Familie – unter anderem zum Weimarer Hof – gelegt wurden. Andererseits haben Sie zu spüren bekommen, wie verheerend sich familiäre Zwänge auf das Schicksal der einzelnen Mitglieder auswirken können. Was bedeutet Ihnen die Zugehörigkeit zum Hause derer von Egloffstein?"

„Ich habe die Familie mit einer verwitterten tausendjährigen Eiche verglichen, die auch heute noch zahlreiche Sprösslinge hervortreibt. Das ist naturgegeben. Jeder Ast, jedes einzelne Blatt bezieht seine Kraft aus den Wurzeln."

„Das trifft auf jeden Menschen zu."

„Da möchte ich nicht widersprechen. Doch die Wirkung kann sich verstärken, wenn ein Mensch seine Wurzeln kennt und sie als prägend für seinen eigenen Charakter empfindet. Deshalb habe ich mich darum bemüht, auch meine Kinder mit ihnen vertraut zu machen. Nicht ohne Grund habe ich meinen für sie aufgeschriebenen Lebenserinnerungen die Auflistung der Ahnenreihe vorangestellt. Ich beginne mit dem Dichterwort:

Wohl dem, der seiner Väter gern gedenkt,
der froh von ihren Taten, ihrer Größe
den Hörer unterhält..."

„Darf ich fortfahren?

...und still sich freuend,
ans Ende dieser schönen Reihe sich
geschlossen sieht. Denn es erzeugt nicht gleich
ein Haus den Halbgott, noch das Ungeheuer:
Erst eine Reihe Böser oder Guter
Bringt endlich das Entsetzen, bringt die Freude
der Welt hervor.

Sehr passend, dieses Zitat aus dem ersten Akt der *Iphigenie*. Es ist also kein unkritischer Lobgesang, keine Schönfärberei zu erwarten?"

„Durchaus nicht. Sie können sich davon überzeugen. Es sind lediglich zehn handgeschriebene Seiten, die Sie gern durchlesen dürfen. Ich werde sie Ihnen zukommen lassen, wenn Sie mögen."

Selbstverständlich stimme ich begeistert zu, denn Henriette in einem Interview zu diesem Thema zu befragen, könnte in Anbetracht der langen Ahnenreihe möglicherweise langwierig werden und das Interesse der Leser arg strapazieren. Möchte man sich über den Stammbaum der Familie von Egloffstein informieren, bietet das Internet ausreichende Informationen oder auch ein Aufsatz des Grafen von und zu Egloffstein in dem Katalog zur Ausstellung von Julies Bildern aus dem Jahre 1992 im Roemer-Museum zu Hildesheim. Doch in unserem Zusammenhang interessiert weniger eine objektive Darstellung der über tausend Jahre alten Familiengeschichte, sondern die Frage, welche Überlieferungen Henriette für erwähnenswert hält und welche Bedeutung diese für sie besitzen.

Es ist bezeichnend, dass Henriette ihren Lebenserinnerungen die Besinnung auf die Reihe der Vorfahren voranstellt und sich und ihre Kinder als Schluss-Glieder dieser Kette ansieht. Für Letztere gilt das in doppelter Hinsicht, da Vater und Mutter bis zum Ende des 16. Jahrhunderts einen gemeinsamen Stammbaum haben. Erst dann spaltet sich die väterliche preußische Linie von der mütterlichen fränkischen ab. Wie stark Henriettes emotionale Bindung an die fränkische Heimat, insbesondere an das Stammschloss Egloffstein, ist, muss nicht noch einmal betont werden. Auch in Weimar wurde sie durch die Hilfe ihrer Brüder und der Schwägerin aus tiefster Verzweiflung gerettet und so erscheint es als selbstverständlich, dass der Zusammenhalt in der Familie für sie einen hohen Wert besitzt. Das ist einer der Leitgedanken in ihrem Abriss der Familiengeschichte. Hinzu kommt der Stolz, einer Familie anzugehören, deren Name bereits um das Jahr 1000 bei den Teilnehmern an einem Ritterturnier zu Braunschweig vertreten ist, wobei die Bedingung für eine Teilnahme der Nachweis von sechzehn Ahnen von „makellosem" Adel ist. Übrigens werden auch egloffsteinsche Damen genannt, welche bei der Braunschweiger Heerschau in Aktion traten. Bei diesem riesigen mittelalterlichen Spektakel durften sie mit darüber entscheiden, ob ein Ritter die notwendigen Voraussetzungen erfüllte, an dem anstehenden Turnier teilnehmen zu dürfen. Um das zu überprüfen, mussten sie ein umfassendes Wissen in der Wappenkunde erworben haben. Dafür fiel Ihnen auch am Schluss die ehrenvolle Aufgabe der Preisverleihung zu. Dass von nun an Vertreter der Familie mit zunehmender Häufigkeit urkundlich erwähnt werden, führt bei Henriette zu der Folgerung, dass unabhängig von dem materiellen Besitz, also auch, wenn dieser einmal nicht mehr vorhanden sei, es genügend Beweise für die Bedeutung und das Alter der Familie gebe. Um dieses zu untermauern, führt sie in bunter Reihe berühmte Vertreter der Familie auf, wobei es ihr offensichtlich nicht auf einen lückenlosen linearen Stammbaum ankommt. Diesen aufzustellen und gleichzeitig die herausragendsten Persönlichkeiten vorzustellen, wäre auch kaum möglich, da es sich vorwiegend um kirchliche – also unverheiratete – Würdenträger im fränkischen Raum handelt: Bischöfe von Bamberg, Würzburg, Augsburg und im deutschen Ritterorden.

Hervorzuheben ist Johannes von Egloffstein als Gründer der Universität Würzburg, der ein Vermögen erwirbt, das nach seinem Tod in wohltätige Stiftungen fließt. Ferner erwähnt Henriette auch zwei weibliche Amtsinhaberinnen, Cathrien (!) und Cunigunde von Egloffstein, beide im 15. Jahrhundert Äbtissinnen zu Obermünster in Regensburg. Beide sind in dieser Eigenschaft Reichfürstinnen, d. h. direkt vom Kaiser eingesetzt, also keinem anderen weltlichen Herrn untertan. Zu Beginn desselben Jahrhunderts erwirbt Johannes von Egloffstein als Reichsfürst und Bischof von Würzburg Ruhm als Gründer der dortigen Universität, zudem zeichnet er sich durch Wohltätigkeit, Sparsamkeit und Reformeifer aus. In seinem aufgeklärten, vorurteilsfreien Geist sieht Henriette den Grund dafür, dass er von seinen Mönchen nach zehnjähriger Herrschaft vergiftet wird. Dass ein gewisser Albrecht von Egloffstein nebst seinen beiden Söhnen im Jahre 1436 Lübecker Kaufleute beraubt und deshalb durch Kaiser Sigismund in die Reichsacht getan wird und sich weigert, Buße zu tun, bleibt nicht unerwähnt, auch nicht, dass seine beiden Söhne wieder in den Besitz all ihrer Güter gelangen. Das ist nicht unwichtig, denn schließlich handelt es sich um direkte Vorfahren von Henriette und ihrem ersten Ehemann.

Ein Urenkel des Raubritters erntet in der Familie höchstes Lob dadurch, dass er in seinem Testament sein gesamtes nicht unbeträchtliches Vermögen in ein „Fidei Commis", d. h. eine Stiftung, verwandelt, die nicht nur allen männlichen Nachkommen, sondern auch den Töchtern bei ihrer Verheiratung oder ihrem Eintritt in ein Kloster zu Gute kommt. Nicht nur zu Henriettes Zeit, sondern bis zum heutigen Tage besteht die Stiftung als eine Art familieninterne Sozialversicherung. Befremdlich findet es Henriette, dass ein Familienmitglied wegen einer „niederträchtigen [d. h. nicht standesgemäßen] Heurath" aus dem Fidei Commis ausgestoßen und sein Vermögen unter acht „Geschlechtsvettern" aufgeteilt wird. Die geringe Summe, die man ihm zugesteht, wird allerdings von den Erben aus eigenem Antrieb erheblich erhöht.

Erzählte Familiengeschichte

Mit der beginnenden Neuzeit fließen die Quellen der Überlieferung offensichtlich reichlicher und es wird Henriette möglich, die historischen Fakten erzählerisch auszukleiden. Geeigneten Stoff bietet die Lebensgeschichte des Hieronymus von Egloffstein, der durch die Vereinigung fränkischer und preußischer Besitztümer zu großem Wohlstand gelangt. Als dritter Sohn unter vierzehn Kindern treibt ihn seine Abenteuerlust in die Fremde. Schließlich landet er wie bereits einige seiner Anverwandten im Deutschen Ritterorden, wird nach seinem Abschied reichlich belohnt, sodass er sich mehrere Güter kaufen und zudem eine wohlhabende Erbin ehelichen kann. Als ihn dann doch das Verlangen ergreift, seine alte Heimat aufzusuchen, wird er dort von niemandem mehr erkannt. Zum Glück kommt ihm die Tatsache zu Hilfe, dass er sich seines mit dem Familienwappen versehenen Schwertes erinnern kann, das er vor seinem Aufbruch in die Fremde in einem Heuschober versteckt hatte und das nun aufgefunden wird. So kann er jeden Zweifel an seiner Identität beseitigen. Da seine beiden älteren Brüder kinderlos versterben, könnte er nun als reichbegüterter Mann seinen Lebensabend genießen. Doch wollen seine beiden habgierigen Söhne sein Ende nicht in Ruhe abwarten und beschließen, dieses gewaltsam herbeizuführen. Kurz vor der Durchführung des teuflischen Plans packt den Jüngeren jedoch die Reue und er legt seinem Vater gegenüber ein Geständnis ab. Und nicht nur das. Mit Löwenmut fällt er seinem Bruder in den Arm, als dieser den schändlichen Streich mit der Axt ausführen will. Der Vater stößt den Fluch gegen alle Erstgeborenen aus dem Stamm seines frevlerischen Sohnes aus, dass diese alle frühzeitig oder kinderlos sterben sollten. Den zukünftigen Generationen bleibt die Bewahrheitung dieses Spruchs allerdings erspart, da der älteste Sohn keine, sein jüngerer Bruder Siegismund dagegen acht Kinder hat. Seine beiden Söhne teilen später die väterliche Hinterlassenschaft untereinander auf, wobei Siegismund Junior die preußischen und Hieronymus die fränkischen Besitztümer erhält.

Henriette wendet sich nun der fränkischen, also ihrer eigenen Linie zu, während sie die ihres ersten Ehemannes außer Acht lässt. Dem Schicksal des unvermählt gebliebenen Enkels des fränkischen Ahnherrn Hieronymus, Maximilian, widmet Henriette mehrere Seiten. Er besitzt glänzende Anlagen und ist von außerordentlicher Schönheit, welche die Damen, insbesondere die Markgräfin von Bayreuth, zu schätzen wissen. Letztere soll ihm „vorzüglich gewogen" gewesen sein. In seinem von ihm erbauten prächtigen Barockpalais betreibt er fürstlichen Aufwand. Dennoch ist es ihm außerdem möglich, alle auf seinen Erbgütern ruhenden Schulden abzulösen und die Besitzungen seiner Brüder „an sich zu knüpfen". Sein Glück hätte vollkommen sein können, doch dann ereilt ihn überraschend ein herber Schicksalsschlag. Da seine Verlobte sich bei einem ihr zu Ehren veranstalteten Fest verspätet, dringt er scherzhaft mit einem Stock, den er der Sitte entsprechend trägt, auf sie ein. Zur Gegenwehr zückt die Braut lediglich ihren Fächer und grausamer Weise wird sie durch einen Stoß in die Brust dermaßen verletzt, dass sie bald darauf stirbt. Gequält von Trauer und Selbstvorwürfen bleibt Maximilian unvermählt und auch er lässt sein stattliches Vermögen in eine Familienstimmung einfließen.

Es folgt eine denkwürdige Szene, die Henriette in ihren Erinnerungen beschreibt. Um das Grab ihres früh verstorbenen Vaters zu segnen, lässt sie die Familiengruft öffnen. Sie findet den Sarg ihres Vaters neben dem des großzügigen Oheims Maximilian. Nur kurz erwähnt sie, dass dessen wohltätige Absichten durch die „Umwälzung aller politischen Verhältnisse“ nahezu zum Scheitern verurteilt waren. Gemeint ist die durch Napoleon initiierte Mediatisierung der kleineren Adelshäuser, die nicht nur den Verlust von Privilegien, sondern auch erhebliche Einbußen an Vermögen hinnehmen mussten. Henriette reklamiert für sich, dass sie als einzige Gläubigerin durch ihren Verzicht auf ihre finanziellen Ansprüche gegenüber dem Majorat dessen Erhalt bewirkt habe. Sie erwähnt nicht, dass ihr erster Ehemann und ihr Bruder Christian – laut Albrecht von Egloffstein – die Zeichen der Zeit verstanden haben und nach dem Niedergang der napoleonischen Ära nicht auf der Rückgabe aller materiellen Güter bestehen, sondern umgehend Entschädigungsverhandlungen führen. Mit leichtem Bedauern stellt Henriette fest, dass ihr Verzicht nirgends dokumentiert sei und dass wohl niemand der derzeitigen Majoratsbesitzer einmal dankbar und segnend an ihrem Grabe stehen werde. Entscheidend für sie ist ihre Gewissheit, durch ihr uneigennütziges Verhalten die Voraussetzung dafür gegeben zu haben, dass die Majoratsstiftung erhalten blieb. Sie beweist damit einen ausgeprägten Familiensinn, für den sie – was sie natürlich zu dem Zeitpunkt noch nicht wissen kann – insofern „belohnt“ wird, als ihr in ihren letzten Lebensjahren als Witwe einige Mitglieder der weitverzweigten Familie finanziell tatkräftig unter die Arme greifen. Trotz ihrer nach Aussagen ihrer Töchter im Allgemeinen bescheidenen Haushaltsführung wird dies durch häufige Reisen einiger Familienmitglieder und in zunehmendem Maße hohe Arztrechnungen nötig.

Mehrfach äußert Henriette ihr Bedauern, ihren Vater nicht mehr kennengelernt zu haben. Mit der Segnung möchte sie ihm die Liebe zeigen, die sie ihm in seinem Leben nicht hat erweisen können. Als töricht betrachte sie die Vorstellung, dass Tote noch an den Dingen teilnehmen, die sie in ihrem Leben für wichtig hielten. Sie betont das im Hinblick darauf, dass andernfalls der ewige Frieden des wohltätigen Oheims Maximilian erheblich durch die Tatsache gestört worden wäre, dass Henriettes Vater Schulden auf das Majorat aufgenommen hatte. Doch bedeutsam erscheint ihre Überzeugung vor allem in dem Zusammenhang, dass es sich bei der Segnung keinesfalls um den esoterisch-mystischen Versuch einer Kontaktaufnahme zu dem Verstorbenen handele, was zu der Zeit gerade in Mode kam. Beherrschend dürfte das Gefühl der Liebe und Dankbarkeit gewesen sein, das in ihr durch mannigfache mündliche Erzählungen von Angehörigen und Freunden geweckt worden ist.

Henriettes im Jahre 1706 geborener Großvater Albrecht Christoph Carl ist der Neffe des berühmten Maximilian von Egloffstein. Während wir von ihm lediglich erfahren, dass er wichtige Ämter bekleidet sowie Träger des roten Adlerordens und Günstling des Markgrafen von Ansbach ist, wendet Henriette der Familie seiner Ehefrau ihr besonderes Interesse zu. Aus verständlichen Gründen legt sie das Hauptgewicht ihrer Darstellung auf die Ausarbeitung des Kontrasts zwischen dem zarten, liebevollen Charakter ihrer schönen, liebenswürdigen Großmutter Sophie und deren halsstarrigen, eigensinnigen und tyrannischen Vaters Diemar. Als erfolgreicher Heerführer verschiedenster Potentaten und Land-Kommandeur im Deutschen Orden hatte jener ein fürstliches Vermögen angehäuft und verkehrte mit den Fürsten wie mit Seinesgleichen. Auch von ihnen duldet er keinerlei Widerspruch. Im Rahmen einer kindischen Wette zwingt er seinen körperlich schwachen Sohn zu einem abenteuerlichen Ritt an den spanischen Königshof, den dieser zwar in der vorgesehenen Frist absolviert, an dessen Ende er jedoch tot zusammenbricht. Auch mit seinen Töchtern verfährt dieser Unhold nicht zimperlich. Doch als es um die Heirat der älteren geht, von der er wie von seinen Untertanen unbedingten Gehorsam verlangt, findet er seinen Meister. Der Markgraf von Ansbach, an dessen Hof die beiden mutterlosen Mädchen aufgewachsen sind und der den rechthaberischen Charakter des alten Haudegens nur allzu gut kennt, wendet eine wirksame List an. Er forciert ein Gespräch über den Gehorsam, den Kinder ihren Eltern schuldig sind, in dem der Vater sich dazu versteigt, ehrenwörtlich zu versichern, dass er dem erstbesten Bewerber um die Hand seiner Tochter Gehör schenken werde. Der Markgraf, der um die Liebe Sophies zu Albrecht von Egloffstein weiß, arrangiert dessen rechtzeitige Bewerbung, sodass sich die Hoffnung der Liebenden erfüllt. Gebührend würdigt

Henriette das Verhalten der sanften Sophie, die sich gehorsam, wenn auch unter Tränen, in den Willen des Vaters fügt, nachdem sie keinen Aufschub der erzwungenen Heirat erreichen kann. Wer ihr Bräutigam ist, erfährt sie – angeblich – erst bei dessen Anblick vor dem Altar. Offenbar wird das Geheimnis dem tyrannischen Vater gegenüber nie gelüftet, denn es heißt, dass er die Tochter wegen ihrer „vermeintlichen Resignation" ganz besonders geliebt hat. Indirekt wird es also als ein Zeichen von weiblicher Klugheit gewürdigt, den Zorn des Familiendiktators nicht durch das Zeigen eines Triumphes zu reizen oder seine Rolle in Frage zu stellen.

Sophie und Albrecht haben also durch das kluge Spiel des Markgrafen ihr Glück gefunden. Aus der Ehe gehen eine Tochter und zwei Söhne hervor, von denen einer Henriettes Vater Carl ist. Wie sein Schwiegervater steht auch Albrecht in der Gunst des Markgrafen, den er auf vielen seiner Unternehmungen begleiten muss. So lässt sich der junge Familienvater auch nicht, trotz der inständigen Bitten seiner Frau, doch ausnahmsweise an diesem einen Tag bei ihr zu bleiben, da sie von Todesahnungen gequält wird, davon abhalten, an einer fürstlichen Reiherjagd teilzunehmen. Erst als sich unheilvolle Vorzeichen häufen, bereut Albrecht seinen Entschluss und kehrt trotz der Neckereien durch die Jagdgenossen in schnellem Ritt nach Hause zurück. Doch er kommt zu spät. Seine Frau ist bereits gestorben. Henriette beweist ihr episches Talent, indem sie diese oft im Familienkreis gehörte Begebenheit ausführlich und spannend erzählt.

Der Vater

Der trauernde Ehegatte überlebt den Tod seiner Frau nur um wenige Jahre, sodass der raue Feldmarschall von Diemar die Erziehung der verwaisten Kinder seiner geliebten Tochter übernimmt. Diese werden zum Spielball seiner grenzenlosen Willkür. Die Erzieher wagen nicht, sich den diktatorischen Anordnungen zu widersetzen, und so müssen die Kinder sich den drakonischen Maßnahmen unterwerfen. Während der ältere Bruder Albrecht dies bereitwillig tut, ja den militärischen Drill sogar zu genießen scheint, stellt dieser für den schwächlicheren Karl eine Tortur dar. Henriette sieht Albrecht als Produkt der großväterlichen Erziehung an. Da er dem Erziehungsideal des Großvaters voll entspricht, gelingt es Albrecht, den alten Feldmarschall um den Finger zu wickeln, und so wird er von diesem grenzenlos verwöhnt. Im Hinblick auf sein späteres Leben stellt Henriette fest, dass rohe Sitten, unschöne Gewohnheiten und die Vernachlässigung feinerer Regungen dieses nachteilig beeinflusst haben. Sie erwähnt keine Details, doch was das für Henriette und ihre Brüder bedeutet, kann man sich vorstellen, wenn man in Betracht zieht, dass Albrecht nach dem frühen Tod ihres Vaters ihr Vormund wird, mit dem die Mutter alle Entscheidungen bezüglich ihrer Kinder abzusprechen hat. Offensichtlich betrachtet Henriette es als Vorzug, dass ihr Vater aus feinerem Holz geschnitzt war. Als Siebenmonatskind ist er von Beginn an von schwächlicher Konstitution, sodass er zwar die Gunst des Großvaters verliert, jedoch charakterlich nicht in der gleichen Weise geschädigt wird wie sein Bruder. Seiner militärischen Ausbildung kann er nicht viel abgewinnen, stattdessen neigt er den Künsten und Wissenschaften zu. Als der Großvater stirbt, fühlt Karl sich von jeglichem Zwang befreit und beginnt sein Leben zu genießen. Ihn schert es nicht, dass sein bisheriger Vormund sich nicht als „reicher Wohltäter der Familie" erweist – wie Henriette stets Erblasser nennt – , sondern nahezu sein gesamtes Vermögen seinem Fürsten vermacht. Die Güter hätten diesem ohnehin zugestanden, da Diemar keine männlichen Erben hinterlässt. Den beiden Brüdern fällt allerdings das gesamte Inventar nebst einem wertvollen Weinkeller zu, durch dessen Verkauf allein sie – wie die stets in angespannten finanziellen Verhältnissen lebende Jette es nennt – „ein sorgenfreyes Leben" führen können.

Das tut Karl dann auch ausgiebig, ungeachtet der Tatsache, dass er durch sein relativ geringes Legat zwar seine laufenden Kosten für den Lebensunterhalt bestreiten, jedoch keine finanziellen Rücklagen für unvorhergesehene Ereignisse schaffen kann. Noch gerade rechtzeitig kann er von Freunden aus den Netzen einer zweifelhaften Lebedame befreit werden. In seiner Unerfahrenheit hatte er allerdings mit deren Vater einen Ehevertrag ausgehandelt, von dem er nur durch erhebliche finanzielle Einbußen zurücktreten kann. Ein unverzüglicher Ortswechsel wird dem naiven jungen Mann angeraten, damit er nicht womöglich wieder rückfällig wird. Unverzüglich begibt er sich von Erlangen nach Ansbach, wo sich noch viele gute Freunde seines Vaters befinden. Er wird mit offenen Armen empfangen und, da man über Karls Situation informiert ist, hält man nach einer passenden Gattin für ihn Ausschau. Die Wahl fällt auf Sophie von Thüna, von der Henriette meint, sie habe das „zeitliche und gewiß auch ewige Glück" ihres Vaters begründet.

Jettes Vater
Karl von Egloffstein

Die Mutter

Henriette schließt ihre „Familiennotizen", die sie ihren bruchstückhaften Lebenserinnerungen vorausschickt, mit der Charakterisierung ihrer Mutter ab. Sie ist bemüht, ihr Gerechtigkeit widerfahren zu lassen, indem sie ihre Bedeutung für die gesamte Familie verherrlicht. Sophie von Thüna bringt die besten Voraussetzungen mit, eine würdige Gattin und Mutter zu sein. Als Halbwaise wächst sie bei dem Bruder ihrer Mutter, dem Obristen von Brandenstein, auf. Obwohl sie bereits als Elfjährige umsichtig und mustergültig dessen großen Haushalt führt, erhält sie überdies eine Ausbildung, durch die sie in Gesellschaften zum anmutigen und geistreichen Mittelpunkt wird. Dennoch bleibt sie bescheiden und gewinnt gerade dadurch gute Freunde, die besonders ihre Fröhlichkeit und Natürlichkeit schätzen. Durch Erzählungen ihrer Großmutter hat sie bereits ein Faible für die benachbarte Familie Egloffstein entwickelt, ohne irgendeines ihrer

Mitglieder zu kennen. Vielleicht hat dieses positive Vorurteil neben den Bemühungen der befreundeten „Heiratsvermittler" dazu beigetragen, dass bereits vierzehn Tage nach dem ersten Kennenlernen die Verlobung der beiden Kandidaten Sophie und Carl stattfindet. Beide führen eine glückliche Ehe, die durch einen Jagdunfall Carls bereits nach wenigen Jahren beendet ist. Sicher sind es die eigenen Erfahrungen, die Sophie auch bei der eigenen Tochter ein jugendliches Alter der Braut für wünschenswert halten lassen. In ihren *Lebenserinnerungen eines fränkischen Fräulein*, einem Briefroman, der autobiographische Züge trägt, setzt Henriette sich argumentativ mit dem Standpunkt der Mutter auseinander. Neben den familienpolitischen Gesichtspunkten werden von dieser viele Vorteile angeführt: Die kostspielige, aufwändige Einführung in die Gesellschaft erübrigt sich, kokettem oder sogar amoralischem Verhalten des jungen Mädchens wird vorgebeugt und es lernt beizeiten, sich den Wünschen ihres Gatten anzupassen. Glanzvolles Auftreten in der Gesellschaft, Lebensgenuss und Lebensfreude werden ihm nicht vorenthalten, sondern gewinnen erst in der Gemeinsamkeit mit dem Ehepartner ihren vollen Wert.

Trotz des Leids, das die Mutter über Henriette heraufbeschworen hat, wird sie von dieser geliebt und in ihren Erinnerungen sogar wie eine Heilige verehrt. Allerdings sollte man nicht übersehen, dass dieses Attribut von ihr allen Persönlichkeiten zugestanden wird, die sich um die Familie Egloffstein verdient gemacht haben, so z. B. den beiden weiter oben aufgeführten Gründern einer Familienstiftung. Auch die Erinnerung an den Kanzler Müller, der ihr in Vermögens- und Rechtsangelegenheiten hilfreich zur Seite stand, soll den Familienmitgliedern in alle Ewigkeit heilig sein.

Ihre Mutter stellt sie den Nachkommen als tugendhaft, liebevoll und aufopfernd dar und sieht in ihr das Vorbild, dem sie selbst als Mutter immer nachgestrebt habe. Ihr zu Ehren habe sie die Familiengeschichte verfasst. Sie betrachtet es als Glück, dass sie ihrer Mutter während der zweiwöchigen Krankheit und ihrem darauf folgenden Tod habe beistehen können. Jette hofft, dass ihre Mutter nun von oben auf sie herabschaut und Wohlgefallen daran findet, dass ihre Enkelkinder zu guten Christen erzogen wurden. Im Vergleich zwischen der Frömmigkeit ihrer Mutter und ihrer eigenen empfindet Henriette ein Defizit. Diese habe ihre Überzeugungen und die Lehren der Kirche so verinnerlicht, dass sie stets spontan in christlicher Nächstenliebe gehandelt habe. Henriette dagegen spürt mit zunehmendem Alter eine wachsende Notwendigkeit, sich selbst über ihr Tun und Lassen schriftlich Rechenschaft abzulegen und auf Grund der daraus gewonnenen Einsichten um Vergebung ihrer Sünden und den himmlischen Segen zu bitten. Nur so könne sie es erreichen, eine gute Christin zu sein. Diese Betrachtungen befinden sich nicht in der den Erinnerungen vorangestellten Familiengeschichte, sondern im letzten Heft ihrer Lebenserinnerungen.

Bezeichnend für die Dankbarkeit der Mutter gegenüber ist auch die Deutung eines Traums, von dem ihr Bruder ihr berichtet. Diese sei ihm erschienen und habe gesagt, dass sie einen Schatz in ihren geschlossenen Händen halte. Als er diese geöffnet habe, seien ihm zu seiner Enttäuschung trockene Brotkrumen entgegen gefallen. Henriette sieht darin nicht das rastlose letztlich vergebliche Bemühen um die Vermehrung des Vermögens, sondern den Hinweis darauf, dass die Mutter ihren Kindern ermöglicht hat, einen Schatz an Bildung zu erwerben. Für ihre Brüder war das die Voraussetzung, ihren Lebensunterhalt selbst, d. h. ohne finanzielles Polster, zu bestreiten, für sie selbst war es eine nicht zu unterschätzende Mitgift. Diese Deutung zeigt, dass Henriette die mütterlichen Intentionen verstanden und gewürdigt hat.

Unter persönlichen Opfern habe ihre Mutter dafür gesorgt, dass ihre Söhne eine akademische oder militärische Ausbildung erhielten, und zudem Kontakte geknüpft, die ihnen aussichtsreiche Posten an den Höfen und in der Verwaltung der benachbarten Staaten verschafften. Für die protestantisch gewordenen Adelsfamilien Frankens war es nicht ungewöhnlich, aus dem katholischen Bayern nach Sachsen und Thüringen abzuwandern und dort geeignete Anstellungen zu finden. Um die Chancen ihrer Söhne für einen derartigen Posten in Weimar zu vergrößern, lässt Sophie sie während der letzten Semester in Jena – also nicht mehr in Erlangen – studieren. Sie selbst zieht mit Henriette zu ihrer Halbschwester in das nahe gelegene Bucha, u. a. wahrscheinlich, um Kosten für die Reisen der Söhne zu sparen. Darüber hinaus ergibt sich – möglicherweise durchaus beabsichtigt – , dass das kleine Jettchen durch den Onkel von Breitenbauch an klassische Literatur herangeführt wird. Vorher musste sie jedoch durch ihn erst in die Anfangsgründe des Lesens eingewiesen werden. Es zeigt sich hier, dass Sophie sich offensichtlich nicht persönlich um den Unterricht des Mädchens – so er denn überhaupt stattfand – gekümmert hat, sodass sie die Versäumnisse von Henriettes Erzieherin nicht einmal bemerkt. Auch ist es ihr entgangen, dass ihr Töchterchen, das am Unterricht ihrer älteren Brüder teilnimmt, einiges gelernt hat, z. B. Tanzen, jedoch nicht den Stoff vermittelt bekommen hat, der ihrem Alter gemäß gewesen wäre. Zwar wird Henriette – wie wir wissen – später in ein Pensionat geschickt, doch wird ihr Aufenthalt dort wegen irgendwelcher Reisen oder familiärer Verpflichtungen so häufig unterbrochen, dass von einer systematischen Wissensvermittlung nicht die Rede sein kann.

Man könnte annehmen, dass Sophie zumindest „weiblichere" Schwerpunkte bei der Erziehung ihrer Tochter setzen wollte. Jedoch bedauert Henriette, dass sie nicht mit der Führung eines Haushalts vertraut gemacht, vielmehr ausschließlich dazu angehalten wurde, ihren Gatten angenehm und geistreich zu unterhalten. Ein besonderes Talent scheint Henriette von ihrer Mutter geerbt zu haben: Sophie war offensichtlich eine begnadete Erzählerin, die nicht nur bloße Handlungen des Überlieferten und selbst Erlebten wiedergegeben, sondern die Zuhörer durch anschauliches Ausmalen von Details und Schilderung des Atmosphärischen gefesselt hat.

Bereitwillig und bewundernd erkennt Henriette das diplomatische Geschick ihrer Mutter an. So vermittelt diese mit einigem Erfolg bei Differenzen zwischen ihrer Halbschwester und deren Ehemann von Breidenbauch und stellt sowohl deren als auch den eigenen Kontakt zum Bruder ihres Vaters, dem General von Thüna in Potsdam, her. Obwohl Henriette es ihrem eigenen beherzten Auftreten dem despotischen Onkel gegenüber zugutehält, wird es doch wohl ebenso die Darstellung ihrer angespannten familiären finanziellen Lage durch die Mutter gewesen sein, die den eingefleischten Frauenverächter dazu bewegt, seinen beiden Nichten ein Erbteil zu hinterlassen. Dem General von Egloffstein-Arklitten gibt sie den lebensklugen Rat, zunächst seinen Bruder und nicht sogleich dessen Sohn

Leopold, Henriettes ersten Ehemann, als unmittelbaren Erben einzusetzen.

Ihrem Schwager, der als Vormund ihrer Kinder fungiert, bietet sie Paroli, indem sie ihre eigenen Karrierepläne für ihre Söhne durchsetzt. Sie erreicht das, indem sie ihm großmütig und kompromissbereit in einer Vermögensauseinandersetzung eine erhebliche Abfindung zukommen lässt, zu der sie nicht verpflichtet war, da eine gerichtliche Entscheidung zu ihren Gunsten gefällt wurde.

So sehr Henriette die Selbstständigkeit und das umsichtige überlegte Handeln an ihrer Mutter bewundert, so sehr stellt sie deren Menschenkenntnis in Frage. Sie impliziert bei ihr eine gewisse Naivität, die sich in ihrer Gewohnheit zeige, allen Menschen positive Beweggründe für ihr Handeln zuzugestehen. Deutlich setzt sich die Tochter in diesem Punkt von ihrer Mutter ab. Sie kritisiert zudem die Unfähigkeit der Mutter, sich anbahnende Liebesbeziehungen in der eigenen Familie überhaupt wahrzunehmen und ungünstige Verbindungen zu verhindern. Auch hierbei liegt es nahe anzunehmen, dass Henriette sich bewusst distanziert und Konsequenzen für ihre eigene Rolle als Mutter zieht.

Es gibt nur spärlich Hinweise, welches Bild die Großmutter bei ihren Enkeln hinterließ. Caroline berichtet ihrer Schwester, dass sie deren „liebes Gesicht“ während eines geistlichen Konzerts deutlich vor sich gesehen habe. Ein Großneffe erwähnt ihre besondere Eleganz. Diese hat sich offensichtlich im Kleidungsstil Henriettes und besonders dem ihrer Tochter Julie fortgesetzt.

Jettes Mutter Sophie von Egloffstein, geb. von Thüna

Weibliche Schönheit

Spätestens jetzt ist es an der Zeit, ein Thema anzuschneiden, das sich beim Betrachten der Bilder Henriettes aufdrängt. Meinen Leserinnen und Lesern dürfte es nicht entgangen sein, dass ich mich nicht mehr an einen der Lebensorte Jettes begeben muss, um eine intensive Befragung zu beginnen. Der Wunsch hierzu reicht vollkommen aus, und schon sitzt meine Interviewpartnerin neben mir an meinem Schreibtisch oder begleitet mich auf meinen Spaziergängen. Fast ausnahmslos steht sie mir bereitwillig Rede und Antwort. So ergeht es mir auch heute.

„Wer von Ihnen spricht, Frau Baronin, vergisst niemals zu erwähnen, dass Sie eine besonders schöne Frau sind. Fühlen Sie sich dadurch geschmeichelt?"

„Ich freue mich darüber, bilde mir aber nichts darauf ein."

„Ich habe ja nun Ihre gesamten Lebenserinnerungen lesen dürfen und mir fällt auf, dass Sie selbst mehrfach Komplimente wiedergeben, die Ihnen in Bezug auf Ihr attraktives Äußeres gemacht werden."

„Wenn Sie mir indirekt den Vorwurf der Eitelkeit machen wollen, was ich allerdings nicht annehme, so wäre dieser wirklich nicht gerechtfertigt. Ich denke, dass ich frei von diesem törichten Laster bin. Wenn ich mein Aussehen erwähne, dann versuche ich doch nur zu erklären, welche Vorteile mir daraus erwachsen sind. So handelte es sich bei meiner Einführung an den Höfen in Erlangen und in Kassel zum Beispiel doch nur um einen ersten Eindruck, der mir ein gutes Entree verschaffte. Auf Reisen dagegen hat es sich gelegentlich auch als Nachteil erwiesen, sein hübsches Gesicht aus dem Kutschenfenster zu strecken."

„Sie sind also nicht stolz auf Ihre auffallend schöne Erscheinung?"

„Keineswegs. Sie wurde mir in die Wiege gelegt. Allerdings halte ich es für eine Pflicht, diese Gottesgabe zu pflegen und zu erhalten, um in der Familie und in Gesellschaft einen angenehmen und erfreulichen Eindruck zu machen. Um das zu erreichen, sitze ich nicht stundenlang vor dem Spiegel, sondern bewege mich lieber in der freien Natur, frottiere und bürste meine Haut nach dem Waschen oder Baden und für meinen Teint habe ich ein besonderes Rezept. Gerade neulich habe ich es meiner Tochter Julie aufgeschrieben."

„Sie machen mich neugierig. Verraten Sie mir das Geheimnis?"

„Aber gern. Es ist ganz einfach. Sie brauchen nur eine Tüte Reismehl, das sie mit einem Eigelb verrühren. Wenn Sie Ihr Gesicht damit einreiben, erhält es eine strahlende rosige Gesichtsfarbe."

„Und die Falten?"

„Mon Dieu, auf die kommt es nun wirklich nicht an. Bei einer Frau, die zum Beispiel wie meine Julie als Malweib sehr konzentriert arbeitet und zudem womöglich noch Probleme mit den Augen hat, werden sie sich früher einstellen als bei anderen. Das lässt sich nicht vermeiden. Gerade bei sehr umschwärmten Frauen – wie bei Julie – kommt es nicht selten vor, dass sie nachlässig in der Pflege ihres Körpers werden, weil sie meinen, dass sie auch ohne besondere Bemühungen genügend Anklang in der Gesellschaft finden. Doch die schönste Perlenkette kann nur auf einem strahlend weißen Hals ihre volle Wirkung entfalten. So empfahl ich meinem Töchterchen, sich von ihrer sie auf Reisen begleitenden Zofe regelmäßig den Hals schrubben zu lassen."

„Wie alt war Julie zu dem Zeitpunkt?"

„Na ja, sechsundvierzig Jahre. Bei meinen anderen Töchtern wäre ein derartiger Hinweis auch überflüssig. Es mag als Entschuldigung gelten, dass Julies Augenlicht zu schwach ist, um derartige Feinheiten festzustellen. Ich hoffe, sie hat sich meinen zarten Hinweis hinter die Ohren geschrieben."

„Das wäre zumindest dicht genug am Hals. Doch nun habe ich eine Frage, die eigentlich nicht ganz hierher gehört."

„Ich höre Ihnen aufmerksam zu."

„Wie ist es Ihrem ‚Malweib' denn möglich, so hervorragend zu portraitieren, wenn sie doch keinen Blick für – sagen wir einmal – feine Schattierungen hat?"

„Die Frage ist sehr berechtigt. Nicht nur bei den bewussten Grauschattierungen, sondern auch beim Verwenden kräftigerer Farben auf der Leinwand habe ich von meiner Pflicht als Mutter, nützliche Hinweise anzubringen, Gebrauch gemacht. Julie neigte nämlich dazu, diese sehr abrupt nebeneinander zu setzen, sodass die Ausgewogenheit des Bildes gestört wurde. Julie hat übrigens auch dankbar meinen Rat befolgt, weichere Farbübergänge zu schaffen."

„Kommen wir zur Körperpflege zurück."

„Wenn eine Frau auf Reinlichkeit achtet, sich viel an der frischen Luft aufhält, dabei allerdings das Gesicht vor den Sonnenstrahlen schützt, wird sie Frische und Gesundheit ausstrahlen und einen erfreulichen Anblick bieten."

„Frauen sollen also durchaus bemüht sein zu gefallen."

„Warum nicht? Das halte ich für eine Form der Höflichkeit. Störend wird es allerdings, wenn sie beginnen, sich in Szene zu setzen, theatralisch zu gestikulieren, und versuchen, andere Personen zu übertrumpfen."

„Kann das nicht einfach ein Ausdruck eines natürlichen ihnen angeborenen Temperaments sein?"

„Die Grenzen sind gewiss fließend. Eine Frau, die in sich ruht, wird das rechte Maß einhalten. Bewegen wir uns in unserem gewohnten Kreise, wird man uns leichte Überschreitungen gern nachsehen. Doch hielt ich es für notwendig, meiner Julie, die oft gewollt oder ungewollt im Mittelpunkt der Gesellschaft steht, vor einer Reise nach Italien die Ermahnung mit auf den Weg zu geben, sich etwas zurückzunehmen. Vor allem halte ich es für wichtig, Ruhe und Stetigkeit auszustrahlen, sich maßvoll und anmutig zu bewegen. Eine angemessene Zurückhaltung bedeutet nicht, auf Schmuck zu verzichten. Julie habe ich sogar empfohlen, zu festlichen Gelegenheiten ihre diversen Orden anzulegen, denn das sieht nicht nur hübsch aus, sondern verleiht ihrem Auftreten auch eine gewisse Vornehmheit. Gerade für eine Frau kann das im Ausland unter fremden Menschen durchaus von Vorteil sein."

„Ich nehme an, sie selbst beherzigen all diese Regeln?"

„Für mich sind es keine starren Regeln. Es ist mir am wohlsten, wenn ich meine Gefühle und meine Bestrebungen mit meiner Vernunft in Einklang bringe. Dann stellt sich die innere Harmonie von selbst ein."

„Ist Ihnen das immer gelungen?"

„Für mich lag die einzige Rettung in der äußersten Resignation. Wenn man unabänderliche Gegebenheiten hinnimmt, seine Pflichten klar erkennt und ihnen gemäß lebt, wird sich diese innere Ruhe einstellen."

„Unser Thema ist die weibliche Schönheit. Ist diese – ich möchte fast meinen – philosophische Einstellung Voraussetzung für das schöne äußere Erscheinungsbild?“

„Aus meiner Sicht ist das der Fall. Doch leider hat sich das heutzutage geändert. Vielen gepriesenen sogenannten Schönheiten fehlen der beseelte Ausdruck der Gesichtszüge und das gewisse Etwas, das ihre Persönlichkeit zum Strahlen bringt. Sie sind stets à la mode gekleidet, wobei sie sich an den Empfehlungen der Journale orientieren, während die Frauen meiner Generation eher bemüht waren, ihren persönlichen Geschmack zur Geltung zu bringen. Die Fantasie spielte eine größere Rolle.“

„Der ästhetische Anblick, die moralische Einstellung und die Sittlichkeit, die sich auch im Handeln äußert, sind also bestimmend für einen harmonischen Charakter. Würden Sie das unter dem Ausdruck ‚schöne Seele‘ zusammenfassen, wie Goethe ihn im Wilhelm Meister verwendet?“

„Unbedingt. Doch wurde er nicht erst von unserem Weimarer Dichter-Duo geprägt. In den Schriften der de la Roche habe ich ihn bereits kennen gelernt und mich mit den Frauenfiguren identifiziert.“

„In ihren eigenen, meist nicht ganz abgeschlossenen Erzählungen begegnen uns junge Frauen, die mit dem Attribut ‚schön‘ versehen werden und ein trauriges Schicksal erdulden müssen.“

„Nicht nur Frauen, einmal ist es auch ein junger Mann. Sie haben Recht. Diese Menschen sind schön, da sie einen edlen Charakter haben, unschuldig leiden und sich mit Resignation in ihr Schicksal ergeben.“

„Sie haben einen Aufsatz über Goethes ‚schöne Helena‘ im Faust II geschrieben, der von dem Meister mit höchstem Lob bedacht wurde. Hat er in Ihnen womöglich eine Verkörperung des Ideals gesehen?“

„Mon Dieu, das ist absurd. Goethe fühlte vielmehr dadurch eine Verwandtschaft, dass ich auf Grund meiner klassischen Bildung seine Sehnsucht nachempfinden konnte, sein Schaffen mit dem höchsten klassischen ästhetischen Ideal, dessen Verkörperung seine Helena ist, zu verbinden.“

„Sie wollen also betonen, dass es sich um eine Idealvorstellung, nicht um das Bild einer real existierenden Frau handelt. Goethe meinte einmal, er habe sich jahrzehntelang mit dem Helena-Stoff herumgeschlagen.“

„Das wird er weiterhin bis ans Ende seiner Tage tun. Wenn Mephisto erneut Einfluss über ihn gewinnt, sieht er wieder ‚Helena in jedem Weibe'."

„Noch eine abschließende Frage: Könnten Sie mir einmal Ihre Rezension bezüglich der ‚schönen Helena' im Faust II zur Verfügung stellen?"

„Da muss ich Sie leider enttäuschen. Ich habe sie dem Kanzler Müller geschickt, der nichts Eiligeres zu tun hatte als sie Goethe vorzulesen. Einer von beiden hält den Aufsatz nun verwahrt. Wie ich Kanzler Müller kenne, hat er sicher eine Abschrift angefertigt."

Als Frau auf Reisen

„Im Zusammenhang mit dem Thema ‚Schönheit' haben Sie erwähnt, dass für eine Frau auf Reisen ihre Schönheit gelegentlich auch hinderlich sein kann. Haben Sie öfter diese Erfahrung gemacht?"

„Leider ist es für eine Frau immer ein Wagnis, ohne männliche Begleitung eine längere Reise zu unternehmen. In einer Postkutsche kann man beispielsweise nicht wissen, wer als nächstes zusteigen und wie er sich verhalten wird. Doch auch mit Personen, die einem bekannt sind, kann man Überraschungen erleben. Die lange Fahrt führt dazu, dass man sich legerer verhält, als man es sich normalerweise in Gesellschaft gestatten würde. Auch ist man dankbar für jede Form der Unterhaltung. So hat ein junges Mädchen es meistens noch nicht gelernt, die gebotene Distanz zu wahren. Ich erinnere mich daran, während einer Fahrt von Berlin nach Bucha in Thüringen auf die geistreichen Spielchen und Witze eines meiner etwas entfernter verwandten Cousins so dankbar eingegangen zu sein, dass er meine Begeisterung wohl missdeutet hat. Nach einiger Zeit wurde er anzüglich und machte mir, der Vierzehnjährigen, allen Ernstes einen Heiratsantrag. Die Weiterfahrt war dann weniger erfreulich und die nicht zu verhindernde räumliche Nähe war schwer zu ertragen."

„Ihre Töchter haben Reisen in viele europäische Länder unternommen, nach Böhmen, Russland, Italien und England, in die Schweiz und in die Niederlande. Sind Sie auch so weit herumgekommen?"

„Nein. Doch immerhin weiß ich aus eigener Erfahrung, welche Abenteuer man in der Fremde mitunter zu bestehen hat, und so habe ich die Unternehmungen meiner Pflänzchen meistens mit gemischten Gefühlen betrachtet. Immerhin gehörte Caroline zur Begleitung der Großfürstin Maria Pawlowna, sodass zumindest für ihre Sicherheit gebürgt war. Julie, die meine Ängstlichkeit kennt, hat mich von ihrer Überfahrt nach England erst nach ihrer Rückkehr in Kenntnis gesetzt, um mir unnötige Sorgen zu ersparen."

„Das klingt fast so, als würden Sie Reisen ins Ausland generell für zu gefährlich halten und deshalb lieber vermeiden."

„Keineswegs. Ich selbst habe viele kleinere und größere Reisen innerhalb unseres deutschen Vaterlandes unternommen, von Kunreuth nach Erlangen, von da zur Burg Egloffstein, nach Nürnberg, München, Weimar, Hannover, Buxtehude und so weiter, eine große Bildungsreise nach Italien allerdings nur einmal."

„Haben Sie dabei schlechte Erfahrungen gemacht?"

„Allerdings. Doch möchte ich diese letztgenannte Reise auf keinen Fall missen. Wenn ich auf all die schönen, tiefen Eindrücke zurückblicke, bin ich im Nachhinein froh darüber, dass ich dieses Wagnis unternommen habe. Später ergab sich die Gelegenheit nicht mehr und es wäre auch viel zu kostspielig gewesen."

„Sind Sie bereit, Fragen zu ihren bestandenen Abenteuern zu beantworten?"

„Gern. Ich erzähle immer wieder davon und habe einige Erlebnisse aufgeschrieben."

„Wie ist der Plan zu dieser Reise entstanden?"

„Nun, es war damals nicht nur bei den jungen Herren en mode, ins Land der Hesperiden aufzubrechen, um ihre obligate Bildungsreise zu absolvieren, sondern auch für Frauen aus dem Adel setzte es sich allmählich durch. Ein Vorbild war Anna Amalia und in unserer Region ihre Schwester, die Markgräfin Caroline, die es ihr gleichtun wollte, obwohl sie bei Weitem nicht so gebildet war. Da wir häufig an ihrem Hof zu erscheinen hatten, war besonders Leopold erfreut, in den Gesprächen über ihre Reise endlich ein Thema gefunden zu haben, das sein Interesse erweckte. Mit Feuereifer stürzte er sich in die Vorbereitung einer eigenen Reise. Bald war ein geeigneter Lehrer des Italienischen für ihn gefunden, und auch ich konnte zu seiner Unterhaltung beitragen, indem ich mein Wissen über die klassischen Stätten, das mir mein Buchaer Onkel von Breitenbauch bereits als Kind anhand seiner selbst angefertigten Modelle vermittelt hatte, vor ihm ausbreitete. Meine Mutter war beglückt, uns Abende lang mit unserem Vorhaben beschäftigt zu sehen und förderte es nach Kräften. Ich denke, sie hoffte, so zur Festigung unserer Ehe beizutragen."

„Sie waren also bestens vorbereitet."

„Wohl kaum jemand hat so umfangreich unterrichtet seine Italienreise angetreten, doch war der Zeitpunkt äußerst ungünstig gewählt."

„Inwiefern?"

„Im Frühling 1791 hatte ich gerade meine zweite Tochter Jeanette zur Welt gebracht und gab mich ganz meinen Mutterfreuden hin, die jedoch durch eine unangenehme Brustentzündung und eine darauf folgende noch schmerzhaftere Operation beeinträchtigt wurden. Ich hatte mir nicht klar gemacht, dass unser Reiseplan so schnell Wirklichkeit werden sollte, und hätte ihn gern so weit wie möglich hinausgeschoben. Mein Mann und meine Mutter drängten zum Aufbruch, obwohl ich gerade erst genesen und noch schonungsbedürftig war. Der Abschied von meinen Kindern brach mir fast das Herz und man musste mich von ihrer Wiege fortreißen. Von einer Ohnmacht überwältigt, wurde ich in die Kutsche getragen."

„Sie wurden also auf ihrer Burg abgeholt? Oder wie gelangten Sie zu der Postkutsche?"

„Nun, auf ein öffentliches Fahrzeug waren wir nicht angewiesen. Unsere gute Mutter hatte eine Kutsche extra für uns anfertigen lassen, die mit allem erdenklichen Komfort ausgestattet war. Das war zumindest ein kleiner Lichtblick, denn ich konnte mich in die weichen Polster zurücksinken lassen, die das lästige Rumpeln etwas abfingen. Doch so viel Sorgfalt man auf das Interieur verwandt hatte, so sehr mangelte es den Erbauern dieses Wunderwerks wohl an dem nötigen Sachverstand. Schon nach den ersten zwanzig Meilen verloren wir ein hinteres Rad. Leopold musste Hilfe herbeiholen und ich blieb mit dem Kutscher allein zurück."

„Die Kutsche wurde dann vor Ort repariert?"

„Darum brauchten wir uns nicht zu kümmern. Wir wurden in den nächstliegenden Gasthof gefahren, wo ich anderntags durch die Ankunft meiner guten Mutter, an die Leopold einen Boten gesandt hatte, überrascht wurde. Zu meiner großen Erleichterung brachte sie auch eine Zofe zu meiner Begleitung mit, was sie bisher für überflüssig gehalten hatte. Nach einigen Tagen war unser Gefährt wieder reisetüchtig."

„Und ab ging's gen Süden?"

„Die Himmelsrichtung trifft nicht so ganz zu, doch wie Sie wissen: Tous les chemins mènent à Rome. Wir nahmen jedoch zunächst Kurs auf Weimar."

Wieder in Weimar

„Lassen Sie mich raten: Sie wollten dort die Ratschläge zweier berühmter Italienreisender einholen?"

„Es gab dort einige Vorreiter, insbesondere natürlich die Herzoginmutter, die uns viele ‚Türöffner' – will sagen, Empfehlungsschreiben – mitgab, die uns später wirklich von Nutzen waren.

Doch warten Sie. Noch sind wir nicht an unserem Bestimmungsort angelangt. Wir wähnten uns schon fast am Ziel. Ich konnte es kaum erwarten. Am Stadtrand von Jena legten wir eine kurze Rast ein. Mein Mann verließ in Begleitung des Kutschers und unseres Dieners für kurze Zeit die Bildfläche, sodass meine Zofe und ich allein zurückblieben. Als eine Gruppe von äußerst ausgelassenen Studenten herannahte, die uns mit nicht gerade respektvollen Äußerungen bedachten, schlossen wir schleunigst die Fenster, sodass uns ihre nun folgenden hartnäckigen Annäherungsversuche zunächst nicht erschüttern konnten. Es gelang mir, die Zofe zu besänftigen und meine Contenance zu wahren. Durch die Teilnahme an den studentischen Zusammenkünften in unserem Palais in Erlangen war ich an raue Sitten gewöhnt und ich ließ mich nicht einschüchtern. Doch wurden diese Studenten immer wilder und dreister, indem die jungen Leute uns nicht nur Kusshände zuwarfen, sondern heftigst an die Scheiben klopften und sich die Nasen an ihnen plattdrückten. Als dann durch das Andrängen der zunehmend anwachsenden Meute sogar der Wagen ins Wanken geriet, sandte ich ein Stoßgebet gen Himmel. Als sei es im letzten Moment noch erhört worden, erschien unser Kutscher – bereits in Begleitung des Pedells der Universität – und verschaffte sich energisch Durchgang. Auch das Eingreifen der offensichtlichen Respektsperson der Hochschule verfehlte seine Wirkung nicht. Gehorsam wichen die jungen Leute zurück und, da mein Mann und der zweite Diener inzwischen zurückgekehrt waren, konnten wir die Weiterfahrt antreten. Nur einer der jungen Leute gebärdete sich wie toll. Er sprang auf das Trittbrett, verdrehte hingebungsvoll die Augen und fuchtelte mit den Armen. Er musste gewaltsam entfernt werden."

„Durch wen?"

„Alarmiert durch den inzwischen entstandenen Menschenauflauf waren einige Polizisten zur Stelle und führten den Delinquenten ab. Später erfuhr ich die traurige Fortsetzung der Geschichte. Da der Herzogin von Kurland an genau demselben Pferdeausspann Ähnliches widerfahren war, beschloss Carl August von Weimar, als ihm mein Abenteuer zu Ohren kam, ohne viel Federlesen ein abschreckendes Exempel zu statuieren und verwies den übermütigen, unbotmäßigen Kerl der Universität. Ob dieser sich die harte Strafe so zu Herzen genommen hat oder ob es seine ohnehin schon vorhandene Tollheit war, die ihn schließlich ins Narrenhaus brachte, vermag ich nicht zu beurteilen. Dort soll er, wie man mir berichtete, ein riesiges Lamento darüber veranstaltet haben, dass seine Geliebte ihn verlassen und auf Nimmerwiedersehen in der Kutsche davongefahren sei. Schließlich endigte er dort sein trauriges Leben."

„Sie meinen, er beging Selbstmord."

„Ja, er legte Hand an sich. Gott sei seiner armen verirrten Seele gnädig!"

„Sehen wir einmal von diesem sehr betrüblichen Sonderfall ab. Halten

Sie ein hartes Durchgreifen bei derartigen Belästigungen, wie der eben geschilderten, für angebracht?"

„Auf jeden Fall. Allerdings sollte die Obrigkeit das rechte Maß nicht überschreiten. Wenn ich sehe, wie aufmüpfig sich heute die neunmalklugen Studenten gebärden, wie sie jede staatliche Ordnung in Frage stellen, dann bin ich geneigt, mein damaliges Abenteuer als einen übermütigen Scherz aufzufassen. Wenn damals schon dafür eine Relegation verhängt wurde, wie will man dann in den schwerwiegenderen Fällen verfahren?"

„Ein schwieriges Problem, das wir sicher hier nicht lösen werden."

„Fahren wir also weiter in unser geliebtes Ilm-Athen."

„Einverstanden. Den Besuch bei der Herzoginmutter hatten Sie ja bereits erwähnt. Suchten Sie auch Goethe auf, dessen Bekanntschaft Sie doch als junges Mädchen so gern machen wollten, der sich jedoch damals in Italien aufhielt?"

„Da muss ich Sie enttäuschen. Ich hatte nicht das Bedürfnis, ihn zu sehen."

„Wie ist dieser Sinneswandel zu erklären?"

„Dazu muss ich etwas weiter ausholen. Die Großherzogin Louise hatte mich zu Ehren meines Geburtstags zu einem Teenachmittag eingeladen, der in dem zum Park hin gelegenen Garten arrangiert wurde, da sie meine Vorliebe für dieses Eckchen kannte. Von dort aus konnte man die Kinder der Umgebung beim Spielen beobachten. Als ich gerade mit den Tränen kämpfte, da ich an meine zurückgelassenen Töchterchen denken musste, näherte sich mir ein liebreizender kleiner Knabe, umschlang zutraulich meine Knie und schaute mich aus dunklen Augen treuherzig an. Gerührt nahm ich ihn auf den Schoß und strich über seine Locken, als die Großherzogin auf mich zutrat, abwechselnd mich und dann den Knaben durch ihre Lorgnette musternd. Sie fragte mich, ob ich wisse, wer dieser Knabe sei. Ich verneinte. ‚Es ist Goethes Sohn.' Erschreckt setzte ich den Kleinen zu Boden."

„*Mich* erschreckt *Ihre* Reaktion. Wie hat sie auf das Kind gewirkt?"

„Ich war so erstarrt, dass ich wohl gar nicht darauf geachtet habe. Ich hatte bereits einige Tuscheleien über Goethes Verhältnis zu einer gewissen Mamsell Vulpius gehört, die er in den hinteren Räumen seines Hauses untergebracht haben sollte und von seinen Gästen fernhielt. Es bestand offensichtlich in der Weimarer Gesellschaft eine stillschweigende Übereinkunft darüber, es weitgehend zu ignorieren. So hatte ich keine Ahnung davon, welche Formen diese Mesalliance bereits angenommen hatte. Als junge, unerfahrene Frau neigt man dazu, moralische Verfehlungen – denn darum handelte es sich ja – strikt zu verurteilen. Ich habe noch nicht darüber nachgedacht, dass ich mich dem armen kleinen August gegenüber vielleicht etwas herzlos verhalten habe."

„Würden Sie auch heute noch von einer ‚moralischen Verfehlung' sprechen?"

„Es sollte doch eigentlich so sein, dass ein Schöpfer so unsterblicher Dichtungen voller Schönheit, Wahrheit und Poesie, die von vielen Lesern geliebt und bewundert werden, in seinem eigenen Leben ein strahlendes Vorbild ist. Wie soll man ihm und seinem Freund Schiller glauben, dass die Beschäftigung mit der Kunst und der Dichtung nicht nur zu einem ästhetischen Geschmack, sondern auch zu sittlich gutem Handeln führt? Dass er wie ein Stern am Himmel über uns anderen Sterblichen steht, gibt ihm nicht das Recht, die Sittengesetze des Menschengeschlechts zu missachten. Nur habe ich seit jenem weit zurückliegenden Zwischenfall im herzoglichen Garten einige Erfahrungen gesammelt und weiß, dass es Hunderte von Verfehlungen im Geheimen gibt, die vertuscht werden. Da ist es doch allemal besser und ehrlicher, sich offen zu einer einzigen zu bekennen."

„Verstehe ich es richtig, dass Sie heute versöhnlicher gegenüber dem Dichter gestimmt sind und die Ablehnung einer persönlichen Begegnung mit ihm nicht von Dauer war?"

„Das war eine längere Entwicklung, an deren Anfang nach wie vor ein negatives Vorurteil stand, das ich niemals gänzlich überwunden habe. Ich konnte den Dichter im Grunde meines Herzens niemals uneingeschränkt als meinen Freund bezeichnen.

Eine weitere Erschütterung, ein wirklicher Wermutstropfen, stand mir in Weimar noch bevor. Die Herzoginmutter gestand mir, dass ich schon früher die jetzt geplante Italienreise in ihrer Begleitung hätte machen können. Wegen meiner musikalischen Begabung und sonstiger Talente, die sie an mir entdeckt zu haben meinte, habe sie meine Mutter bitten wollen, mich zu ihrer Hofdame machen zu dürfen. Als sie jedoch von dem Heiratsprojekt erfuhr, nahm sie davon Abstand. Ich war sehr enttäuscht, dass ich nicht die damals ohne mein Wissen in greifbare Nähe gerückte, verlockende Gelegenheit hatte wahrnehmen dürfen, längere Zeit in der Gegenwart dieser glänzenden, ausgezeichneten Fürstin zu verbringen. Mein Schicksal hätte sicher einen anderen Verlauf genommen."

„Trauern Sie der verpassten Gelegenheit nach?"

„Nein, heute bedauere ich das nicht mehr. Ich erkenne darin vielmehr voller Dankbarkeit die weise Führung Gottes. Damals besaß ich allerdings noch nicht die nötige Einsicht, sonst hätte ich mich auch mit größerer Resignation mit der unbeugsamen Haltung meiner Mutter abgefunden. Ohne jeglichen Erfolg hatten die Mutter meiner Schwägerin Caroline, Frau von Tettau, deren Tochter und ich meine Mutter inständig gebeten, unsere geplante Reise auf Holland und die Schweiz beschränken zu dürfen, zumal auch die Herzoginmutter eine Reise nach Italien ohne größeres Gefolge als zu gefährlich für eine junge Frau betrachtete. So nahm ich denn tränenreich Abschied von meinen Freunden."

Zwischenstationen in deutschen Landen

„Was war Ihre erste Etappe?"

„Das war Kassel. Dort gab es abermals ein ungünstiges Vorzeichen. Nach einem schwülen Tag trafen wir erst mitten in der Nacht in unserem Gasthof ein, wo ich sofort erschöpft in meine Kissen sank, ohne mein Kleider abzulegen. Doch mein Schlummer währte nicht lange, da ich plötzlich durch mehrere aufeinander folgende Donnerschläge geweckt wurde. Ehe ich überhaupt meine Augen öffnen konnte, drangen mir erstickende Dämpfe in die Nase. Schon stand meine Zofe an meinem Bett. Sie bot einen furchterregenden Anblick. Ihr Gesicht war rauchgeschwärzt und ihre Arme aufs fürchterlichste verletzt. Um mich kurz zu fassen: Nicht durch einen Blitz war die törichte Jungfer dermaßen zugerichtet worden, sondern durch den leichtsinnigen Umgang mit einer Kerze, der dazu führte, dass die Gardinen in ihrer Kammer Feuer gefangen hatten. Immerhin war es der Ärmsten gelungen, ohne fremde Hilfe den Brand zu löschen."

„Ein schlechtes Vorzeichen, wie Sie sagen, doch hätte alles noch schlimmer ausgehen können."

„Da haben Sie Recht. Es war natürlich mit einigen Ausgaben verbunden, den Schaden zu begleichen. Doch die Folgen für meine Jungfer und – nebenbei bemerkt – auch für mich waren erheblich. Die grässlichen Verbrennungen heilten nur langsam und nun war es meine Aufgabe, die Jungfer in allen alltäglichen Verrichtungen zu bedienen. Mehrmals am Tag musste ich die Verbände wechseln und sie füttern wie ein kleines Kind. Wir hatten quasi unsere Rollen getauscht. Hinzu kam noch der Verdruss Leopolds über den nicht gerade ästhetischen Anblick des Mädchens mit seinen umwickelten Armen, der gar nicht zu unserem brillanten Auftreten passte, welches er für angemessen hielt. Er beschloss also, die Kranke in Frankfurt zurückzulassen, damit dieser Missstand so schnell wie möglich behoben würde, indem sie ihre Verletzungen auskurierte. In der Zwischenzeit rüsteten wir uns zu unserer Rheinreise."

„Sie ließen also das junge Mädchen in einer ihm fremden Umgebung zurück."

„Es wurde angemessen für die Jungfer gesorgt, und sie konnte später wieder zu uns stoßen."

„Sie setzten also die Reise – abgesehen von den beiden Kutschern – zu zweit fort."

„Nachträglich denke ich, das wäre die bessere Variante gewesen. Doch es gesellte sich ein Bekannter meines Mannes zu uns, ein gewisser Leutnant von Trenck, der Neffe des berüchtigten Gefangenen. Sie haben doch sicher von diesem Schwerenöter gehört?"

„Mir kommt da so eine blasse Erinnerung: Gab es nicht eine Affäre zwischen ihm und Amalia, einer Schwester Friedrichs von Preußen? Warum das gleich zu einer Staatsaffäre aufgebauscht wurde, die mit schwerer jahrelanger Kerkerhaft bestraft wurde, ist mir schleierhaft. Doch wenden wir uns lieber seinem Neffen zu."

„Er war ein Bild von einem Mann, von männlicher Entschlossenheit, überdies noch geistreich und witzig. Man hätte ihn lieben müssen. Doch ging es mir mit ihm wie Gretchen mit Mephisto. Trotz meiner noch nicht sehr ausgeprägten Menschenkenntnis spürte ich instinktiv einen starken Widerwillen gegen diesen Menschen mit seinem ständigen Lächeln, das in grellem Widerspruch zu seinen schneidenden ironischen Äußerungen stand. Hohn und Sünde waren ihm in sein markantes Gesicht geschrieben. Zudem missfiel mir die offenbare Herrschaft, die er über Leopold bei gleichzeitiger Geringschätzung seiner Person ausübte. Augenblicklich übernahm er mit unübertroffener Sachkenntnis die gesamte Organisation unserer Reise. Mir kam zugute, dass er ganz besonders für meine Bequemlichkeit sorgte und zuweilen sogar die diesbezügliche Rücksichtslosigkeit meines Mannes mir gegenüber tadelte. Um bei dem Vergleich zu bleiben: Meine Unschuld und Reinheit des Gemütes übten offenbar ihre Wirkung auf diesen durch und durch verdorbenen Charakter aus. Seine Freude an meinem Entzücken über die herrlichen Naturschönheiten, die wir bei unserer Rheinfahrt erblickten, kam von Herzen."

„Welche Erinnerungen sind Ihnen besonders haften geblieben?"

„Zunächst ging es nicht um die bezaubernde Natur, sondern wir machten kurze Station in der bischöflichen Residenz Mainz. Uns litt es nicht lange in diesem Sündenbabel, in dem die empörendste Sittenlosigkeit von dem Oberhaupt der Kirche, dem Kurfürsten, ausging, die von allen Ständen Besitz ergriffen hatte. Insbesondere machte es der reiche deutsche Adel, der hier zusammenströmte, zu einem Hort der Wollust und Sittenlosigkeit. Er trug das Seinige dazu bei, dass die schlimmsten Laster aus dem nahe gelegenen Frankreich übernommen und in unserem Vaterland verbreitet wurden. Ein strenges göttliches Strafgericht musste als Zeichen der Gerechtigkeit Gottes über dieses Sodom ergehen."

„Habe ich Sie recht verstanden? Sie sprechen von der Niederschlagung der Republik Mainz, in der versucht worden war, die Ideen der französischen Revolution – Freiheit, Gleichheit, Brüderlichkeit – umzusetzen?"

„Sie bezeichnen es ganz richtig als einen Versuch, der unternommen wurde. Man tanzte ausgelassen und wild um den Freiheitsbaum und verschloss fest die Augen vor den entsetzlichen Gräueltaten in Paris. Sie sehen doch, wohin das führte. Fünfundzwanzig Jahre später erblickte ich das stolze Babel in Staub gesunken, ein von Unkraut und Disteln überwuchertes Sinnbild der Zerstörung und der Vergänglichkeit."

„Wer hatte denn aus Ihrer Sicht die Verwüstung angerichtet?"

„Dafür waren die deutschen Belagerer verantwortlich. Die Bombardements müssen entsetzlich gewesen sein, doch haben sie immerhin dem sündhaften Treiben ein Ende bereitet, bevor es auf deutsche Lande übergreifen konnte. Mit zunehmendem Alter fühle ich mich immer mehr den Idealen der Aufklärung verpflichtet. Die Jakobiner haben Missbrauch mit ihnen getrieben und ihr Volk ins Chaos gestürzt. Das Ende war die Anwendung schrecklichster Gewalt im eigenen Land und in ganz Europa."

„Haben Sie die erst zwanzig Jahre später erschienene Beschreibung Goethes der Kanonade von Valmy, einem nahe bei Mainz gelegenen Dörfchen, gelesen? Sie enthält die Prophezeiung am Ende der Schlacht, in der das französische Heer sein Terrain behaupten konnte, dass nun eine ‚neue Epoche der Weltgeschichte' eingeläutet sei."

„Zunächst einmal muss man einräumen, dass es dieser wilden Meute tatsächlich gelungen war, nicht nur den Belagerungsgürtel um die Stadt Mainz aufrecht zu erhalten, sondern auch die Koalitionstruppen zurückzuwerfen und die Eroberung von Paris zu verhindern. So konnte dort die uns allen bekannte Geschichte ungehindert ihren Lauf nehmen."

„Und so blieb es auch Goethe versagt, in Paris einzureiten, und er musste den Plan aufgeben, nach ‚Krämchen' für Mamsell Vulpius Ausschau zu halten. Doch Scherz beiseite: Ist ein Übergreifen der revolutionären Ideen auf lange Sicht zu verhindern?"

„Ach, das ist ein weites Feld. Solange es immer noch in Deutschland so viele hohle Mohnköpfe gibt, die nutzlos aus den goldenen Garbenfeldern herausragen, ist die Gefahr nicht gebannt. Erst wenn sie verschwunden sind und das von ihnen verbreitete empörende Unrecht beseitigt ist, wird es mehr Gerechtigkeit und größere Freiheit geben. Alles hängt von einer einsichtigen, vernünftigen Regierung ab. Der gute Weimarer Großherzog Karl August hat als Erster seinem Volk eine Verfassung gegeben."

„Es gibt also Hoffnung für eine gerechtere menschliche Gesellschaft?"

„Vielleicht, doch damals in Mainz waren es trübere Gedanken, die mich bewegten. Überall Verfall, widerrechtliche Inbesitznahme und Verwahrlosung der stolzen aristokratischen Wohnungen, ihre vormaligen Besitzer in alle Winde zerstreut. Auf dem Weg zum Schiff stellte ich die ernsthaftesten Betrachtungen über die Vergänglichkeit alles Irdischen an. Doch ich war erlöst, als am nächsten Morgen unsere Rheinfahrt begann. Anfangs flößten mir das nasse Element und das schaukelnde Schiff mächtige Furcht ein, doch als dann die ersten Ritterburgen an beiden Ufern auftauchten, trugen mich die Schwingen meiner Fantasie in das Reich der echten deutschen Romantik und darüber vergaß ich meine Ängste. Ich stellte mich an den Bug des Schiffes und rezitierte enthusiastisch die herzzerreißende Romanze, die sich um den berüchtigten Mäuseturm rankt:

Unfern von einer bischöflichen Burg
Am Ufer des Rheines gelegen,
Da hebt sich im Strom ein mächtiger Turm,
Da krächzt keine Eule, da knistert kein Wurm,
Ringsum pflegt kein Blatt sich zu regen…

Meine Begeisterung übertrug sich auf die Schiffer, die in dem Gedicht alsbald die ihnen wohlbekannte Sage von der untreuen Geliebten des Bischofs von Mainz entdeckten, die hier eingesperrt wurde und ihr Leben endigte. Bis in unsere Zeit wartet ihr Geist auf ihren Retter, der sie von dem auf ihr lastenden Fluch des Bischofs befreien soll. Der unselige Schatten der Ungetreuen kann nur durch einen jungen Mann erlöst werden, dessen Wiege aus einem Baumstamm gefertigt wurde, der auf einem Uferfelsen des Rheins gewachsen ist. Der hat sich bisher noch nicht gefunden."

„Bravo! Ihre Fassung der Sage gefällt mir weit besser als die mir bekannte, in der es von ekelerregenden Mäuseschwärmen nur so wimmelt."

„Die Schiffer haben mir seinerzeit auch kräftig Beifall gespendet und sie versicherten mir überdies, dass wir die von mir so gefürchteten Klippen des Binger Lochs schon längst hinter uns gelassen hatten. Wie oft ist es mir in meinem späteren Leben so ergangen, dass mich eine poetische Gestimmtheit über peinliche, Besorgnis erregende Situationen und tiefen Kummer hinweg getragen hat! Doch manche Zustände, so sollte ich leider bald bemerken, sind so prosaisch, dass man sie nicht mit Poesie meistern kann. Kurz vor Koblenz wurde ich von einem heftigen Unwohlsein befallen, das es mir nicht gestattete, dem Drängen Leopolds nachzugeben und mit meinen beiden Begleitern in der glühenden Mittagssonne zum etwas entfernt gelegenen Gasthof zu wandern. Unser ‚Reisemarschall' verordnete mir nicht nur absolute Ruhe, sondern setzte alsbald vom Gasthof aus eine sonderbare Karawane in Marsch, die, mit köstlichen Speisen und Getränken beladen, das Schiff enterte. Sogar eine Matratze hatten sie herangeschleppt, sodass ich auf diesem bequemen Lager in einen erholsamen Schlaf fiel, meine Unpässlichkeit kurieren konnte und so bestens gerüstet war, die Ihnen sicher bekannten Merkwürdigkeiten der Stadt auf mich wirken zu lassen."

„War es Ihnen möglich, die wichtigsten Unterkünfte im Voraus zu bestellen? Per Depesche eventuell?"

„Wo denken Sie hin? Wir mussten uns immer gleich nach unserer Ankunft an Ort und Stelle nach einem geeigneten Domizil umschauen. In Aachen, unserer nächsten Station, waren die Gasthöfe dermaßen überfüllt, namentlich von Franzosen, dass wir in unserer Kutsche hätten übernachten müssen, hätte nicht Trenck mit Freundlichkeit und unvergleichlichem Geschick doch noch eine Übernachtungsmöglichkeit ausgehandelt. Mit Beklemmung bemerkte ich, dass Leopold sich in solchen Situationen als absolut unfähig erwies. Wie sollten wir erst im Ausland zurechtkommen?"

„Und Sie? Ihnen fehlte es doch sicher nicht an Organisationstalent?"

„Schon in Aachen dämmerte es mir, dass ich mich im Hinblick auf die Weiterreise auf meine eigenen Fähigkeiten verlassen müsse. Doch hatte ich noch wenig Übung…"

Abstecher ins Nachbarland Belgien

„In Aachen hielten wir uns wegen der miserablen Unterbringung und der Überfüllung nicht lange auf, sondern begaben uns in das belgische Spa, in dem seit jeher reiche adlige Engländer mit ihren Sitten und Gebräuchen tonangebend waren. Nun suchten aus ihrem Vaterland geflohene französische Aristokraten, die hierher strömten, sie in jeglicher Hinsicht zu übertrumpfen, denn noch war ihr Vermögen nicht aufgebraucht. Niemals später habe ich so viele schöne herausgeputzte Frauen wie Sterne auf der Milchstraße zusammengedrängt gesehen. Wir normale Reisende wurden von den Herzögen, Grafen und Lords behandelt, als seien wir geradewegs aus der Gosse gekommen und eben lediglich zu dem Zweck geschaffen, ihnen als Folie für ihr arrogantes Auftreten zu dienen. Besonders mich musterten sie auf impertinente Weise durch ihre Lorgnetten und ich hegte bereits die stärksten Befürchtungen, dass dies meine beiden Begleiter zu waghalsigem Händeln herausfordern könnte. Doch – Gott Lob! – zeigte sich Trenck der Situation vollauf gewachsen. Die martialische Haltung und der eiskalte hohnlächelnde Ausdruck der Gesichtszüge des hochaufgeschossenen Mannes verfehlten ihre Wirkung nicht. Während er voller Verachtung auf diese Gecken mit ihrer unverschämten Galanterie herabschaute, schritt ich an seinem Arm nun unbehelligt durch die Gasse, die sie bildeten. Diese vermeintlichen Helden warteten nur darauf, in ihre alten Stellungen in Frankreich zurückzukehren und den König wieder auf den Thron zu setzen. Wenn man diesen ersten Akt miterlebt hatte, musste man kein Hellseher sein, um die zukünftige Entwicklung vorauszusagen. Diese Emigranten mit ihrem unseligen Eigendünkel waren nicht dafür geschaffen, das Ruder noch einmal herumzureißen."

„Also, um Ihre Formulierung noch einmal zu verwenden: *allesamt hohle Mohnköpfe?*"

„Das trifft den Nagel auf den Kopf! Doch das absurdeste Schauspiel, um nicht zu sagen, ein Stück aus dem Narrenhaus, erwartete uns noch. Auf Wunsch der anwesenden führenden französischen Familien wurde abends im Theater die Oper *Richard Löwenherz* aufgeführt. Sobald die Schauspieler die Befreiung des eingekerkerten Königs erwähnten, brandete rasender Beifall auf, namentlich aus den Logen. Einfach degôutant, wie sich der Enthusiasmus der reich geschmückten Damen äußerte, welcher sich bis zur Tollheit steigerte. Als Blondel die zu Herzen gehende Arie *Oh Richard, oh mon roi* intonierte, rissen sich die exaltierten Frauen, berauscht wie Menaden, Federn, Tücher, Blumen und wertvollen Schmuck von ihren Köpfen und Hälsen und warfen sie über die Balustraden dem Sänger zu Füßen. Die Männer taten es ihnen mit Geldbörsen, Ringen und goldenen Uhren gleich. Der so beschenkte Sänger suchte mit echt französischem Geschrei – melodischen Gesang konnte man das nicht mehr nennen – den entstandenen Tumult zu übertönen. Am Schluss der Arie fiel der Vorhang, damit er die Schätze einheimsen konnte."

„Für ihn war diese überschwängliche Anerkennung sicher der Gipfel seiner bisherigen Karriere und die materiellen Zuwendungen sollte man ihm ruhig gönnen."

„Ich bitte Sie, ich hielt es schon damals für eine Verschwendung. Dieser ridiküle Vorfall tauchte immer wieder in meinem Gedächtnis auf, wenn mir später Handarbeiten zum Kauf angeboten wurden, welche diese inzwischen bitterarm gewordenen Damen angefertigt hatten. In Spa hatten sie den Ernst ihrer Lage als Exilantinnen noch gar nicht begriffen und es hätte einer ganz anderen Opferbereitschaft Ihrer Ehemänner bedurft als der, die wir zu sehen bekamen. Ich habe aus diesem theatralischen Auftritt gelernt, dass man mit seiner Begeisterung nicht spielen und auch seine heiligsten Gefühle nicht öffentlich zur Schau stellen soll. Das ist dem Geist des Champagners vergleichbar, der nach dem Öffnen der Flasche verraucht."

"Diese Aussage würden Sie auch ganz allgemein auf andere Lebenssituationen übertragen?"

„Viele Menschen, die ihr Herz auf der Zunge tragen, haben dies später bereut."

Umweg über Deutschland

„Doch nun sollten wir die Reise fortsetzen. Da uns beunruhigende Nachrichten aus Paris und Berichte über die Behandlung von Reisenden an der Grenze erreichten, begaben wir uns nicht dorthin, sondern beschlossen, gleich über die Schweiz direkt nach Italien zu reisen. Wir wählten zunächst den Rückweg über Koblenz, das ich dieses Mal in einer besseren gesundheitlichen Verfassung in Augenschein nehmen konnte. Gegen Mittag trennten sich unsere Wege. Leopold wollte noch zum Ehrenbreitstein hinaufsteigen, während ich es vorzog, in unser Logis, den Gasthof zur Post, zurückzukehren, um mich von den Anstrengungen auszuruhen, aber auch, um den zudringlichen Avancen der französischen Conteschen Offiziere zu entgehen, die sich wie Trauben an unsere kleine Gruppe gehängt hatten. Doch war an Ruhe nicht zu denken, denn nach einiger Zeit erschien die Wirtin, um mich zu bitten, mein Quartier einer englischen Familie abzutreten, die für längere Zeit in der Stadt bleiben wollte. Sie bot mir stattdessen ihre eigene Wohnung zum Aufenthalt an. Gern war ich bereit, ihr diese kleine Gefälligkeit zu erweisen. Doch kaum hatte ich ihren neben dem Eingang gelegenen Salon betreten, sah ich, wie ein Schwarm von französischen ‚Vaterlandsbefreiern' anrückte und sogleich in den Raum strömte, um es sich dort auf den Sofas und Sesseln bequem zu machen. Ich konnte mich kaum ihrer Zudringlichkeiten erwehren und fand auch in der eleganten Wirtin und ihrer Tochter keinen Beistand. Diese glichen vielmehr bereits im Sturm eroberten Festungen. Übrigens war mir aufgefallen, dass Trenck mit beiden bestens bekannt war. Zu meiner großen Erleichterung ging er gerade am Fenster vorbei und es glückte mir, ihm durch Gesten und Blicke meine Lage verständlich zu machen. Innerhalb weniger Minuten ließ er unsere Kutsche vorfahren, trat mit Respekt gebietender Miene in den Salon, reichte mir ehrerbietig den Arm und schritt grußlos an der verdutzten Gesellschaft vorüber. Als er mich in den Wagen gehoben hatte, erklärte er, dass er mich nicht begleiten, sondern eine Abkürzung zur Fähre wählen würde. Ich zog die Vorhänge zu und konnte es nicht verhindern, dass die Erinnerung an den Vorfall in Jena wieder in mir aufstieg. Konnte man es in diesen unruhigen Zeiten als Frau überhaupt wagen, auch nur für kürzeste Zeit sich allein in solch einen Hexenkessel zu begeben?"

„Warum hatte Ihr Reisemarschall Sie denn unbeschützt Ihrem Schicksal überlassen?"

„Diese Frage, die ich mir natürlich auch gestellt hatte, beantwortete sich von selbst, als wir an der Fähre eintrafen. Meine lästigen Bewunderer waren schon vor mir eingetroffen, umringten die Kutsche und drückten sich die Nasen an deren Fenster platt. Eine mir noch leidvoll in Erinnerung gebliebene Szene schien sich zu wiederholen. Doch da erblicke ich schon von Weitem die über die Menge hinausragende Gestalt Trencks, meines Retters. Entschlossen kam er anmarschiert und geleitete unseren Wagen auf das Schiff. Dort bezog er, auf seinen Degen gestützt, Posten, was die unverschämten Verfolger dazu brachte, ihre aussichtslosen Versuche abzubrechen. Keiner von ihnen wollte unversehens über die Klinge springen. Jenseits der Brücke fand sich auch bald mein Mann am verabredeten Treffpunkt ein und die Fahrt wurde in Richtung Mainz fortgesetzt. Wegen angeblich zu erledigender Geschäfte, tatsächlich aber wegen der gut betuchten Koblenzer Wirtstochter, verabschiedete sich unser verdienstvoller Trenck Hals über Kopf, damit ihm niemand bei der Schönen zuvorkäme. Später haben wir den Fortgang der Geschichte erfahren. Trenck heiratete tatsächlich seine Auserwählte. Das geschah allerdings in aller Heimlichkeit, da deren Vater zuvor seine Einwilligung zu der geplanten Eheschließung verweigert hatte. Wahrscheinlich wurde seine ungehorsame Tochter von ihm enterbt, denn die Hoffnung auf eine reiche Hinterlassenschaft nach dem Tod des Vaters erfüllte sich nicht. Zudem machte Trenck seiner Ehefrau das Leben zur Hölle, sodass sie in der Blüte ihrer Jahre durch den Tod dahingerafft wurde. Auch er starb bald auf Grund der Folgen seiner unsittlichen Lebensweise. Möge dieses Beispiel zur Abschreckung dienen und Menschen vor dem Abgrund bewahren!"

„Auf ihren Mann hatte Trenck einen schlechten Einfluss ausgeübt, wie sie erwähnten. Offensichtlich hat Leopold, da er doch nunmehr ein stattliches Alter erreicht hat, sich noch gerade rechtzeitig von seinem mephistophelischen Begleiter gelöst."

„Ich hatte Sie bereits darauf hingewiesen, dass es sich hierbei um ein Sujet intangible handelt."

„Entschuldigen Sie bitte meine Vergesslichkeit!"

„Unsere Reise ging nun weiter nach Mannheim, dessen größte Attraktion für mich der Besuch der Sternwarte war. Die Gestirne standen günstig, als wir nach einem Spaziergang durch die sternklare Nacht von den beiden Patern in Empfang genommen wurden. Sie, die Hüter der unfehlbarsten aller Wissenschaften, führten uns in ihre Geheimnisse ein. Geduldig beantworteten sie alle meine Fragen, mochten sie auch noch so kindisch sein, ja, sie schienen sogar zu besonderem Eifer angeregt zu werden. Ehrfürchtig spähte ich durch den großen Tubus auf den rot leuchtenden Trabanten unserer Erde, auf dessen klar umrissener Scheibe sich alle Verwerfungen, Berge und Täler deutlich abhoben. Plötzlich kam mir die Idee, die ich sogleich den beiden Gelehrten vortrug, dass man eine Mondkarte, unseren Landkarten vergleichbar, anfertigen könnte. Wieder klopfte mir der Ältere der beiden Gelehrten anerkennend auf die Schulter, wie er es bereits vorher bei einigen meiner Fragen und Bemerkungen getan hatte. Er forderte mich auf, die von mir beobachteten Besonderheiten zu beschreiben und freute sich über meine unbefangenen Antworten. Zum Abschied zog er unter den gestapelten Papieren auf seinem Schreibtisch eine Mondlandkarte hervor und überreichte sie mir mit einem Dank für die schöne Stunde, die ich ihm bereitet habe. Die Karte entsprach genauestens meinen geschilderten Beobachtungen. Hochgeehrt fühlte ich mich durch die Aufforderung, mich in ein Buch einzutragen, in dem bereits die Namen vieler gelehrter Wissenschaftler prangten."

„Wahrscheinlich ein ganz normales Gästebuch, in das sich alle Besucher eintrugen. Ich frage mich, was für Sie wichtiger war, das einmalige Erlebnis mit dem Zuwachs an Wissen oder die Auszeichnung durch die beiden Pater."

„Sie wollen mir doch wohl nicht wieder Eitelkeit unterstellen? Nein, diese Untugend ist mir vollkommen fremd. Ich wollte nur zeigen, wie ich durch die unter meinen Mitschwestern seltene unverbildete Natürlichkeit – wie so häufig in meinem späteren Leben – Zugang zu den Menschen gewonnen und gleichzeitig einen Vorteil erreicht habe. Die meisten meiner

Geschlechtsgenossinnen in den höheren Kreisen hätte es geniert, durch Fragen ihre Unwissenheit zu offenbaren."

„Gibt es nicht mindestens ebenso viele Frauen, die gern die Rolle der ahnungslosen Unwissenden spielen, um die Männer in ihrer vermeintlichen geistigen Überlegenheit zu bestätigen und ihnen damit zu gefallen?"

„Diesem tatsächlich häufig vorkommenden albernen Getue kann ich nichts abgewinnen. Nicht gefallsüchtige Verstellung, sondern wahrhafte Natürlichkeit ist das Alpha und Omega. Heutzutage ist es allerdings so, dass viele Frauen so gebildet sind, dass selbst gelehrte Männer bei ihnen in die Schule gehen könnten."

„Ist das nicht ein vielversprechender Anfang?"

„Es ist eine Entwicklung, die sicher weiter voranschreiten wird. Ob unser Geschlecht dadurch an Liebenswürdigkeit gewinnt, sollten wir jetzt nicht erörtern."

„Setzen wir also lieber Ihre Reise fort."

„D'accord. Doch sollten wir zunächst noch einmal in Mannheim verweilen. Ein weiteres einmaliges Erlebnis stand uns nämlich bevor, vielmehr war es nicht nur ein Abend, sondern mehrere, die wir im Theater verbrachten. Iffland, Koch, Opiz und Beck bildeten dort ein einmaliges Ensemble, das im Verein mit trefflichen weiblichen Darstellerinnen eine derartige Vollkommenheit erreichte, die nie wieder ihresgleichen fand. *Iphigenie auf Aulis*, *Oberon* und die *Alceste* von Gluck werden mir unvergesslich bleiben. Was wir heute von durch schreibselige Theaterkritiker hochgefeierten Schauspielern zu sehen bekommen, lässt sich damit überhaupt nicht vergleichen. Es ist zu sehr der jeweiligen Mode unterworfen, als dass es bleibenden Werturteilen gerecht werden könnte."

„Mir ist das Mannheimer Theater vor allem dadurch bekannt, dass dort die Uraufführung von Schillers *Die Räuber* stattfand, mit dem von Ihnen hochgepriesenen Iffland in der Rolle des Franz Moor."

„Nun, es zeichnet den talentierten Schauspieler aus, dass er es vermag, selbst dem grässlichsten Stück Glanz zu verleihen. Berichte über die exaltierten Szenen der Begeisterung, die sich dort abgespielt haben sollen, haben meinen Abscheu nur vermehrt.

Doch widmen wir uns nun einem anderen Thema. Ich sollte nämlich nicht vergessen zu erwähnen, dass wir hier in Mannheim zum ersten Mal die Gelegenheit hatten, den Herzenswunsch meiner Mutter zu erfüllen, alle am Wege liegenden Fürstenhöfe aufzusuchen, um Verbindungen zu knüpfen. In diesem Fall handelte es sich allerdings nicht um einen Hof, sondern um das bescheidene Domizil des aus Frankreich geflüchteten Prinzen Max von Bayern."

„Standen die Bayern nicht auf der französischen Seite? Warum dann die Flucht?"

„Die führende Rolle Bayerns in dem von Napoleon ins Leben gerufenen Rheinbund fällt erst in die späteren Jahre, als dieser Prinz Max zum König avanciert war. Während der ersten Revolutionsjahre war – wie Ihnen doch wohl bekannt ist – kein Aristokrat sicher, nicht unter der Guillotine zu landen. Als wir in Mannheim in unserer Kutsche an dem Paradeplatz vorbei fuhren, fiel uns unter den Offizieren einer in französischer Uniform auf. Auch er hatte uns offensichtlich bemerkt und ließ durch einen Bediensteten unseren Namen und die Adresse auskundschaften und kurz darauf erfolgte die Einladung in das Hotel, in dem er damals hauste. Leopold war natürlich gleich Feuer und Flamme, ich konnte mich dem nicht entziehen, weigerte mich jedoch entschieden, der Prinzessin gesondert meine Aufwartung zu machen. Der Prinz empfing uns mit ausgesuchter Höflichkeit und überschüttete mich mit Komplimenten wegen meiner Schönheit, die einzigartig sei, was in Gegenwart seiner überaus schönen Gemahlin eine grobe Entgleisung war. Ich nahm die Gelegenheit wahr, ihn auf das Schärfste zurechtzuweisen, was er mit guter Miene aufnahm. Seiner schwerhörigen Frau gab er auf ihre Nachfrage hin die Rede so wieder, dass er solch einen Engel wie sie meiner Meinung nach gar nicht verdient habe. Dass es der spätere König von Bayern war, dem ich die Leviten gelesen hatte, konnte ich damals noch nicht ahnen. Seinen Sohn, den späteren Ludwig I., der jetzt mit harter Hand sein Land regiert, habe ich an jenem Abend auf den Knien gewiegt."

„Ist er nicht später von Ihrer Tochter Julie gemalt worden?"

„Ja, ein sehr gelungenes Bild, sodass sie gleich den Auftrag erhielt, die Königin ebenfalls zu porträtieren. Von diesem Gemälde wurden Kupferstiche angefertigt, die man im ganzen Land verbreitete."

Königin Therese von Bayern

„Ihre Mutter konnte mit dem Erfolg der Reise zufrieden sein. Die ersten Kontakte zum Hochadel waren geknüpft."

„Es ergaben sich an jenem Abend noch weitere. Es war nämlich noch die Markgräfin von Baden, eine Schwester der Weimarer Herzogin Louise, anwesend, die dieser zum Verwechseln ähnlich sah, sich jedoch von ihr durch größere Milde und Freundlichkeit unterschied. Sie war mir sehr sympathisch, ebenso ihr zartes Töchterchen Louise, das im Begriff stand, sich mit dem Großfürsten Alexander zu verloben. Es hieß, die beiden hätten großen Gefallen aneinander gefunden, doch war es trotz dieser vielversprechenden Voraussetzung wieder eine fatale Kinderehe. Ich empfand tiefes Mitgefühl mit der dreizehnjährigen zukünftigen Braut, wie glänzend sich auch ihr Geschick gestalten mochte, und mit der unter dem Trennungsschmerz leidenden Mutter, denn Ihre Tochter befand sich auf dem Weg nach Petersburg."

„Sie hätte doch diese frühe Eheschließung verhindern können."

„Sie wagte es offensichtlich nicht, sich dem Wunsch der Zarin Katharina zu widersetzen."

„Sie sprachen soeben von dem Großfürsten Alexander als Bräutigam. Ich gehe also sicher in der Annahme, dass es sich um den späteren Zaren Alexander handelte? Von einer Zarin Louise habe ich allerdings noch nie etwas gehört."

„Das arme Kind musste aus Gründen der Staatsräson zum orthodoxen Glauben übertreten und erhielt in der Taufe den Namen Elisabeth Alexandra."

„Eine günstige Gelegenheit für eine Namensänderung, die es für Sie niemals gegeben hat. Sie mussten den von Ihnen so gehassten Vornamen zeitlebens tragen."

„Nicht unbedingt. Die Änderung musste ich selbst vornehmen. Meine Freundinnen, Freunde und Verwandte nennen mich Jette."

„Also verehrte Frau Jette von Beaulieu-Marconnay, vollkommen unvorhergesehen haben Sie den Plan Ihrer Mutter, möglichst viele Verbindungen zu regierenden Fürstenhäusern zu knüpfen, mehr als erfüllt, indem Sie in dem besagten Gasthof – lassen Sie es mich legère ausdrücken – drei Fliegen mit einer Klappe geschlagen haben. Hat es Ihnen in der Folge Vorteile gebracht?"

„Nicht, dass ich es wüsste."

„Hat das Treffen Ihnen Eindruck gemacht?"

„Die hohe Stellung der Anwesenden in diesem notgedrungen bescheidenen Rahmen imponierte mir nicht besonders. Doch habe ich ihre Schicksale danach aufmerksam verfolgt und konnte ihnen mein Mitgefühl nicht versagen. Sehr berührt hat mich die Tragödie der Markgräfin von Baden, die wie Niobe in der antiken Sage dazu verdammt war, ihre zahlreiche Kinderschar zu überleben. Vielleicht war es gerade der erzwungenermaßen bescheidene äußere Rahmen, der meine menschliche Anteilnahme befördert hat. Dagegen absolvierte ich ohne sonderliche Begeisterung die nach strenger protokollarischer Etikette ablaufenden Vorstellungen an den Höfen von Hessen-Darmstadt und Karlsruhe."

„Die nächste Fürstenresidenz dürfte interessanter gewesen sein."

„Das auf jeden Fall. Doch einen Empfang bei Hofe gab es nicht. Sie kennen doch sicher das berühmte Epigramm von Wieland:

Als Dionys von Syrakus aufhörte ein Tyrann zu sein,
da ward er ein Schulmeisterlein.

Der wollüstige, prachtliebende Tyrann, der Herzog Karl Eugen von Württemberg, war zu einem Betbruder und Bibelsammler geworden und hatte nun auch pädagogische Ambitionen. Die Verse beziehen sich auf die von ihm gegründete Militärschule, die ‚Solitude', in der die unglücklichen Knaben wie Gefangene gehalten wurden. Hier wurde der Nachwuchs für Militär und Verwaltung herangezogen und jeder, der später ein entsprechendes Amt anstrebte, musste diese finstere Anstalt besucht haben."

„Wie zum Beispiel Friedrich von Schiller, der diesem Drill noch rechtzeitig durch die Flucht entkam."

„Na, da haben die *Räuber*, die ich eben gerade noch so abfällig beurteilt habe, doch auch einmal etwas Gutes bewirkt. Dass sie das Missfallen des Landesherrn erregten und er fürchterliche Drohungen ausstieß, war ja wohl der Hauptanlass dafür, dass der Dichter noch rechtzeitig Reißaus nahm."

„Sonst wäre er mit Sicherheit auch noch auf dem ‚Hohen Asperg' gelandet wie Christian Friedrich Daniel Schubart, von dem übrigens, wie ich gerade kürzlich gelesen habe, das von Ihnen vorgetragene Zitat stammt, also nicht von Wieland."

„Sind Sie sicher? Möglich ist das, denn er wurde ja vor meiner Zeit im Süden Deutschlands als Freiheitsheld gefeiert. Seinen Namen habe ich gehört, doch viel weiß ich nicht von ihm."

„Manche Leute behaupten, dass diese zwei Verse der Grund dafür waren, dass Karl Eugen ihn aus seinem Wohnort Ulm auf Württembergischen Boden entführen und dort verhaften ließ. Doch ich meine, dass Schubart als Herausgeber der zweimal wöchentlich erscheinenden Zeitschrift *Die Deutsche Chronik*, deren eifrigster Leser der Herzog offensichtlich war, ein langes Sündenregister hatte. So hatte er beispielsweise den bevorstehenden Verkauf von zweitausend Landeskindern an die Briten angeprangert. Erfahrungsgemäß kehrten diese armen Menschen niemals mehr nach Hause zurück."

„Ein skandalöser Vorgang. Karl Eugen brauchte Geld für seine üppige Hofhaltung. Als wir in Stuttgart ankamen, hatte es, wie zuvor schon erwähnt, dem Fürsten bereits gefallen, seine Launen zu ändern. Der öde zerfallene Zustand der Ludwigsburg, einst als zweites Versailles gerühmt, fiel uns in seiner Düsterheit auf die Seele. Zu welchem Zweck waren denn die Menschen wie Sklaven ins Ausland verkauft und von den Dagebliebenen nicht mehr aufzubringende Steuern herausgepresst worden, die noch ihre Enkel werden abbezahlen müssen? Ich erinnere mich, dergleichen Anklagen von Wieland gehört zu haben und mir fällt jetzt ein, dass ich da etwas verwechselt hatte. Nicht das soeben erwähnte stammt von ihm, sondern ein anderes Spottgedicht, das sich auf die zweite Ehefrau Karl Eugens bezieht, seine vormalige Mätresse, die er nach dem Tod seiner ersten Gemahlin geheiratet hat. Mit bissiger Ironie geißelt der Dichter deren Vorliebe für teuren Schmuck.

Bouquet an die Gräfin Hohenheim

Veracht' uns arme Blümchen nicht,
Glanzreicheste der irrenden Infanten,
Uns gab Natur, was Euch gebricht.
Was Dir an Reizen fehlt, hast Du an Diamanten."

„Na ja, der Verfasser befand sich in sicherer Entfernung und lief nicht Gefahr, sogleich in den Kerker verfrachtet zu werden. Übrigens wird von einigen Kennern vermutet, dass diese besagte Dame bewirkt haben soll, dass der Herzog sich aufklärerischen Ideen zuwandte, zu denen auch der pädagogische Ehrgeiz gehörte, mit dem er die Solitude betrieb. Selbst Schiller suchte als ehemaliger Schüler dieser Anstalt dem gestrengen Landesherrn Gerechtigkeit widerfahren zu lassen."

„Das erstaunt mich. Haben Sie seine Äußerung schriftlich?"

„Soll ich sie Ihnen vorlesen?"

„Ich höre."

„Der Dichter sagte an der Gruft Karl Eugens:

Da liegt er also. Dieser rastlos tätige Mann. Er hatte große Fehler als Regent, größere als Mensch; aber die ersten wurden von seinen großen Eigenschaften überwogen, und das Andenken an die letzteren muss mit dem Tode begraben werden. Darum sage ich dir, wenn du, da er nun dort liegt, nachteilig von ihm sprechen hörst, traue diesem Menschen nicht, er ist kein guter, wenigstens kein edler Mensch."

„Wir wissen nicht, aus welchem Grunde der Dichter diese Äußerung gemacht hat. Ich bin der Meinung, dass der ertragreiche Menschenhandel niemals zu entschuldigen sein wird. Auch wenn es in Schillers Augen unedel ist, so klage ich den Monarchen der Habgier an."

„Bravo. Ich bin voll und ganz Ihrer Ansicht und kann eine Episode aus Schubarts Kerkerhaft hierzu beisteuern. Isoliert von der Außenwelt verfasste der Dichter ein flammendes Freiheitsgedicht mit dem Titel *An der Fürstengruft* und schmuggelte es heimlich aus dem Kerker. Auf die Untertanen wirkte es wie ein Fanal, für Schubart, der schnell als Urheber erkannt wurde, bedeutete es Haftverschärfung. Ich meine übrigens, dass Schillers maßvolle Äußerung eine Replik auf Schubarts kritische Verse darstellt und eventuell sogar einen Hinweis auf die nicht gerade vorbildliche Lebensweise dieses verkrachten Genies. Wahrscheinlich wurde der inhaftierte Autor nun schärfer überwacht, sodass keine Zeile unzensiert nach außen dringen konnte. Nach diesen Vorsichtsmaßnahmen erhielt der talentierte Häftling ein Piano und die Erlaubnis zum Schreiben. Der zweite Band seiner Dichtungen wurde sogar – selbstverständlich zensiert – aufgelegt. Der Absatz des Buches stieg in Schwindel erregende Höhen und der habgierige Fürst strich fast das gesamte Honorar ein."

„Wollen wir hoffen, dass der Geläuterte das Geld nicht nur für den Ankauf von seltenen Bibelexemplaren, sondern auch zum Wohl seines stark gebeutelten Volkes ausgegeben hat.

Bevor wir nun Stuttgart endgültig verlassen, muss ich noch ein beglückendes Ereignis erwähnen. An der Table d'hôte machten wir die Bekanntschaft des Geistlichen Rates Oberthür, der mir zu einem väterlichen Freund für mein gesamtes ferneres Leben und ein unschätzbarer Berater für unsere Reise wurde. Er versah uns mit zahlreichen Empfehlungsschreiben für seine Freunde in der Schweiz und in Italien, versorgte uns mit geeigneter Reiseliteratur und berichtete von seinen eigenen Erfahrungen. Seine Betrachtungen über den wahren Sinn und Zweck des Reisens waren für mich unendlich wertvoll und es fiel mir schwer, mich nach so kurzer Zeit von diesem so unverhofft erworbenen Freund verabschieden zu müssen."

„Wie schade! Er wäre Ihnen sicher ein mehr als vollwertiger Ersatz für Ihren Reisemarschall Trenck geworden."

„Die Antwort hierauf möchte ich mir für später aufsparen. Unsere Reiseroute hielt noch zwei besonders reizvolle Naturschauspiele für uns bereit, die mir über den Abschiedsschmerz hinweghalfen."

„Ich habe da eine Idee. Bisher haben Sie auf Grund Ihres ausgezeichneten Gedächtnisses sozusagen aus dem Stegreif berichten können. Doch wie ich sehe, haben Sie ein Heft vor sich liegen, das sicher Aufzeichnungen über Ihre Reise enthält. Gern würde ich mir einmal ein Bild darüber machen, wie Sie Naturphänomene beschreiben, da Sie, wie Sie mir gegenüber einmal ausgeführt haben, sich in der Natur so vollkommen aufgehoben fühlen, das heißt in Ihrem eigentlichen Element sind."

„Da treffen Sie den Nagel auf den Kopf. Zunächst war es die romantisch gelegene Burg der Grafen Hohenzollern, das Stammschloss des größten glänzendsten Königs, das einen unwiderstehlichen Reiz auf mich ausübte, hatte dieser wahre Lug ins Land doch große Ähnlichkeit mit der von mir so geliebten Burg Egloffstein. Nicht durch den Anblick der zahllosen alten Vasen, Möbel und Teppiche als vielmehr durch ein einmaliges Naturschauspiel, das sich uns darbot, wurden wir reichlich für den mühseligen Anstieg belohnt. Ich lese nun einmal aus meinen Notizen vor:

Nachdem wir das Schloss von innen besehen, traten wir auf den Söller, die herrliche Aussicht über das weite fruchtbare Land zu genießen. Die Beleuchtung war einzig in ihrer Art. Schwarzblaue Wetterwolken zogen unter uns über das Tal hin und warfen ihren breiten Schlagschatten auf die in unermesslicher Tiefe vor uns liegende Gegend, während über *uns der Himmel mit dem strahlende Gestirn des Tages in ungetrübter Klarheit leuchtete. Noch standen wir im Anschauen dieses malerischen Effektes vertieft, als plötzlich flammende Blitze den Wolkenschein durchzuckten, auf welche schmetternde Donnerschläge folgten, die das Echo der hohen Berge rings umher tau-*

sendfältig widerhallte. Nun ergoss sich der Regen in Strömen und erfüllte die ganze Landschaft, indessen wir oben auf der Burg im heitersten Sonnenschein das seltene Schauspiel eines in der anderen Region hinziehenden Gewitters unangefochten genießen konnten. Dagegen fanden wir bei der Rückkehr zu unserm am Fuß des Berges verweilenden Wagen die Straße schier überschwemmt und den Postillion nebst unserm Bediensteten bis auf die Haut durchnässt, so heftig hatten sich die Wolken in der Tiefe entladen.“

„Haben Sie Dank für diese anschauliche Schilderung.“

„Es waren diese herrlichen Wunder der Natur, die sich in vielfältiger Weise wiederholten. Beim Anblick der rosig schimmernden Schweizer Gletscher, welche die Umrisse der steilen Berge gegen den sich allmählich verdunkelnden Himmel abhoben, und der leuchtenden lieblichen Inseln, die in der grünlich schimmernden Wasserfläche des Lausanner Sees lagen, durchströmte mich ein tiefes Gefühl der Dankbarkeit, dass es mir vergönnt war, diese Wunder anzuschauen. Meinen Kummer über die aufgezwungene Reise ließ ich hinter mir.

Um mein Glück vollkommen zu machen, wartete eine weitere freudige Überraschung auf mich. Als wir nach der Besichtigung von Konstanz im Gasthof von Hasthausen eintrafen, den uns Oberthür empfohlen hatte, trat selbiger uns an der Schwelle des Hauses entgegen. Schon allein die Tatsache, dass man unterwegs die Bekanntschaft eines so auserlesenen Menschen voller Zartgefühl und Poesie, mit Freude am geselligen Leben und den schönen Künsten machen kann, ist solch eine lange Reise wert. Seine Milde, Güte und Duldsamkeit gegenüber der Schwachheit seiner Mitmenschen bewiesen mir, dass es in jeder Konfession, nicht nur in meiner lutherischen, Nachfolger Christi geben kann. Außerdem erfuhr ich, dass er ein alter Bekannter meiner Mutter war, mit der er einmal gemeinsam ein besonderes Werk der Nächstenliebe vollbracht hat. Ich zögere jedoch noch, es Ihnen anzuvertrauen, da daran Beteiligte womöglich noch am Leben sein könnten.“

„Bitte haben Sie keine Bedenken. Ich schwöre, dass niemand Ihrer jetzt noch lebenden Zeitgenossen es jemals erfahren wird.“

„Es ist eigentlich eine lange Geschichte, doch ich werde mich kurz fassen. Also, ein Amtsbruder Oberthürs entbrannte in leidenschaftlicher Liebe zu einem Fräulein aus altem Adel und ging mit ihr ein äußerst strafbares Verhältnis ein. Dessen unerwünschte Folgen wären nicht lange zu verheimlichen gewesen, hätte nicht Oberthür meine gute, mildtätige Mutter um Hilfe gebeten. Diese lud das unglückliche Fräulein auf eines ihrer etwas abgelegenen Güter ein, wo sie als vermeintliche Witwe unter geändertem Namen lebte und in aller Heimlichkeit ihr Kind zur Welt brachte. Leider starb das Kind nach kurzer Zeit. Alles entwickelte sich in der Folge zur Freude der beiden Wohltäter. Das Fräulein kehrte in seine Heimat zurück, wo außer ihrer Mutter keiner etwas von dem Vorgefallenen wusste. Dort fand sie einen guten Mann, mit dem sie seitdem als glückliche, geachtete Frau lebt."

„Und was geschah mit ihrem Verführer?"

„Er genoss weiterhin das Ansehen und die Würde, die ihm sein Amt verliehen."

„Seine Verfehlung hatte also keine negativen Folgen für ihn?"

„Soweit ich weiß, war das nicht der Fall, denn das hatte der verständnisvolle Oberthür, dem er auch zeitlebens in Dankbarkeit verbunden blieb, durch sein schnelles Eingreifen verhindert. Man kann nur hoffen, dass er durch seinen Fehltritt gelernt hat, nachsichtig mit den Schwächen anderer umzugehen."

„Mit den Schwächen der Amtsbrüder oder der Beichtkinder?"

„Selbstverständlich Letzteres. Es dürfte ihm leichter fallen, Verständnis für ihre Sünden aufzubringen und sie milde zu beurteilen."

„Noch einmal: Wird auch er wie sein Vorgesetzter Oberthür die Verfehlungen der Kollegen oder Untergebenen gegenüber den ihnen anvertrauten Gemeindemitgliedern, insbesondere der sehr jungen Frauen, womöglich mit besonderer Nachsicht behandeln?"

„Das wollen wir doch nicht hoffen. Meiner Einschätzung nach wird Oberthür den Priester auf den rechten Weg geführt haben."

„Ihr Wort in Gottes Ohr!"

„Ihre Skepsis halte ich für unangebracht, sie würde meinen Erfahrungen entsprechend eher auf einen anderen Mann Gottes zutreffen, den wir in Zürich, unserem nächsten größeren Aufenthalt, aufsuchten."

Geschichten aus Zürich

„Da Leopold es für unerlässlich hielt, zu möglichst vielen ‚Notabilitäten' Verbindung aufzunehmen, besonders zu denen, die sich Verdienste um die Literatur erworben hatten, bestand er trotz meines Widerwillens darauf, dass ich mit ihm gemeinsam den berühmten Lavater aufsuchen sollte. Mir war diese Art von Zudringlichkeit zuwider, denn was sollte bei solch einer kurzen Begegnung schon herauskommen? Da mein Eindruck von diesem berühmten Mann sich sehr von dem hervorragenden Ruf unterscheidet, in dem er stand, will ich Ihnen diesen statt der vielen Sehenswürdigkeiten der Stadt schildern, die Sie in jeder Reisebeschreibung nachlesen können."

„Immerhin fand seine Schrift *Von der Physiognomie des Menschen* viele interessierte Leser, keine geringeren als Goethe, Humboldt und viele weitere."

„Das mag ja sein, doch ich behalte mir mein eigenes Urteil vor. Die Art und Weise, wie dieser Mann sich in Szene setzte, wie er seine Audienz abhielt, sprach Bände. Zu Beginn wurden wir sogleich in sein winziges Arbeitszimmer geleitet, dessen Ausmaße dadurch noch kleiner erschienen, dass über den Wänden von der Decke bis zum Boden ein grüner Vorhang drapiert war. Hinter diesem konnte ich eine leichte Bewegung feststellen, was in mir die Vermutung weckte, dass wir heimlich beobachtet wurden. Umso peinlicher war ich von dem unzarten Benehmen Leopolds und eines weiteren Begleiters berührt, die beide ungeniert mit unverhohlener Neugier sich an den auf dem Schreibtisch ausgebreiteten Papieren zu schaffen machten. War das der Grund, aus dem der Gefeierte die beiden Herren nach seinem Eintreten vollkommen ignorierte und sich ausschließlich der Unterhaltung mit mir widmete? Erst nach dem Empfang des Empfehlungsschreibens durch Leopold wurde er auch ihm gegenüber zugänglicher."

„Was hat Sie nun aber so gegen Lavater eingenommen?"

„Es war sein Äußeres, die unangenehmen Züge und der Ausdruck seines Gesichts."

„Ihre Art der Beurteilung entspricht eigentlich vollkommen der Theorie des von Ihnen so kritisch Betrachteten, von der äußeren Erscheinungsform auf charakterliche Eigenschaften zu schließen."

„Dessen war ich mir damals nicht bewusst, sondern ich ließ mich von einem mir angeborenen Instinkt leiten, der mich vor diesem Mann warnte. Mir präsentierte er sich als ein bis zur Torheit eitler und eingebildeter Mensch, der sich selbst für einen Gott hielt und dessen vermeintliche Frömmigkeit ihn nicht davor bewahren würde, den Himmel über der Erde zu vergessen, wenn eine Versuchung an ihn herantreten würde.

Letzteres habe ich natürlich damals in meiner Unerfahrenheit noch nicht so klar erkannt, doch empfand ich instinktiv, dass Lavaters Zuvorkommenheit mir gegenüber allen möglichen Vorzügen meiner Person, keinesfalls jedoch meinen geistigen Fähigkeiten gelten konnte, da ich während der ziemlich langen Audienz kaum die Lippen auseinander bekommen hatte.

Weiß der Himmel, welche noch in mir schlummernden bedeutenden Eigenschaften der Gute meinte entdeckt zu haben. Jedenfalls erschien bald nach unserer Rückkehr in den Gasthof ein junger Mann, der ein Konterfei von mir für Lavaters Galerie edler Frauen anfertigen sollte."

„Das ist ja interessant. Wo kann man diese Bilder heute bewundern?"

„Ich habe keine Ahnung und es ist mir auch vollkommen gleichgültig. Sie würden meine ablehnende Haltung vollkommen verstehen, wenn Sie das abscheuliche Machwerk zu Gesicht bekämen. Keine Spur von Ähnlichkeit. Ich habe keine Ahnung, wo der vermeintliche Maler, der diesen Namen – weiß Gott – nicht verdient hat, dieses stumpfsinnige, plattgedrückte Gesicht gesehen zu haben meint. Und was könnte der große Lavater wohl aus diesen Zügen über meinen Charakter herausfinden?"

„Also ich möchte dieses Bild wirklich einmal sehen. Wie ging diese Lavater-Episode dann aber nun zu Ende?"

„Am Abend vor unserer Abreise wollte er alle möglichen Züricher Freunde in sein Haus einladen. Mich befiel eine Unpässlichkeit, sodass ich nicht teilnehmen konnte. Stattdessen genehmigte ich mir einen gemütlichen Abend in meinem Hotelzimmer und ging nach der Lektüre eines Briefes meiner lieben Mutter zeitig zu Bett. Plötzlich wurde ich durch das Aufreißen der Tür meines Gemachs aus dem Schlummer gerissen und – wer stand an meinem Bett? Sie werden es schon erraten haben."

„Nein, wirklich? Ihr Mann war noch auf dem Fest?"

„Nein, so unverfroren war Lavater dann doch nicht. Leopold hatte ihn zu unserem Gasthof begleitet. Dennoch fand ich das Verhalten dieses Geistlichen höchst unschicklich, um nicht zu sagen dreist. Er ließ sich auf meinem Bett nieder, von dem er sich trotz meiner Proteste nicht wieder erhob. Ich weiß ja nicht, welche Sitten es in anderen Völkern gibt, ich nahm jedenfalls Anstoß daran und finde, dass er meiner Aufforderung hätte Folge leisten müssen."

„Wie verhielt sich Ihr Mann in dieser für Sie recht unangenehmen Situation?"

„Er hat das wohl alles nicht so ernst genommen. Jedenfalls teilte er offenbar meine Abneigung gegen diesen aufdringlichen Zeitgenossen nicht, denn er bat ihn später, die Patenschaft für unsere Tochter Julie zu übernehmen, die einige Monate nach unserer Rückkunft aus Italien geboren wurde."

„Waren Sie denn mit der Bitte Ihres Mannes einverstanden?"

„Nun, er hat den Brief an Lavater bereits einen Tag nach Julies Geburt geschrieben. Er erinnerte ihn an das bei unserem Besuch in Zürich abgegebene Versprechen, Taufpate unseres nächsten Kindes zu werden. Sie können sich sicher vorstellen, dass ich zu dem Zeitpunkt nicht zu Streitereien aufgelegt war. Mir war auch bekannt, dass Leopold bereits dem Pastor unserer Gemeinde den illustren Paten angekündigt hatte. Der konnte es gar nicht abwarten, den berühmten Namen in das Taufregister eintragen zu dürfen."

„Hatte Lavater keine Skrupel, nach dem peinlichen Vorfall in Ihrem Schlafgemach diesen Antrag anzunehmen?"

„Das ist schwer zu beurteilen. Zumindest klang seine Zusage nicht allzu enthusiastisch. Als Grund hierfür gab er allerdings an, dass er – nach dem Tode seines innigst geliebten unvergleichlichen Freundes und Amtskollegen Pfenniger – an dessen neun hinterbliebenen Kindern die Vaterstelle vertreten wolle."

„Das klingt doch recht distanziert."

„Eben diese Empfindung hatte ich bei der Lektüre von Lavaters Antwortschreiben. Doch bald darauf hatte ich das sehr zweifelhafte Vergnügen, Lavater nach unserer Reise in unseren vier Wänden in Erlangen begrüßen zu dürfen. Diese Begegnung war geeignet, meine Abneigung und Verachtung zu festigen."

„Ausgerechnet eine Taufe war der Anlass?“

„Nein, die christliche Zeremonie hatte schon vorher stattgefunden. Sie wissen sicher, dass es nicht unbedingt erforderlich ist, dass alle Paten bei der Taufe anwesend sind. Lavater nahm eine geplante Reise nach Kopenhagen mit Zwischenstation in Bremen zum Anlass, einen Umweg über Erlangen zu machen. Gemeinsam mit ihm und einigen Gästen saßen wir im Salon, als er plötzlich den Wunsch äußerte, sein Patenkind zu sehen, um es zu segnen. Ich stieg ihm voran die Treppe hinauf, als er mich plötzlich umschlang, heftig an sich drückte und gar nicht aufhörte, mich zu küssen. Nur mit äußerster Kraftanstrengung konnte ich mich von ihm losreißen und mit hochrotem Kopf und vor Entrüstung blitzenden Augen wieder unter meinen Gästen erscheinen.“

„Ich nehme an, Julie wartet noch heute auf seinen Segen. Halten sie es für möglich, dass dieser scheinheilige Patron auch andere Frauen in der gleichen Weise belästigt hat?“

„Davon muss man wohl ausgehen.“

„Was würden Sie denn davon halten, wenn sich einige Ihrer betroffenen Geschlechtsgenossinnen darauf verständigen würden, diese Verfehlungen bekannt zu machen und öffentlich anzuprangern.“

„Ich könnte mich mit der Idee anfreunden, doch ist sie nicht durchführbar. Wie will man denn erfahren, welcher Frau er sich auf diese unverschämte Weise genähert hat? Auch würde ich es nicht nur im Hinblick auf seine Frau und seine Kinder, sondern auch auf sein tragisches Ende als Märtyrer für respektlos halten, eine derartige Aktion in Gang zu setzen.“

„Dennoch berichten Sie von dieser unerfreulichen Begegnung und machen sie zumindest einem kleinen Kreis von Leserinnen und Lesern Ihrer Aufzeichnungen bekannt.“

„Ich berichte wahrheitsgemäß von den Erlebnissen auf meiner Reise, von den angenehmen und den unangenehmen. Ich fände es unlauter, diesen Geistlichen meiner eigenen Konfession mit einem Glorienschein zu versehen, wie das doch häufig geschehen ist. Wenn sie anderen Menschen von diesem unerfreulichen Ereignis mündlich oder schriftlich berichten, hätte ich nichts dagegen einzuwenden.“

„Nun stehen Sie ja mit dem Vorwurf der eigenen Vergöttlichung und Anmaßung dieses Herrn nicht allein da. Denken Sie doch nur an seinen missionarischen Eifer und die Überheblichkeit, mit der er den alten Vater Mendelssohn zum Christentum bekehren wollte. Damit hat er sich nicht nur Freunde gemacht.

Doch am Schluss noch eine Frage: Was hat es mit seinem Märtyrertod auf sich?"

„Ach, wissen Sie das nicht? Während revolutionärer Unruhen in seiner Stadt wurde er erschossen, als er Verletzten Beistand leistete."

„Friede seiner Asche?"

„Friede seiner Asche!"

Johann Caspar Lavater, Alexander Speisegger, Öl auf Leinwand, 50x41 cm, 1785, Sammlung Gleimhaus

„Wie Sie gesehen haben, sind es neben den überwältigenden Naturereignissen vor allem die Begegnungen mit Menschen, die einen nachhaltigen Eindruck hinterlassen. Unvergesslich blieb mir die Geschichte eines melancholischen jungen Mannes, der mich an der Table d'hôte fortwährend unverwandt anstarrte, sodass ich von meinem Mann und unserem Begleiter bereits geneckt wurde. Als wir ins Gespräch kamen, stellte sich heraus, dass ich ihn an seine verstorbene Gattin erinnerte. Er äußerte den bizarren Wunsch, dass ich mich einmal in seinem verödeten Haus an deren Nähtisch setzen sollte, damit ihm das Bild der Verblichenen noch einmal ganz deutlich vor Augen stehe. Wir gaben diesem befremdlichen Ansinnen nach und der ganz seinem Seelenschmerz Hingegebene, der bisher mit niemandem über seinen Kummer hatte sprechen können, legte mir gegenüber feierlich ein Versprechen ab. Da seine Frau bei der Geburt des ersten Kindes gestorben war, konnte er den Anblick des Neugeborenen nicht ertragen und hatte dieses aus dem Hause gegeben und sich nicht um seine Versorgung gekümmert. Ich bewirkte, dass er in diesem Kind das

Vermächtnis seiner geliebten Ehefrau erkannte und dass er gelobte, sich in Zukunft selbst seiner Erziehung und Pflege zu widmen."

„Haben Sie dieses Erlebnis aufgeschrieben?"

„Das habe ich mir nicht entgehen lassen. Die Geschichte wäre der Stoff zu einer veritablen kleinen Novelle gewesen, ich habe ihn allerdings lediglich in meinen Reiseerinnerungen ausführlich in allen Einzelheiten dargestellt und zwar genau so, wie er sich zugetragen hat.

Doch ich denke, ich sollte mich etwas kürzer fassen, sonst gelangen wir nie nach Italien. Meinen Besuch bei Sophie de la Roche in Genf habe ich in anderem Zusammenhang bereits erwähnt. Es bleibt nur noch zu ergänzen, dass Graf Stolberg, ihr sogenannter ‚Bruder in Apoll', der gemeinsam mit seiner hochschwangeren Frau auf dem Weg nach Italien war, versprach, uns in Turin zu erwarten, indem er die Adresse seines Hotels für uns am Stadttor hinterlegen wollte. So geschah es denn auch."

Durch das Dunkel zum Licht

„Da ich bereits den Text in Ihrem Heft Nr. 9 überfliegen durfte, schlage ich vor, dass Sie das Abenteuer Ihrer Alpen-Überquerung in vollem Wortlaut vorlesen. Mir scheint, dass es Ihnen in idealer Weise gelungen ist, die Beschreibung von Land und Leuten mit Ihren persönlichen Eindrücken und Gefühlen zu verbinden, sodass sich jeder Leser in ihre damalige Lage versetzt fühlen muss."

„Ich kann Ihnen Ihren Wunsch kaum abschlagen, obwohl er mich etwas verlegen macht. Doch schon beim ersten Blick steigen die alten Bilder wieder in mir auf, nur die Ängste sind – Gott sei Dank! – nicht mehr so bedrängend wie damals. Also:

Die Reise von Genf durch Savoyen war schon an und für sich traurig genug und stimmte die Seele zur Schwermut. Dazu kam noch die Teilnahme an dem unsäglichen

Elend der Bewohner dieses unfreundlichen Landes, das den höchsten Grad erreichte, als man endlich dahin gelangte, wo die Straße für Wagen und Pferde ungangbar wurde, nämlich in das erbärmliche Städtchen Lans-le-Bourg. Bei unsrer Ankunft daselbst glaubte ich mich unter einer Räuberbande zu befinden, so wild umdrängten Maultiertreiber und Träger unsern Wagen, der hier, auseinandergelegt und auf Saumtiere gepackt, über den Berg geschafft werden mußte. Hunderte von Menschen fanden bei diesem müh- und gefahrvollen Trafik ihren dürftigen Lebensunterhalt, daher bestürmten sie die anlangenden Fremden auf eine Weise, die mich in Schrecken versetzte. Man kann sich keine Vorstellung machen von der Angst, die mich befiel, als ich den einer Portechaise ähnlichen Tragsessel bestieg und mich zwölf wilden Männern überlassen sah, die in ihrem gräßlichen Kauderwelsch durcheinanderschreiend, mit mir davon rannten, als wollten sie mich für immer von meiner ganzen Umgebung trennen. Lans-le-Bourg liegt, obgleich in einem engen Tal, wo die Strahlen der Sonne nur auf Augenblicke sichtbar werden, doch schon in der höheren Region des Mont Cenis, und der Reisende sieht von hier aus die Gipfel der Berge vor sich, die er übersteigen muß, wenn keine Nebel die verschneiten Berge umhüllen. Da dies aber nicht der Fall in jenem Augenblick war, sah ich die vor mir hinziehenden Maultiere über mir in den Wolken verschwinden, die mich bald darauf selbst aufnahmen und den Augen der nachfolgenden Karawane entzogen. Das Gefühl gänzlicher Verlassenheit, in der schauervollsten Einöde, wo der fallende Schnee uns, wie so viele andere leicht verschütten und in ewige Nacht versenken konnte, ward durch die Angst erhöht, der tollkühne Eifer meiner Träger, der sie ansporrnte, mit ihrer Last über gähnende Abgründe hinwegzusetzen, könnte mich dem Tode auf eine noch gräßlichere Art überliefern. Leopolds Versprechen eines reichlichen Trinkgeldes, wenn sie mich schnell und gut an Ort und Stelle bringen würden, trieb die armen Teufel zu der unvorsichtigsten Eile, und da ich mich ihnen nicht verständlich machen konnte, blieb mir nichts übrig, als mich dem Schutz Gottes zu empfehlen. Oft schwankte meine Sänfte über unermeßlichen Tiefen oder streifte an schäumenden Wasserfällen so dicht vorbei, daß ich mich schon davon verschlungen wähnte. Zuweilen stieß ein breitbepacktes Saumtier an den Tragsessel, daß dieser den Händen der Träger entschlüpfte und unfehlbar in den Abgrund gestürzt wäre, hätten die Nebenherschreitenden nicht schnell zugegriffen und den vernichtenden Fall abgewendet. Dann kamen wieder Stellen, wo die Männer sich gegenseitig durch Zeichen zu verstehen gaben, es sei notwendig, hier still und leise vorüber zu ziehen, weil die geringste Lufterschütterung eine Lawine erzeugen und unsern Untergang herbei führen konnte. So ging ich von einem Schrecknis zum andern über, bis endlich nach fünf ewig langen Stunden in der dunkeln Tiefe, jenseits des Mont Cenis, das elende Grenzdorf Novalese auftauchte und mich, trotz seiner Erbärmlichkeit wie der Anblick des Paradieses erfreute. Dort hörten alle Gefahren auf, die mich bisher umringten; hat man erst diesen Punkt erreicht, dann läuft der Weg bis zu dem Ort, wo sich die Karawanen wieder vereinigen, sanft bergunter. Jubelnd begrüßten meine Träger die grauen Hütten von Novalese schon aus weiter Ferne, weil diese auch ihnen wie der Hafen der Ruhe erschienen. Fröhlich rannten sie mit mir den südlichen Abhang des Berges hinunter, während ich Gott für seinen Beistand in den verflossenen, angstvollen Stunden dankte und mich nun erst durch die Gewißheit beglückt fühlte, in kurzem den Boden Italiens zu betreten. Noch umgaben mich zwar hohe Felsenwände, an welchen der schmale Weg sich hinzog, aber plötzlich schwenkten die Träger meiner Sänfte um einen Vorsprung des Gebirges, der mir die Aussicht versperrt hatte, und wie durch Zauberschlag hervorgerufen, lag nun die anmutige Gegend, vom heitersten Sonnenschein beleuchtet, vor mir ausgebreitet. Schnee und Eis waren verschwunden, und ich sah mich in eine grünende Landschaft versetzt, von der mildesten Luft umhaucht, die mir Pelze und Schleier lästig machte. Italien! Italien! jauchzte ich aus tiefbewegter Seele, und noch jetzt, indem ich dies schreibe, begrüße ich wie damals mit unbegrenztem Enthusiasmus jenes schöne, sonnenhelle Land, als das Ziel meiner unvertilgbaren Sehnsucht nach dem wirklichen Anblick der Gegenden, die mein Gedächtnis für immer treu bewahren wird."

„Gratulation! Ich halte das für einen druckreifen Text. Es hört sich so an, als seien Sie nach dem glücklichen Ausgang des Abenteuers beseelt von diesem ersten Eindruck wie auf Wolken gegangen. Hat denn diese Begeisterung die gesamte Reise lang vorgehalten?"

„Das war merkwürdiger Weise trotz einiger nicht ganz so erfreulicher Erlebnisse der Fall."

„Sind auch diese in ihrem Gedächtnis aufbewahrt?"

„Oh ja, doch vielleicht haben sie die Strahlkraft der freundlicheren Bilder nur erhöht. So habe ich zum Beispiel nach dem sonnigen Empfang im Land meiner Sehnsucht selten so gefroren. Es war inzwischen Angang November und der Winter war in jenem Jahr vorzeitig hereingebrochen. Wir waren froh, als wir in den von Stolberg in Turin vorbestellten Gasthofzimmern unsere steif gefrorenen Glieder aufwärmen konnten. Die Teilnahme an einer Parforcejagd des Königs Viktor Amadeus III. von Sardinien und Piemont nebst seiner widerlichen, durchweg in Apfelgrün gekleideten Hofgesellschaft mit ihren fahlen gelblichen Gesichtern war das Scheußlichste, was ich jemals erlebt habe. Die Beschreibung möchte ich Ihnen ersparen. Gerade vorher hatten wir die würdige, erhabene Begräbnisstätte seiner fürstlichen Vorfahren auf der Spitze des höchsten Berges in der Nähe von Turin besucht und ernste Betrachtungen über die Vergänglichkeit alles Irdischen angestellt. Solche erhabenen Eindrücke sind durch nachfolgende Widrigkeiten nicht auszulöschen."

„Auch Rom wird Sie entschädigt haben."

„So war es. Doch sollte ich Ihnen eine meiner wichtigsten Erfahrungen nicht vorenthalten."

Ein maritimes Abenteuer

„Von Turin brachen wir in Richtung Genua auf und mein Entzücken war grenzenlos, als wir von der höchsten Spitze des Bochetta aus zum ersten Mal das Meer erblickten. Ich konnte es gar nicht abwarten, an dessen Gestade zu gelangen. Doch flößte mir das nasse Element, sobald wir uns ihm näherten, den allergrößten Schrecken ein. Es hatte sich ein fürchterlicher Sturm erhoben und meine anfängliche Bewunderung des grandiosen Schauspiels der aufgepeitschten Wellen wich panischer Furcht, als diese drohten, über mir zusammenzuschlagen, obwohl ich mich auf einer kirchturmhohen Bastion der Hafenmauer befand. Seitdem wurzelt eine unüberwindliche Abscheu vor dem Meer tief in meiner Seele."

„Offenbar hatten Sie den falschen Zeitpunkt erwischt. Bei Sonne und ruhigem Seegang hätten Sie gewiss freundlichere Eindrücke gewonnen."

„Dazu ergab sich nicht die Gelegenheit. Trotz meines heftigen Widerwillens ließ ich mich von meinem Gatten überreden, mich mit ihm gemeinsam zu einem weit im Meer liegenden Kriegsschiff übersetzen zu lassen."

„Doch wohl nicht bei der eben von Ihnen geschilderten Windstärke!“

„Vielleicht hatte sie inzwischen etwas nachgelassen. Doch das machte für mich keinen großen Unterschied.“

„In Anbetracht Ihrer vehementen Ablehnung des nassen Elements verstehe ich nicht, dass Sie sich auf ein derartiges Vorhaben einließen.“

„Heute begreife ich meinen Entschluss auch nicht mehr. Ich war wohl damals von dem gleichen törichten Ehrgeiz besessen, der heute für viele gebildete junge Frauen selbstverständlich ist. Sie wollen beweisen, dass sie es in allen Dingen den Männern gleichtun können. Kurz und gut, das trug dazu bei, dass ich mich damals dem moralischen Zwang beugte, den Leopold ausübte. Ich tat etwas, wozu ich eigentlich gar kein Verlangen verspürte. Was sollte ich mit dem Wissen über die Ausrüstung eines Kriegsschiffes anfangen? Allerdings erfüllte es mich auch mit Stolz, zu den wenigen reisenden Damen zu gehören, die ein solches – in diesem Falle eine holländische Fregatte – betreten hatten.“

„Wir stehen also wieder am Beginn eines Abenteuers.“

„Eines wild bewegten. Wir bestiegen eine kleine Barke, die wie eine Nussschale auf den Wellen hin- und hergetrieben wurde. Als wir das Hafenbecken verließen und ins offene Meer hinaus steuerten, wurde die Lage gefährlich. Von der Spitze meterhoher Wellen wurden wir in den grünen Abgrund geschleudert und wieder hinaufgetragen. Durchnässt bis auf die Knochen und nahezu betäubt langte ich am Schiff an und musste mich in einen heruntergelassenen Tragsessel begeben. Nachdem ich auf diesem wie ein Warenballen an Bord gehievt worden war, fand ich mich inmitten der neugierig um mich versammelten Offiziere und Matrosen wie eine Schiffbrüchige wieder und wäre vor Scham am liebsten in den Boden versunken. Stattdessen musste ich voller Angst zusehen, wie Leopold gezwungen war, an einer heruntergelassenen Strickleiter hinaufzuklettern. Er stellte sich dabei so ungeschickt an, dass er zum Gespött der gesamten Mannschaft wurde.“

„Das geschah ihm recht. Man wird schon gewusst haben, warum man ihm keinen Tragsessel zur Verfügung stellte. Spätestens als er an der Leiter baumelte, wird er wohl das irrwitzige Unternehmen bereut haben.“

„Das nehme ich auch an, obwohl er kein Wort in dieser Hinsicht verlauten ließ und, nachdem er wohlbehalten an Bord gehievt worden war, Contenance bewahrte. Das Besichtigungsprogramm wurde in voller Länge durchgeführt."

„Sie Ärmste. Die ganze Zeit in ihrer durchnässten Kleidung!"

„Das sollte schlimme gesundheitliche Folgen für mich haben. Dennoch plante Leopold zu meinem großen Schrecken trotz dieses mehr als unangenehmen Ausflugs die nächste Seereise und zwar beabsichtigte er, dass wir mit dem Schiff von Genua nach Livorno fahren sollten. Dem Himmel sei Dank, dass sich dieses Vorhaben als undurchführbar erwies. Ich wäre sonst in einen heftigen Konflikt geraten, denn ich hatte beschlossen, verstärkt eigene Verantwortung für mein Tun zu übernehmen und mich nicht mehr widerspruchslos allen Anweisungen Leopolds zu fügen."

„Bravo!!"

„Wir wählten also den Landweg, der sich allerdings auch nicht als ganz ungefährlich erwies. Kurz hinter Florenz wären wir beinahe einer Räuberbande in die Hände gefallen, hätten uns nicht zwei Offiziere der Schweizergarde des Königs von Neapel, die zufällig im selben Gasthof wie wir übernachteten, durch ihr beherztes Eingreifen gerettet. In ihrer Begleitung setzten wir die Reise fort und ich fieberte unsere Ankunft in der ewigen Stadt entgegen, von deren herrlichen künstlerischen Kleinodien ich bereits in dem raueren Florenz eine Ahnung erhalten hatte."

Am Ziel der Träume: Das ewige Rom

„Wie ‚eroberten' Sie dann die Stadt, das Ziel Ihrer Sehnsucht?"

„Obwohl wir uns glänzend vorbereitet wähnten, stellte sich die Wirklichkeit weit verwirrender dar, als wir es erwartet hatten. Noch heute kann ich nur mit übervollem, dankbarem Herzen an unseren Cicerone Alois Hirt denken, der uns die Augen öffnete und uns lehrte, die rätselhaften

Hieroglyphen zu entziffern, die uns von allen Seiten umgaben. Er ging nach einem wohldurchdachten System vor und lehrte uns, alle merkwürdigen Gegenstände mit dem Gemüt zu erfassen. Er hat meine Liebe zu Rom, das ich über alle anderen Städte Italiens stellen möchte, noch vertieft."

„War es die durch Ihren Onkel in Bucha erweckte Liebe zur Antike oder eher das christliche Erbe, das Ihr Gemüt besonders ansprach?"

„Es war die Gesamtheit der Eindrücke und das anschaulich erfahrbare Ineinandergreifen der einzelnen historischen Epochen, das mich faszinierte. Nun erhielt allerdings die Erinnerung an das christliche Erbe dadurch eine besondere Bedeutung, dass wir das Weihnachtsfest in Rom verlebten. In allen Kirchen wurde es so überaus festlich begangen, wurden uns Momente voller Poesie beschert, besonders jedoch in der Kirche Santa Maria Maggiore. Wenn sich alle Anwesenden um die strahlend erleuchtete Krippe scharen, bekommt man eine Vorstellung davon, wie sich Menschen aus allen Ständen und jeglicher Herkunft am Jüngsten Tage um das Kreuz versammeln werden, so wie es hier geschah. Dieses erhebende Gefühl erhielt allerdings einen Dämpfer, als ich bemerkte, dass einige Herren, die offensichtlich nicht zu den Ärmsten der Armen gehörten, mit der ausdrücklichen Billigung der Priester sich an dem frisch duftenden Heu bedienten, das angeblich aus der originalen Krippe zu Bethlehem stammen soll."

„Sie betrachteten es wohl als eine Art Glücksbringer, den man in die Hosentasche steckt?"

„Das hätte ich noch verstanden. Nein, sie steckten es voller Andacht in den Mund und kauten unter den neidischen Blicken der weniger Bevorzugten – unter ihnen offensichtlich Hirten aus der Campagna – darauf herum."

„Wie weiland Ochs und Esel in der heiligen Nacht. Nein, Scherz beiseite: Ich verstehe es als eine Handlung, bei der das Sicheinverleiben eine symbolische Bedeutung hat."

„Ich weiß, worauf sie anspielen; allerdings scheint mir diese Art der Vereinigung für die verwöhnten Mägen jener vornehmen Herren weniger bekömmlich zu sein als Wein und Oblaten. Doch abgesehen von diesem befremdlichen Vorfall wird mir dieses glänzende, zauberhafte Weihnachtsfest in ewiger Erinnerung bleiben. Ein wenig Wehmut mischte sich damals in meine Empfindungen, da ich so gern noch länger in Rom geblieben wäre, denn wir hatten noch längst nicht alle Merkwürdigkeiten bewundert. So erfreulich es war, dass wir durch unsere Empfehlungsschreiben viele sachkundige Erklärungen und Führungen erhalten hatten, so verpflichtete es uns auch zu mehreren in meinen Augen recht überflüssigen Besuchen. Keine der Gesellschaften hat mir wirklich gefallen. Die geschmacklose Kleidung der Damen, die dürftige, langweilige Unterhaltung und die schlechte Bedienung widerten mich regelrecht an. Am meisten bedauerte ich es, dass wir dadurch so viel Zeit verloren, die erfreulicheren Beschäftigungen hätte zugutekommen können."

In Neapel

„Stattdessen reisten Sie weiter nach..."

„Neapel."

„Wieder mit Empfehlungsschreiben?

Lassen Sie mich raten. Herzogin Anna Amalia hat die Türöffnerin für Lord Hamilton gespielt."

„Richtig geraten. Letzten Endes bin ich ihr dankbar für diese Vermittlung, obwohl ich nicht von der gleichen Begeisterung beflügelt wurde wie die Herzogin. Natürlich ging es den Besuchern bei dem britischen Gesandten Lord Hamilton vor allem darum, Lady Hamilton zu Gesicht zu bekommen, die als eine der schönsten Frauen ihrer Zeit galt. Die Maler rissen sich darum, sie malen zu dürfen. Da Leopold erkrankt war, ging ich in der Begleitung des dänischen Konsuls Christian Heigelin dorthin. Ich befand mich in einer reinen Männergesellschaft. Lediglich Lady Hamilton und eine äußerst gewöhnlich aussehende Frau, von der es hieß, sie sei ihre Mutter, waren zugegen. Lady Hamilton begann auch bald mit ihren Darbietungen, bei denen sie, gehüllt in ein transparentes antikes Gewand, Szenen, die auf den von ihrem Gatten gesammelten antiken Vasen dargestellt waren, nachstellte. Sie wählte natürlich nur jeweils eine Person oder Götterfigur aus, die sie jedoch in Sekundenschnelle wechselte. Dadurch rief sie stets neue Eindrücke hervor, wobei sie transparente Schals wirkungsvoll um sich herum drapierte. Darin hatte sie es zu einer großen Kunstfertigkeit gebracht, die mich zusammen mit ihren regelmäßigen Formen und Gesichtszügen beeindruckten. Die schuldige Bewunderung konnte ich ihr nicht versagen, doch gefiel sie mir wegen ihrer eckigen, wenig graziösen Bewegungen sowie ihrer unangenehmen rau und männlich klingenden Stimme überhaupt nicht. In die allgemeinen Jubelchöre kann ich nicht einstimmen."

„Kein Wunder! Diese berühmte Poseuse scheint ja vor allem Männer beeindruckt zu haben. Auch Goethe schildert sie zwar als interessante, amüsante Attraktion, die er genossen hat, doch ist der leicht ironische Unterton nicht zu überhören."

„Aha. Nun ja, bekanntlich hat er ja in Italien die Sinnlichkeit entdeckt. Seine Reaktion wundert mich also nicht. Erstaunlich finde ich allerdings die regelrechte Begeisterung, die Anna Amalia für diese Dame immer wieder zum Ausdruck brachte. Sogar ein Tischchen, auf dessen Platte die Vergötterte in der Pose einer antiken Schäferin dargestellt ist, ließ sie in Neapel anfertigen. Vermutlich erreichte es Weimar, noch bevor die Herzogin zu Hause anlangte."

„Ich habe gehört, dass sie auch zu Lord Hamilton, dem wesentlich älteren Ehegatten der Lady Hamilton, gute Beziehungen hatte und die Verbindung auch von Weimar aus aufrecht erhielt."

„Er mag ein angenehmer Gesellschafter gewesen sein. Doch habe ich davon wenig zu spüren bekommen, denn die Unterhaltung wurde durchweg auf Englisch geführt. Man ging sogar so weit, wie ich aus Blicken, Gesten und einigen auch für mich verständlichen Gesprächsfetzen schließen musste, sich ungeniert über meine Person zu unterhalten – eine Vermutung, die mir am Ende des Abends von dem mich begleitenden dänischen Konsuls bestätigt wurde. Deshalb konnte ich es mir nicht versagen, vor der versammelten Runde eine Spitze loszuwerden."

„Gegen die englische Sprache?"

„Aber nein. Zwar habe ich gegen diese von meiner Kindheit an eine Aversion, doch würde ich meine Abneigung taktvoller Weise natürlich niemals gegenüber Engländern äußern. Es ging mir darum, der Gesellschaft die Unschicklichkeit ihres Verhaltens vor Augen zu führen."

„Sie fühlten sich sozusagen kaltgestellt, von der Unterhaltung ausgeschlossen?"

„So ist es. Als sich Lady Hamilton nach dem Befinden ihrer ‚chère Duchesse' erkundigte und wissen wollte, wie es sich ganz allgemein in Weimar leben lasse, sah ich eine geeignete Gelegenheit gekommen, meinem Unmut freien Lauf zu lassen. Ich sang mein Loblied auf Weimar als glänzendem kulturellen Mittelpunkt Deutschlands und als Hort der Bildung und der eleganten, feinen Sitten. Fremde aus aller Herren Länder kämen dorthin und man sei es gewohnt, ihnen den schuldigen Respekt zu erweisen. So sei es undenkbar, dass man sich in ihrer Gegenwart in einer Sprache unterhalte, die sie nicht verstünden."

„Oha! Diese harsche Zurechtweisung hat sicher gesessen."

„Und ob! Sie schlug ein wie der Blitz. Der Effekt übertraf meine Erwartungen. Die Anwesenden sahen einander peinlich berührt oder verwundert an. Ein distinguierter älterer Herr erhob sich, durchquerte den Raum und setzte sich auf einen freien Platz neben mich. Er begann eine anregende französische Konversation mit mir, die für mich der Auftakt zu einem geselligen, unbeschwerten Abend wurde und das in einem Hause, das wegen seiner Herrin in einem eher zweifelhaften Ruf stand."

„Warum eigentlich? Im Jahre 1791 kann sie doch noch nicht die Geliebte von Lord Nelson gewesen sein?"

„Davon hörte man erst später. Aber ich bitte Sie. Die Dame hat mehrere Jahre lang unter ihrem Mädchennamen als Miss Hart mit Lord Hamilton zusammen gelebt, von dem man munkelte, dass er die Geliebte von seinem Neffen übernommen habe. Niemand wusste genau, ob die beiden nun tatsächlich in England geheiratet hatten, wie sie behaupteten. Es ist mir schleierhaft, wie diese Frau später einen derartigen Einfluss auf die Königin Caroline von Neapel gewinnen konnte."

„Darüber könnte ich höchstens Vermutungen anstellen. Liegt es nicht nahe, dass die gemeinsame vehemente Gegnerschaft zu Napoleon eine starke Verbindung herstellte?"

„Ja natürlich. Während meines Aufenthalts in Neapel hatte noch niemand von Napoleon gehört. Doch man sprach auch unter dem Siegel der Verschwiegenheit darüber, dass Lord und Lady Hamilton während Ihrer Reise durch Frankreich Verbindung zu der unglücklichen Marie Antoinette aufnehmen konnten und einen Brief zu ihrer Schwester Caroline in Neapel befördert hatten."

„Es bestand also aller Grund dafür, dem Paar für diesen Freundschaftsdienst dankbar zu sein."

„Vielleicht. Ich erhielt übrigens Gelegenheit, der Königin meine Aufwartung zu machen. Doch will ich gleich vorwegnehmen, dass mich das Ereignis nicht sonderlich beeindruckt hat. In rascher Abfolge stellte mir ihre Majestät in französischer Sprache eine belanglose Frage nach der anderen. Einzig das Gespräch über unsere Weimarer Herzogin Anna Amalia wurde von ihr mit viel Anteilnahme und Wärme geführt, ja ich kann sagen, dass meine Antworten sie erheiterten. Ich traute meinen Ohren nicht, als sie in dieser gelösten Stimmung plötzlich in gemeinstem österreichischem Dialekt fragte: „‚Hoam's aach Kinder?'"

„Ist nicht anzunehmen, dass sie die Sprache verwendete, die sie im Palast ihrer kaiserlichen Mutter Maria Theresia gehört hatte?"

„Sie meinen…? Nein, das möchte ich mir auf keinen Fall vorstellen. Es war wohl eher der Einfluss der Domestiken. Hätten wir unseren Plan verwirklichen können, auf unserer Heimreise Station in Wien zu machen, hätte ich wahrscheinlich Gelegenheit gehabt, bei Hofe vorgestellt zu werden und Vergleiche zwischen der Aussprache der kaiserlichen Geschwister anzustellen, denn der jetzige Kaiser Leopold ist auch ein Sohn Maria Theresias."

„Und warum ist es nicht zur Ausführung dieses Plans gekommen?"

„Nun, nachdem wir noch die Karnevalswochen in Neapel miterlebt und außerdem den Ausbruch des Vesuvs von ferne beobachtetet hatten, waren wir gezwungen, auf unserer Heimreise den kürzesten Weg zu wählen und der führte über Venedig nach München."

„Warum die Eile?"

„Nach meinen Berechnungen musste es etwa vier Monate bis zu meiner Niederkunft dauern, die ich unbedingt zu Hause in Erlangen erleben wollte. Alles andere hielt ich für verantwortungslos und es war für mich in meiner Lage ratsam, die notwendigen Strapazen der Reise so gering wie möglich halten."

„Auf jeden Fall eine vernünftige Entscheidung."

„Wir konnten von Glück sagen, dass alles ohne Widrigkeiten verlief und dass wir im Frühling erschöpft, aber gesund, in Erlangen eintrafen. Dort erblickte im Sommer Julie, unsere kleine ‚Römerin', wie wir sie nannten, das Licht der Welt."

Briefe Julies an den Kanzler v. Müller

Zum weiß-ich-wievielten Mal blättere ich im Ausstellungskatalog zu Julies Zeichnungen und Gemälden. Fröhliche römische Skizzen wechseln sich mit zunehmend professioneller Porträtmalerei ab. Jette war offensichtlich ihr Lieblingsmodell, ein Zeichen für die innige Beziehung der beiden. Kein Wunder, dass Kanzler Müller, der alte Freund der Familie, sich mit seinem Anliegen an sie wandte. Wie wir bereits wissen, war er ein eifriger Sammler aller möglichen Schriftstücke, von denen er vermuten konnte, dass sie irgendwann einmal Bedeutung gewinnen würden. Julie blieb ihm die Antwort nicht schuldig. Wie ihr Schreiben nun zwischen die Seiten des Katalogs gelangt ist, bleibt mir ein Rätsel, doch bin ich mittlerweile an dergleichen Wunder gewöhnt:

Der „Kanzler v. Müller"

„Nicht ohne tiefe Bewegung, theuerster Freund, komme ich Ihrer Anregung nach, Ihnen eine Aufstellung über die Schriftstellerei meiner Mutter zukommen zu lassen. Wüßte ich nicht, welch regen Anteil Sie zeitlebens daran genommen haben, würde mich eine innere Stimme davon zurückhalten, die mir und meinen Geschwistern so wertvollen Producte der Neugier anderer auszusetzen. Wissen wir doch, wie sehr meine verewigte Mutter sich scheute, ihre innersten Gedanken, ihre Seele, der Welt preiszugeben. Oh, wie sehr empfinde ich, in welchem Zwiespalt sie sich befand! Nicht nur Sie und ich, sondern auch unser unvergessener Lehrmeister vom Frauenplan, wissen oder wußten, daß in meiner Mutter eine Künstlerin verborgen war. Ich erinnere mich noch gut an das Lob Goethes, das Sie an meine Mutter weitergegeben haben. Hatte er über ihren Helena-Aufsatz nicht gesagt – ich habe mir die Worte genau gemerkt – zu welchem Gipfel weibliche Kraft aufzusteigen im Stande sei, hätte meine Mutter beweisen können, wenn sie sich nicht so vor der Welt verschlossen hätte? Ein zweites Mal äußerte er sich enthousiastisch über das erste Heft ihrer Lebenserinnerungen, das Sie ebenfalls dem Meister zukommen ließen. Mutters Entrüstung darüber war nicht ganz ernst gemeint. Keinesfalls hielt sie Sie für einen Verräter, wie sie vorgab, sondern sie knüpfte durchaus Hoffnungen daran. Warum hat unser väterlicher Freund sie nicht gleich zu Beginn – womöglich gemeinsam mit seinem Freund Schiller – gefördert und ermuntert, wie das bei der Imhoff und der auch von Ihnen so verehrten Mereau der Fall gewesen sein soll? Lag es an dieser unseligen Kotzebue-Geschichte oder lediglich daran, daß wir uns, wie er sagte, fernab ‚in den Wäldern bei den Teichen' verkrochen hatten und nicht so comfortabel erreichbar waren? Ein wenig Ermunterung von seiner Seite hätte vielleicht Wunder gewirkt.

Sie meinte zwar häufiger, dass sich die Rolle einer Hausfrau und Mutter nicht mit der Schriftstellerei vertrage, dennoch hat sie ja fortwährend geschrieben. Schreiben war ihre große Leidenschaft, vor allem, als Caro und ich in Weimar waren. Doch wollte sie eine Dilettantin bleiben und sich nicht der öffentlichen Kritik aussetzen. Allerdings weiß ich, daß sie einiges von ihrem Freund Seckendorf korrigieren ließ. Einmal verzichtete sie sogar bewusst darauf, eine Erzählung zu Ende zu führen, da er ohnehin nicht einverstanden wäre und Veränderungen anbringen würde. Sie unterwarf sich also seinem Urteil. In Bezug auf ihre Schriftstellerei hatte sie sehr zwiespältige Gefühle. Es spricht einiges dafür, dass sie in ihrer Weimarer Zeit doch gelegentlich davon träumte, eine größere Leserschaft zu finden, sich später jedoch bewußt darauf beschränkte, nur für uns, ihre Familie, zu schreiben. Doch auch dann noch wollte sie ausdrücklich darum gebeten werden.

Beim Lesen ihrer Memoiren, die sie *Bruchstücke meines Lebens* nennt, war auch ich innerlich zerrissen. Auf der einen Seite sind sie so anrührend, lebendig, manchmal sogar dichterisch formuliert, daß ich wünschte, recht viele Menschen würden mein Vergnügen beim Lesen teilen, auf der anderen Seite weiß ich genau, dass die klare Quelle der ursprünglichen Erinnerung nicht so munter fließen würde, wenn Mutter sich beim Schreiben vorgestellt hätte, sie würde sich einer größeren Leserschaft offenbaren. Sich darüber hinwegzusetzen, widerspräche vollkommen der vornehmen Zurückhaltung, die sie sich bei aller Natürlichkeit doch auferlegte. Das Entzücken ihrer Kinder nach der Lektüre der ersten drei Hefte ihrer Memoiren war ihr Bestätigung genug und spornte sie an. Eine ganz besondere Saite brachte das Heft über ihre Italienreise in mir, ihrer kleinen ‚Römerin', zum Klingen. Wie oft hatte ich bei meinem Aufenthalt in Rom die Empfindung, dass ich lediglich die damalige Reise meiner Mutter fortsetzte. Daß sie die darauffolgenden beiden Hefte vernichtet hat, erfüllt mich mit Bedauern und doch auch gleichzeitig mit Freude, wobei Letzteres überwiegt. Nicht meine Neugier ist maßgeblich, sondern die Dankbarkeit für das Zartgefühl, mit dem sie es ihren Kindern erspart hat, die Erinnerung an den geliebten Vater mit hässlichen Flecken zu verunzieren.

Beinahe zu Tränen gerührt hat mich ihr Briefroman *Aus dem Leben eines altfränkischen Fräuleins*. Es ist seltsam, die Freuden und Leiden der eigenen Mutter dargestellt zu finden – denn es handelt sich ja um eine Autobiographie –, zu erfahren, wie meine Eltern bereits in der Kindheit zum Spielball familienpolitischer Interessen wurden. Es bewegt mich und enthüllt den edlen Karakter meiner Mutter, wenn ich lese, wie sie versucht, der Mutter, also meiner Großmutter, Gerechtigkeit widerfahren zu lassen, indem sie all ihre Argumente für eine frühe Eheschließung, die sie selbst doch vehement ablehnte, ausführlich darstellt. Die Meinungen der Mutter und der Erzieherin, die vergeblich für die Rechte ihres Zöglings kämpft, prallen hart aufeinander. Zumindest wird Itta, das ‚altfränkische Fräulein', am Schluß ein Moratorium zugestanden: Sie darf für längere Zeit nach W. gehen. Theurer Freund, wir wissen, dass damit das Paradies ihrer Jugend, Weimar, gemeint ist.

Doch nun beginnt für die Romanschreiberin das Dilemma. Wie soll sie die spannende Handlung fortführen und möglichst zu einem befriedigenden Abschluss bringen? Der Wirklichkeit entsprechend alles in einer unglücklichen Ehe enden lassen? Unmöglich! Wer will denn so etwas lesen? Dann wäre es schon ratsamer gewesen, eine zarte Liebesromanze in den paradiesischen Aufenthalt hineinzukomponieren und diese mit dem Abschied aus Weimar enden zu lassen. Doch das hätte Mutter für unschicklich gehalten. Ich ertappe mich dabei, wie ich verschiedene Möglichkeiten durchspiele. Ich lasse Itta Hofdame werden und mit der Herzogin auf Reisen gehen oder sich, nachdem sie einige Jahre Aufschub erreicht hat, dem Willen der Mutter widersetzen und die Ehe mit einem von ihr geliebten Mann eingehen, den sie selbst gewählt hat. Nein, das hätte sie nie gewagt. Oder – damit kämen wir jetzt zu meiner Lieblingsidee: Itta hätte sich der Malerei verschreiben sollen.

Ach, lieber Müller, ich bin noch längst nicht am Ende mit dem nachgelassenen Œuvre meiner unvergesslichen Mutter. Doch der Zeiger der Wanduhr rückt unerbittlich zur mitternächtlichen Stunde vor. Ich werde morgen früh gleich fortfahren."

Fortsetzung am nächsten Tage in aller Herrgottsfrühe:

„Denn davon bin ich überzeugt: In meiner Mutter ist der Welt nicht nur eine Schriftstellerin, sondern auch eine Malerin verloren gegangen. Ihre italienischen Skizzen beweisen, wie talentiert sie war. Nun werden Sie nicht ungeduldig, lieber Freund. Sie wollten etwas über die literarische Hinterlassenschaft meiner Mutter erfahren. Kennen sie Ihren Aufsatz *Über die bildende Kunst*? Sie hat ihn mir gewidmet und damit ganz bestimmt die Hoffnung verbunden, daß ich ihn aufmerksam lesen und daraus Gewinn ziehen könnte. Obwohl sie am Anfang betont, dass sie sich auf die

Werke von drei Kunsthistorikern stützt (Fragen Sie mich bitte nicht nach den Namen! Ich habe sie vergessen.), steckt doch viel eigene Anschauung und Urteilskraft, eigentlich eine ganze Philosophie darin. Sie kennen meinen Karakter, lieber Müller. Graue Theorie ist meine Sache nicht. Ich muss Bleistift oder Pinsel in der Hand halten, die alten Meister kopieren, um sie zu verstehen. Bei meinen ureigensten Producten lasse ich mich von meinen Gefühlen und meiner Fantasie leiten. Über allem steht das genaue Hinschauen. Zeihen Sie mich nicht wieder der Oberflächlichkeit. Ich habe den Aufsatz aufmerksam gelesen und durch ihn erst so recht erfahren, warum es mir so viel Ruhe und Frieden gibt, mich auf meine Weise mit den alten Meistern zu befassen. Ich glaube jetzt, daß meine Mutter mich durch diese Schrift von deren Wert überzeugen und zu idealeren Themen aus der Bibel und der klassischen Literatur hinlenken wollte. Das ist ihr gelungen. Von den Lorbeeren, den meine *Hagar in der Wüste* mir auf der Ausstellung in Rom eintrug, habe ich Ihnen seinerzeit berichtet.

Doch ich muss Ihnen noch von einem weiteren Effekt berichten, der mir noch heute ein Beweis der Seelenverwandtschaft zwischen meiner Mutter und mir ist. Beharrlich hatte sie mich auf das Romeo-und-Julia-Motiv hingelenkt. Im fernen Italien machte ich mich an die Arbeit und als der Entwurf gerade fertig war, traf ein Brief meiner Mutter ein, in dem sie mir meine eigene Komposition der Abschiedsszene der beiden Liebenden so detailliert schilderte, dass ich meinte, sie habe diese gesehen. Sie zu verstehen: Sie wollte mir einen Vorschlag für die Ausführung meines Gemäldes machen, doch ich hatte ihn bereits vorweggenommen. Sie gestatten mir noch eine weitere kleine Abschweifung in diesem Zusammenhang. Ich weiß, wie sehr Sie mich trotz der Ermahnungen und gelegentlichen Kritik in ihren Briefen vor allem als Künstlerin adorieren. Doch wissen Sie eigentlich, daß in mir die ganz starke Gewissheit lebendig ist, daß Gott mir die gleiche künstlerische Kraft und Fähigkeit verliehen hat, die er in meine Mutter legte und damit eine bestimmte Absicht verbunden hat? Durch mich sollen ihre Ideen Gestalt gewinnen, deren praktische Ausführung ihr nicht möglich war. Vielleicht können Sie nun nachempfinden, was mir der Aufsatz *Über die bildende Kunst* bedeutet.

Erwähnen sollte ich noch zwei Erzählungen, *Der Nahme* und einen Briefroman, die Korrespondenz zwischen einem sich in Rom aufhaltenden Malteser-Ritter und seinem Freund. Bei Letzterem handelt es sich wahrscheinlich um die Fortsetzung eines einmal in einem Blättchen publizierten 1. Teils. Wissen sie Genaueres? Übrigens hat sie eine rührende Erzählung in den zweiten Teil geschickt eingefügt, die ihr offenbar der allen deutschen Besuchern Roms bekannte Cicerone Aloys Hirt erzählt hat, ich habe sie später von August Kestner gehört. Doch niemals hat mich das Schicksal der jungen trauernden Witwe so ergriffen wie in Mutters Briefroman. Bei ihr ist es die Schwägerin des Haupthelden, die ohnmächtig am Grabmal ihres verschollen geglaubten Ehemannes zusammenbricht. Ich konnte beim Lesen meine Tränen kaum zurückhalten.

Beide erwähnten Werke sind leider unvollendet. Warum nur? Damit, lieber Müller, komme ich zu einem für mich sehr wichtigen Punkt. Wie Sie wissen, hat meine Mutter mich gelegentlich sanft ermahnt, mich vor Prahlerei und übertriebenem Hochmuth zu hüten. Ich meine, eine Prise von Beidem hätte ihr gewiss nicht geschadet. Sie war zu bescheiden und zu kritisch ihrem eigenen Schreiben gegenüber, da sie dieses ständig an den Producten unserer Weimarer Olympier gemessen hat. Deshalb wagte sie es nicht, ihre – wie sie meinte – belanglosen Machwerke stolz einer größeren Öffentlichkeit zu präsentieren. Fest an die eigenen Fähigkeiten zu glauben und den brennenden Ehrgeiz zu haben, etwas Begonnenes zu Ende zu führen, das gehört zu wahrem Künstlerthum.

Nun glauben Sie ja nicht, lieber Müller, daß ich mich über meine Mutter erheben will. Nein, auf keinen Fall. In meinen schlimmsten Stunden denke ich manchmal, ob sie nicht den besseren Teil gewählt hat. Wenn meine körperlichen Schmerzen mich wieder ganz besonders quälen und ich mich trostlos und einsam fühle, erinnere ich mich an die schönen Stunden, die sie am Lebensende im Kreise ihrer sie liebenden Familie verbracht hat. Es gelang mir tatsächlich noch, sie dazu zu animieren, ihrem letzten, dem einundneunzigsten Lebensjahr die Geschichte ihrer zweiten Heirat, also die mit Beaulieu, zu Papier zu bringen. Für mich bedeutet es auch, daß damit der Roman des Fräuleins aus altfränkischem Adel einen befriedigenden Abschluss gefunden hat.

Damit, lieber Freund, möchte ich für heut schließen. Wie ich erfahren habe, geht erst übermorgen eine Extrapost in thüringische Lande ab, so daß ich mir das interessanteste Schriftstück meiner Mutter bis morgen aufsparen kann.

Adieu, theurer Freund! Bis morgen!"

Zu guter Letzt:

„Bis zum Schluß habe ich mir Mutters Aufsatz *Das aesthetische Weimar und seine erhabene Begründerin* aufgespart. Ich kenne Ihre unendliche Bewunderung für die Herzogin Anna Amalia, der Sie ebenso viel wie meine Mutter verdanken. Diese konnte es nicht verstehen, daß die Persönlichkeit, mit der Weimars glänzende Zeit ihren Anfang nahm, so wenig in der Erinnerung der nachkommenden Generation lebendig ist. Es schmerzte sie regelrecht, daß die ‚schreibselige Welt' sie mit Stillschweigen übergeht. Indem ich das schreibe, fällt mir allerdings Goethes wunderbarer Nachruf auf die Verewigte ein, den Sie uns damals schickten mit der Information, daß er von allen Kanzeln des Landes verlesen und verteilt wurde. Doch gab es eine Neuauflage? Ich erinnere mich, wieviel Lobenswertes ich damals als junges Mädchen über die verehrte Landesfürstin erfuhr, als meine Mutter uns den Text vorlas. Eine gelungene Würdigung durch den Meister! Doch erst, als ich die Erinnerungen meiner Mutter durchlas, erwachte die hohe Frau zu wirklichem Leben, so liebenswert, natürlich und freundlich, wie ich sie als Kind erlebt habe. Nicht nur bereits anerkannte geniale Männer spornte sie durch Lob und lebhafte Teilnahme an, sondern auch ich erfuhr Bestätigung durch sie. Wie stolz war ich, wenn ich ihr meine Bildchen zeigen durfte, wenn sie diese mit überschwänglichem Lob bedachte, und mich darum bat, ihr das eine oder andere zu überlassen. Ich übertreibe nicht, wenn ich behaupte, daß sie einen erheblichen Anteil daran hatte, daß ich schon im Kindesalter dafür brannte, mein Talent immer weiter und weiter fort zu entwickeln.

Was mich am Aufsatz meiner Mutter besonders reizt sind die netten Einzelheiten, die sie über die Fürstin und ihren auserlesenen Kreis zu berichten weiß: Anna Amalia morgens im einfachen Kleid, die noch aufgerollten Locken unter einem Strohhut verborgen, beim Füttern der Tauben, ihre manchmal vergeblichen Versuche, Streitereien unter den Geistesheroen an ihrem Tisch zu schlichten, das Hereintragen des ‚lieben kleinen Abendbrottischchens', Wielands Empfindlichkeit, wenn seine Lesungen womöglich durch ein unwillkürliches allzu menschliches Geräusch beeinträchtigt wurden. Besonders lesenswert in ihrer Einmaligkeit dürften auch die kritischen Anmerkungen sein, die sie sich gestattet. So erwähnt sie, daß die hohe Frau ihre Gunst gelegentlich nach Lust und Laune verteilte und nicht – wie es ihrer hohen Stellung entsprochen hätte – unparteiisch blieb. Wie eine Löwin habe sie ihre Günstlinge verteidigt. Da lobe ich mir doch meine verewigte damals regierende Herzogin Louise. Hoheitsvoll und Respekt gebietend stand sie über ihrer Umgebung, im engeren Kreis stets voll der freundlichsten Herablassung, nur gelegentlich sanft tadelnd. Mir gegenüber zeigte sie sich stets voller Verständnis und Großzügigkeit, auch – wie Sie sich sicher erinnern werden – bei meinem Streit mit zwei anderen Hofdamen. Umso mehr schmerzt es mich zu lesen, wie ihr Auftreten im Kreise ihrer Schwiegermutter beurteilt wurde. Meine Mutter schreibt von ‚drückendster Gewitterluft' und von ‚Eiseskälte' die sich über die Gesellschaft legte, sobald Louise ihre pflichtgemäßen Besuche in Tiefurth absolvierte. Dabei hätte meine Herrin einiges zur Unterhaltung beitragen können, denn sie war hochgebildet und sehr belesen. Sie wissen, daß sie und mein väterlicher Freund Goethe meine Idole und Schutzgeister sind, deren Porträts auch hier in Marienrode einträchtig nebeneinander über meinem Kanapee hängen. Muss ich Ihnen den Grund erklären?

Meine Mutter hat stets die Meinung vertreten, daß Goethes überstürzte Abreise nach Italien einen uneigennützigen Grund hatte, daß er nämlich auf die Liebe zu einer Dame aus dem herzoglichen Hause verzichtet habe, daß er sich aus den unerträglichen Verstrickungen in Weimar habe befreien müssen. Daß es sich dabei um die Frau seines guten Freundes Carl August handelte, stand für sie fest. Er habe durch sein selbstloses Handeln dessen krisengeschüttelte Ehe gerettet, zumal er sich nach seiner Rückkehr aus Italien verstärkt darum bemühte, der Herzogin eine besondere distanzierte Verehrung zuteilwerden zu lassen. Ach, wie unvergesslich sind mir die Redouten zu ihrem Geburtstag, die der Meister einführte und meistens auch selbst organisierte. Nie werde ich das glanzvolle Bild vergessen:

Meine Herrin hoheitsvoll im erleuchteten Saal an der Seite ihres Ehegemahls die Huldigungen entgegennehmend. Auch er ließ es – soweit ich das beobachten konnte – nie an dem schuldigen Respekt ihr gegenüber fehlen. Wenn Goethe sich dann tief vor seiner Herzogin verneigte, erfüllte mich Stolz und Dankbarkeit, daß ich mich in der Nähe dieser beiden großartigen Menschen aufhalten durfte, die durch den Verzicht auf ihre Liebe so viel Gutes bewirkt hatten. Ich bewunderte die Stärke ihres Karakters und verehrte sie als meine Vorbilder. Daran wird sich durch die Lektüre von Mutters Erinnerungen gewiß nichts ändern. Und doch melden sich leichte Zweifel an. Wirklich schmunzeln mußte ich bei ihrer Schilderung von Goethe als ‚erstem Liebhaber' inmitten eines Schwarmes von Anbeterinnen, von Weimar als Turnierplatz auf dem Lanzen für und wider den jungen Merlin gebrochen wurden und seine Verstrickung in unzählige Tändeleien, sein ungestümes Genietreiben gemeinsam mit dem jungen Herzog.

Wie tiefgehend das Zerwürfnis zwischen meiner Herrin und ihrer Schwiegermutter war, wurde mir jetzt erst in Mutters Schilderung deutlich. Sie hat sicher Recht, wenn sie meint, daß es das Resultat intriganter Spielchen einiger Hofdamen war. Doch sollten diese der hauptsächliche Grund gewesen sein? Lieber Müller, wir beide haben doch den ausgeprägten Sinn unserer Gönnerin für Anstand und Schicklichkeit, gepaart mit einem tief verankerten Adelsstolz, kennen gelernt. Mich haben die Zeilen stutzig gemacht, in denen Mutter behauptet, Anna Amalia sei von ihrer Schwiegertochter für frivol und leichtsinnig gehalten worden. Da durchfuhr es mich wie ein Blitz. Wie sehr muß Herzogin Louise das lockere Treiben in Tiefurt verabscheut haben, bei dem man sich über Standesgrenzen hinwegsetzte, nicht viel von höfischer Etikette hielt und bewußt die Trennung der Geschlechter überwinden wollte. Vielleicht suchte sie auch in dieser lockeren Atmosphäre den Grund für die anstößigen Eskapaden ihres jugendlichen Ehegatten, von denen mir Böttiger einmal erzählte, als ich in Dresden war.

Was nun Goethe betrifft, so habe ich nie glauben können, daß meine Louise sich jemals zärtliche Gefühle für ihn gestattet hätte, niemals hätte sie – wie laut meiner Mutter viele Damen der Weimarer Gesellschaft – die Grenzen des Schicklichen überschritten. Daß es sie mit Stolz erfüllte, so eine Art Hofdichter zu haben, den sie gemeinsam mit Carl August angeworben hatte, ist verständlich. Erst jetzt habe ich begriffen, wie tief sie gekränkt sein mußte, daß ihr dieser Erfolg streitig gemacht wurde, und zwar durch das vermeintlich tadelnswerte Verhalten ihrer Schwiegermutter, das in ihren Augen dem Ansehen des Herzoghauses schadete. Wie muss es sie getroffen haben mitanzusehen, wie Goethe sich in der Gunst Anna Amalias sonnte! War sie womöglich seine heimliche Liebe? Daß es Frau von Stein gewesen sein soll, verneint meine Mutter ganz entschieden, meint aber, daß ihr in dem ganzen Verwirrspiel eine wichtige, undurchschaubare Rolle zugefallen sei.

Für mich sind das Fragen ohne Ende, die mich erst jetzt tangieren, da ich genügend Zeit habe, darüber nachzudenken. Wenn sie überhaupt jemand beurteilen kann, dann sind Sie es, lieber Freund. Niemals habe ich auch nur ein Sterbenswörtchen über diese Angelegenheit von der Herzogin gehört. Ist das nicht auch ein Zeichen für ihre Vornehmheit, mit der sie jedem Hofklatsch und -tratsch abhold war? Doch mich beschleicht der Verdacht, daß Sie, der Sie doch zeitweilig täglich bei Goethe zu Gast waren und den Auftrag hatten, seine Korrespondenz zu sichten und außerdem ohne spezielle Einladung an Anna Amalias Musenhof erscheinen durften, womöglich in sein Geheimnis eingeweiht sind. Dürften Sie es mir verraten oder fühlen Sie sich Ihrem illustren Logenbruder gegenüber auch nach seinem Tode zur Verschwiegenheit verpflichtet? Ich fürchte, es wird ein langer Abend, wenn wir uns demnächst wiedersehen.

P.S. Übrigens vergaß ich zu erwähnen, dass Mutters wichtigsten Informantinnen die Mutter und Tochter von Göchhausen waren, außerdem natürlich Frau von Stein. Wurde sie von ihr womöglich absichtlich getäuscht?“

Im Salon der Luise von Göchhausen

Die Lektüre des letzten Briefes lenkt meine Gedanken direkt nach Weimar.

Wie Henriette schon mehrfach erwähnte, verbrachte sie dort die Jahre zwischen der Trennung von ihrem ersten Gatten und ihrer zweiten Heirat, also von 1795 bis 1804. Gemeinsam mit ihren Kindern wohnte sie im Haus ihres Bruders. Nicht nur bei den dort ansässigen Mitgliedern der Familie, sondern auch in mehreren geselligen Kreisen fühlte sie sich bald heimisch und anerkannt, besonders in dem der Frau, pardon, des Fräulein von Göchhausen. (Die heute politisch korrekte Titulierung ‚Frau' hätte uns die Erste Hofdame der Herzoginmutter sicher übel angemerkt.) Zu gern hätte ich diese imponierende Dame einmal persönlich kennengelernt, in deren kleinem Mansardenzimmern ‚auf dem Altar der boshaften kleinen Gottheit von den Gästen Opfer dargebracht wurden', wie Jette es formulierte. In Gedanken begebe ich mich in das Wittumspalais ihrer Herrin, trete jedoch nicht in die Repräsentationsräume mit dem berühmt gewordenen runden Tisch ein, um den sich die vier Begründer der Weimarer Klassik versammelt haben sollen, sondern suche nach dem Treppenaufgang.

Zwar erreiche ich ihn, doch an dessen Fuß stellt sich mir ein energisches kleines Persönchen mit bemüht aufrechter, fast martialischer Haltung entgegen.

„Sie kommen etwas zu früh, meine Dame. Es ist Ihnen sicher nicht entgangen, dass ich noch mit den Vorbereitungen beschäftigt bin."

Mit diesen Worten entledigt sie sich ihrer Rüschenschürze und hängt sie mit einer seitlichen Drehung über das Geländer. Ein Blick auf ihren krumm gewachsenen Rücken bestätigt meine Vermutung: Wieder einmal ist es mir geglückt, meine Gedanken auf einen Ort zu konzentrieren und dadurch die gewünschte Interview-Partnerin herbeizuzaubern. Vor mir steht also Thusnelda oder das ‚Thusselchen', wie sie beinahe zärtlich von Anna Amalia genannt wurde.

„Ich bitte vielmals um Entschuldigung, pardonnez-moi, hochverehrtes Fräulein von Göchhausen. Ich hätte ein paar Fragen an Sie, die ich Ihnen gern auch mit der Post zukommen lassen könnte. Wie ich von Herrn Wieland, unserm gefeierten Dichter, erfuhr, sind ihre Talente im Briefeschreiben denen der berühmtesten Genies unseres Landes gleichzusetzen."

„Sehr schmeichelhaft. Je suis enchantée. Im Laufe der Jahre habe ich einiges Talent im Verfassen von Episteln erworben, doch habe ich dabei gewissermaßen aus der Not eine Tugend gemacht. Ich schrieb doch immer an Personen, die sich von uns, will sagen vom Hof, entfernt hatten. *Sie* sind aber hier, stehen leibhaftig vor mir und da schwätze ich doch lieber drauf los, wie mir der Schnabel gewachsen ist."

„Und Ihre Pflichten als Gastgeberin?"

„Die wichtigsten Vorbereitungen sind abgeschlossen. Die Brühe köchelt schon seit fünf Uhr morgens vor sich hin und auf den Tabletts warten meine verlockenden köstlichen Freundschaftsbrötchen auf die geistreichen Gourmets."

„Freundschaftsbrötchen?"

„Irgendjemand hat sie so getauft. Mir ist's recht, denn sie machen meine Freundschaftstage, die an jedem zweiten Samstag während der kalten Jahreszeit stattfinden, für jeden Besucher unvergesslich. Meine spezielle Farce und die eigens von mir angefertigte Sardellenpaste als Aufstrich sind hochberühmt. Es muss nicht immer Kaviar sein, von dem die Herzogin mir an einem der Freundschaftstage ein Fässchen zukommen ließ. Bei unfreundlichem Wetter gibt es eine kräftige Brühe, im Winter auch Punsch, ansonsten ist mein starker Mokka sehr begehrt."

„Davon habe ich gehört. Man behauptet, niemand würde ihn so kräftig und stark zubereiten wie Sie."

„Darauf lege ich großen Wert. Sie sehen, der Ausspruch unseres verehrten ‚Geheimben' Rats bewahrheitet sich:

Aber kein Genuss ist vorübergehend,
denn der Eindruck, den er hinterlässt,
ist bleibend.

Diese in seinem *Wilhelm Meister* offenbarte Gewissheit beflügelt mich, wenn ich die Zutaten, die ich mir vom herzoglichen Leibkoch Le Goullon habe mitbringen lassen, in meiner kleinen behelfsmäßigen Küche sichte und ihnen dann mit Kochlöffel, Reibe, diversen Messern und weiteren Utensilien zu Leibe rücke."

„Also auch bei den trivialsten Verrichtungen schwebt der Geist Goethes über den Weimaranern?"

„Spotten Sie nur. Ich bin nicht empfindlich. Doch im Ernst: Es zeichnet uns Weimaraner gerade aus, dass wir Kosmopoliten sind, vor allem in der Kunst. Mir würden ebenso einige Zitate von Shakespeare zum genussvollen Essen und Trinken einfallen, doch bleiben wir in deutschen Landen und lassen unseren im Augenblick auch von mir viel gelesenen Jean Paul zum Thema Kaffee zu Wort kommen:

‚Außer der Philosophie weiß ich kein so gutes Treibmittel als Schach und Kaffee.'

„Wenn ich an unsere vergnüglichen Gespräche, unser vehementes Diskutieren, auch an das gelegentliche Musizieren und den gemeinsamen Gesang denke, meine ich, dass der Kaffee die von mir gewünschte Wirkung nicht verfehlt hat."

„Bewahrte er auch ältere Gäste vor dem Einschlafen?"

„Ich ahne, worauf Sie anspielen. Bei unseren Zusammenkünften in Tiefurt hatte Vater Wieland seinen Stammplatz auf der komfortablen Chaiselongue, wo er jeder Zeit einnicken konnte, was nicht selten der Fall war. Bei mir geschah das nur einmal, nämlich als der Disput über die Deutung von Goethes *Märchen* kein Ende nehmen wollte. Gerade im rechten Moment setzte Väterchen Wieland einen effektvollen Schlusspunkt, indem er sich in Morpheus Arme warf und laut zu schnarchen begann. Ergiebiger war da eher das Rätselraten um die Frage, wen Schiller mit seinem Gedicht *Das Mädchen aus der Fremde* gemeint haben könnte. Als Gräfin Jette sich erhob, nachdem sie mehrfach von der Gesellschaft darum gebeten worden war, und die Verse mit ihrer volltönenden warmen Stimme mit Hingabe vortrug, waren sich alle andächtig Lauschenden einig: Es konnte nur die Poesie gemeint sein.

Das erfüllt mich mit einer echten gaieté de coeur, wenn meine Gäste sich in gleicher Weise den kulinarischen und den geistigen Genüssen hingeben. Selbst unser geschätzter Herr Generalsuperintendent, an vielen Tagen reizbar und malcontent, taut in dieser zwanglosen Geselligkeit auf und versteht es, auf das angenehmste zu plaudern."

„Sie sprechen von Herder, nehme ich an?"

„Ja, naturellement."

„Sie haben ja nun seit Jahrzehnten die geselligen Runden auf dem Ettersberg und in Tiefurt unter der Aegide Anna Amalias miterlebt. Gibt es einen Unterschied zu Ihren Freundschaftstagen?"

„Ich würde es niemals wagen, mich mit meiner Herrin zu vergleichen. Sie ist eine Meisterin darin, jedem in ihrer Runde mit Wohlwollen zu begegnen, ihn durch ihr gezeigtes Interesse zum Sprechen zu bringen, seine Talente zu entdecken und ihn zu fördern. Ich, par exemple, verdanke Ihr alles, was ich jetzt bin."

„Die Verdienste der Herzoginmutter wird niemand mindern wollen. Doch noch einmal: Was ist an Ihren Freundschaftstagen anders als in Tiefurt?"

„Mon Dieu, Tiefurt ist ein Paradies. Wenn wir im Frühling wieder unsere Habseligkeiten zusammenpacken und in unser geliebtes Tal der Ilm ziehen, beginnen unsere Lungen freier zu atmen. Der frische, süße Duft der Wiesen und der Akazien, die von weißen Blüten übersät sind, lädt zu Spaziergängen, Tänzen und den besonders beliebten Teestunden im Freien ein. Am Abend dann verringert sich die Zahl der Gäste und man sitzt noch in trauter Runde beisammen, bis die Herzogin sich zurückzieht. Nichts ist mit diesem Paradies zu vergleichen.

Doch wenn dann die Tage kürzer werden, das Erntefest mit den Bauern gefeiert ist und der erste Raureif die Blüten knickt, dann denke ich jedes Mal: Lieber Himmel, lass es nicht geschehen! Die Langeweile in der Stadt wird mich umbringen. Doch wenn der Winter dann zu Ende ist, wundere ich mich, dass ich alles unbeschadet überstanden habe."

Louise von Göchhausen, Erste Hofdame der Herzogin-Mutter Anna Amalia

„So sind Ihre Freundschaftstage ein Lichtblick in der Eintönigkeit des Weimarer Winters."

„So habe ich es geplant. Es gibt schon einiges an Amusement: Theater, Konzerte, Redouten. Doch nichts geht über die Assemblées mit Freunden, ganz entre nous. Es verläuft alles vollkommen zwanglos. Manchmal drängen sich die Gäste in den beiden engen Stübchen zusammen, dann wieder erscheinen nur drei Personen. Sie fragten nach dem Unterschied zu Tiefurt. Ich bin die Hausfrau und das genieße ich. Aber ich bin keine Fürstin, der man, auch wenn sie von der freundlichsten Herablassung ist wie die unsere, stets den ihr gebührenden Respekt zollen muss. Mitglieder der herzoglichen Familie beehren mich an den Samstagen nur selten, auch Anna Amalia möchte mich in meinem Reich nicht stören. Sie war es, die mir mein eigenes Revier zugestanden hat, als es einmal am Ende unserer Italienreise zu einer Erkältung in unserem Verhältnis gekommen war. Goethe wähnte schon, dass der Bruch nicht mehr zu kitten sei. Doch wie sehr hat er sich getäuscht! Die Herzogin verminderte damals die Stunden, in denen ich ihr als Hofdame zur Verfügung stehen musste, und stellte eine jüngere Person ein. Nun genieße ich meine Freiheit, ohne ihre Freundschaft eingebüßt zu haben."

Der Cour d'amour

„Interessant finde ich Ihre Klagen über die Langeweile. Meinen Sie, dass auch andere Weimaraner Ihre Empfindungen teilen?"

„Oh ja, allen voran unser ‚Geheimber Rat'. Als die Gäste an einem Freundschaftstag nur zögerlich eintrafen, machte er den inspirierenden Vorschlag, einen Cour d'amour nach mittelalterlichem provencialischen Vorbild zu gründen. Eine gleiche Anzahl von Damen und Herren sollte sich zusammenfinden, wobei es Aufgabe der Herren sein sollte, jeweils einer auserwählten Schönen den Hof zu machen. Dabei bot er unserer allseits beliebten Gräfin Jette die Hand, als würde er sie zum Tanz auffordern.

Sie ließ sich ohne Zögern auf dieses Angebot ein, das sie, wie sie mir später anvertraute, für einen unverbindlichen Scherz hielt. Obwohl ich weiß, dass ich nicht gerade zu den Schönsten im Lande zähle, erklärte ich sofort meine Bereitschaft zur Teilnahme und versicherte der Gesellschaft, dass ich mir sicher sei, dass *ich* meinen Seladon finden würde. Nun sollten die übrigen Damen beweisen, dass ihnen das auch gelingen würde."

„Ich kann es mir zwar zusammenreimen, doch weiß ich nicht mit Sicherheit, wer der erwähnte Seladon ist."

„Armes Kindchen, Sie kennen nicht den berühmten Schäferroman mit dem schmachtenden Helden Seladon, bei dessen Lektüre schon viele Leserinnen dahingeschmolzen sind und Tränen vergossen haben. Nein, pour être honnête, da haben Sie nicht viel versäumt. Ich habe gerade diese Figur ausgewählt, um das scherzhaft Gemeinte und Komische der Situation zu betonen und die Begeisterung der übrigen Damen anzufachen. In mir erwachte die Hoffnung, dass der jugendliche Goethe mit all seinen witzigen und zündenden Ideen, so wie wir ihn vor seiner Rückkehr aus Italien kannten, wieder aus der Versenkung auferstanden sei."

„Auch der Tunichtgut mit seinen dummen Streichen, die er sich damals gemeinsam mit dem Herzog erlaubt hat?"

„Sie meinen, par exemple, die närrische Geschichte mit dem Zumauern meiner Zimmertüre? Ach, die ist doch längst vergessen. In den langen Jahren des Dienstes bei Hofe lernt man, sich in viele kuriose Situationen zu fügen, Launen und auch Spott hinzunehmen und nicht nachtragend zu sein."

„Gräfin Jette hat Sie mit einer Katze verglichen, welche die Fähigkeit besitzt, sich in alle Launen und Einfälle derjenigen zu schmiegen, die ihr imponieren."

„Wie wahr! Sie haben auch sicher schon beobachtet, dass Katzen durchaus ihre Favoriten haben. Und da steht unser lieber Goethe bei mir an erster Stelle. Der Vergleich gefällt mir durchaus. Diese possierlichen Tierchen können sich anpassen und anschmiegen, doch haben Sie jemals eine unterwürfige Katze gesehen?"

„Also Unabhängigkeit und Freiheitsliebe bei einer Hofdame. Darüber muss ich noch länger nachdenken. Doch wie ging die Sache weiter. Haben Sie Ihren Seladon gefunden?"

„Ich brauchte mich nicht darum zu bemühen, denn bereits am nächsten Tag flatterte mir ein Billet des ‚Geheimben Rates' in mein Domizil, das eine Einladung zum ersten Treffen und die Aufstellung der sieben Paare enthielt. In Anbetracht der Kürze der Zeit ein Meisterwerk! Mein Auserwählter war der ‚Kunschtmeyer', pardon, Goethes hochgeschätzter Freund und Berater in künstlerischen Fragen, der spätere Direktor der hiesigen Kunstakademie."

„Ich nehme an, er war Ihnen kein Unbekannter."

„Na hören sie mal. Selbstverständlich war mir der hochgelehrte Kenner der Antike und damalige Zeichenlehrer schon von der Italienreise her bekannt, an der ich als Begleiterin der Herzoginmutter teilnehmen durfte. Er war ein Freund des Malers Tischbein und über diesen lernte er Goethe kennen, mit dem ihn seither eine innige Freundschaft verbindet und der auf seinen klugen Rat, alle antiken Gegenstände betreffend, nicht verzichten kann."

„Nun, da hat der Geheime Rat Ihnen in der Tat einen vorzüglichen Seladon zugedacht. Nur erstaunt mich die Schnelligkeit, mit der die geeigneten Teilnehmenden gefunden wurden."

„Was den Kunschtmeyer betraf – übrigens rührt der Neckname von seinem schweizerischen Dialekt her – so brauchte unser verehrter Dichterfürst sich doch nur ein paar Stufen hinauf in die Mansarde seines Hauses zu begeben, denn dort hatte er seinen Freund untergebracht."

„Und die übrigen Teilnehmenden?"

„Da war die Entfernung auch nicht besonders groß. Doch lassen Sie mich noch etwas zu meinem Ritter der Tafelrunde ergänzen. Man kann seinen Einfluss auf unseren Dichterfürsten nicht genug rühmen. Seine für alles Gute und Schöne empfängliche Seele, verbunden mit seinem künstlerischen Talent, haben es möglich gemacht, in unserer Imagination die Erinnerung an jenes herrliche üppige Land im Süden mit seinen klassischen Bauwerken und Kunstschätzen wieder zu wecken, indem er es im über 300 Meilen entfernten Weimar lebendig werden lässt."

„Wo zum Beispiel?"

„Nun, wenn ich durch das von Direktor Meyer neu gestaltete Treppenhaus in Goethes Repräsentationsräume gelange, meine ich, mich im Lande meiner Sehnsucht zu befinden. Die einfache klassizistische Form bereitet schon den nächsten Kunstgenuss vor."

„Verweilen wir doch noch einen Augenblick im Treppenhaus. Besonders beeindruckend muss wohl der Kopf der Juno Ludovisi sein."

„Man merkt, dass Sie noch nie in Goethes Haus zu Gast waren. Goethe schrieb zwar aus Italien, dass diese bewusste Dame seine erste Liebe in Rom gewesen sei und er sie im Original und in Abgüssen gesehen habe und einen davon mit nach Weimar bringen wolle. Doch es blieb bei dem Traum, denn er hielt die Schöne für zu zerbrechlich, um sie über die Alpen zu schaffen."

(Da habe ich mich offensichtlich vergaloppiert. Den heutzutage bekannten Gipsabguss hat er offensichtlich erst nach Fräulein von Göchhausens Tod im Jahre 1807 als Geschenk erhalten.)

„Oh, da ist wohl meine Fantasie mit mir durchgegangen."

„Die Vorstellung des Juno-Kopfes im Treppenhaus finde ich höchst interessant. Sie sollten mit dem Kunschtmeyer darüber reden."

„Mal sehen. Doch Sie sprachen von einem weiteren Kunstgenuss."

„Jawohl. Wenn wir die Treppe erklommen haben, sehen Sie die Heldentat meines Ritters direkt vor sich. Er hat sie nicht mit dem Schwert, sondern mit Pinsel und dem wunderbarsten, bei den Griechen üblichen und von ihm nachempfundenen Colorit errungen. Es sieht so echt aus, dass Goethe von der Idee besessen war, es nach Weimar zu schaffen."

„Sie sprechen in Rätseln, Verehrteste."

„Noch nicht erraten? Ich spreche von der *Aldobrandinischen Hochzeit*."

„Goethe hatte in der Nähe von Rom die Sammlungen des Kardinals Aldobrandini besucht. Für ein Hochzeitsbild kommt der ja wohl nicht in Frage. Ein Verwandter vielleicht?"

„Mon Dieu, ich blicke in einen Abgrund von Nichtwissen,…"

„… den sie schnellstens mit Ihren Informationen auffüllen sollten, wenn ich Sie herzlichst darum bitten darf."

„Wenn wir den vorderen Salon betreten, lassen Sie sich bitte nicht gleich auf dem einladenden roten Kanapee nieder, sondern werfen erst einen Blick auf das göttliche Bild darüber. Sie werden überrascht sein, wie lebensnah vor Ihnen die Vorbereitungen einer antiken Braut enthüllt werden, während ihr Auserwählter am Fuße einer Säule auf deren Ende wartet. Goethe sprach begeistert davon, wie Meyer nachgebildet und wieder hergestellt hat, was ein antiker Meister mit ‚Leichtigkeit und Leichtsinn', wie er es formulierte, etwa zur Zeit des Kaisers Titus auf eine Wand gemalt hat."

„Der Kunschtmeyer hat also die Kopie eines antiken Wandbildes angefertigt?"

„Die Kunst bestand gerade darin, die aufgefundenen Bruchstücke zu einem sinnvollen Ganzen zu vereinen. Ich halte es für eine treffliche Arbeit und denke mir stets die fachkundigen Erklärungen unseres unübertroffenen Antikeforschers Böttiger dazu. Erst viel später hat er sie gemeinsam mit dem Kunschtmeyer veröffentlicht. Es ist ein seltsames Gefühl, hier in Weimar so aus der reinen Quelle zu schöpfen und eine Malerei zu bewundern, die keiner von uns Italienreisenden dort zu Gesicht bekommen hat. Und auch ihre Überführung in unsere Stadt ist eine – wenn auch bescheidenere – Heldentat."

„Das müssen Sie erklären."

„Goethe hat den Herrn Meyer, zu der Zeit noch ganz ohne Titel, auf der Rückreise aus Italien in seinem Geburtsort in der Schweiz besucht. Dort hat er das Bild entdeckt und sofort liebgewonnen. Er verpackte es sorgfältigst und schaffte es höchstpersönlich in sein hiesiges Domizil. Dort wird es von allen seinen Besuchern bewundert und es ergeben sich die lebhaftesten Unterhaltungen darüber, inwieweit unserem geschätzten Herrn Meyer die Wiederherstellung gelungen ist."

Der von Goethe hochgeschätzte Maler und Autor „Kunschtmeyer"

Da es sich um eine virtuelle Begegnung mit der vielseitig gebildeten Hofdame handelt, ist eine kleine computergestützte Betrachtung des früher schon einmal gesehenen Bildes wohl gestattet. Durch ‚Thusselchens' bewundernde Kommentare betrachte ich es mit ganz neuen Augen.

„Man kann Ihnen zu Ihrem Kavalier nur gratulieren", sage ich, als wir gemeinsam vor dem Kunstwerk stehen. „Der Gastgeber hat bei dessen Auswahl ein glückliches Händchen bewiesen."

„Was dessen Talente und Interessen betrifft, bin ich mit Ihnen d'accord. Ich kann nicht leugnen, dass ich die Unterhaltungen mit ihm – wenn es denn überhaupt dazu kam – zwar nicht besonders amüsant, doch stets interessant und lehrreich fand. Meistens hing er jedoch an den Lippen seines Herrn und Meisters und war stets darauf bedacht, dessen Wohlgefallen zu erringen. So war es nicht verwunderlich, als es dann zum Schwur kam, dass er sich nur als ein treuer Gefolgsmann seines Gebieters erwies, dessen Wünsche und Bestrebungen ihm wichtiger waren als die seiner Damen."

„Das klingt nun nicht gerade sehr enthusiastisch."

„Wir alle verehren und lieben unseren genialen Dichterfürsten, jedoch ist ein wenig Abwechslung manchmal wünschenswert. Doch mit diesem Verlangen begannen die Probleme."

„Ich ahne schon, worauf Sie hinaus wollen. Vielleicht sollten wir aber zunächst einmal bei der Zusammensetzung der Paare verweilen. Können sie sich noch daran erinnern?"

„Gewiss doch. Seinem Freund Schiller hatte Goethe dessen schriftstellernde Schwägerin Caroline von Wolzogen zugedacht, wobei er sicher sein konnte, dass dieser es ihm zu danken wusste. Jeder, der sie beobachtete, merkte, dass sie zwei Seelenverwandte waren. Wohlgemerkt, die Grenze des Schicklichen wurde nicht überschritten. Schillers brave Ehegattin Charlotte erhielt zum Ausgleich ihren Schwager, den Kammerherrn Wilhelm von Wolzogen, als Kavalier. Man blieb gewissermaßen en famille. Das Gleiche traf auf die Familie von Egloffstein zu. Unsere liebe Gräfin Jette konnte in Begleitung

Oberkammerherrin Caroline von Egloffstein, geb. von Aufsess, Jettes Schwägerin und beste Freundin

zweier Brüder und ihrer Schwägerin Caroline erscheinen. Der eine Bruder war unser damaliger Kammerherr, jetziger Oberkammerherr und Hofmarschall, der Ehemann von Caroline, in deren Haus Gräfin Jette wohnte. Der zweite war August, ihr ‚martialischer' Bruder, wie die Gräfin ihn nannte."

„Die Gräfin hat mir von ihm erzählt. War er nicht in preußischen Diensten und dort einem sehr rigorosen Drill unterworfen?"

„Nicht mehr zu dem Zeitpunkt. Das Produkt dieses Drills hat unserem Herzog wohl so imponiert, dass er ihn abgeworben hat, natürlich mit Einwilligung des preußischen Königs. August von Egloffstein hatte das liebreizende Fräulein Amalie von Imhoff als Angebetete zugeteilt bekommen, über deren Talente Goethe sich enthusiastisch äußerte. Sie war ein echtes Multitalent, das schon damals auf vielen Gebieten dilettierte. Heimliche Vermutungen, dass zwischen den beiden jungen Leuten womöglich eine Ehe gestiftet würde, erfüllten sich nicht. Niemand von uns konnte ahnen, dass unser Amalchen bereits heimlich mit ihrem schwedischen Oberst verlobt war."

„Welche Kombination hatte Goethe sich für das Ehepaar Egloffstein ausgedacht?"

„Nun, unsere liebe Oberkammerherrin bekam unseren allseits geschätzten Kammerherrn von Einsiedel ab und ihr Gatte das damals noch ledige Kehlchen, will sagen, die Freiin Henriette Albertine von Wolfskeel, als zweite Hofdame der Herzoginmutter sozusagen meine Kollegin. Goethe wurde nicht müde, ihre Begabung für das Theaterspiel und die Musik zu rühmen."

„Wenn ich es recht verstehe, waren Sie also vierzehn Personen, die sich regelmäßig wöchentlich oder vierzehntägig mittwochs in Goethes Wohnhaus treffen wollten."

„So war es geplant. In unserer vom Hausherrn ausgearbeiteten Satzung wurde jedem Gast das Recht zugestanden, eine Begleitung mitzubringen, wenn alle Teilnehmenden mit der Person einverstanden waren. Gelegentlich wurden also Freunde oder Verwandte bei uns willkommen geheißen oder auch Mitglieder der herzoglichen Familie und so kamen wir auf die Idee, den in Weimar recht beliebten Schriftsteller Kotzebue in Vorschlag zu bringen."

„Ach du meine Güte. Hat ihn Goethe nicht den Kotzebuben genannt? Das hört sich nicht gerade nach Wertschätzung an."

„Dass Goethe kein Faible für ihn hatte, war kein Geheimnis, doch als Theaterdirektor war ihm durchaus daran gelegen, seine Stücke aufzuführen, da er mit einem vollen Haus rechnen konnte, wenn seine Komödien auf dem Spielplan standen. Außerdem habe ich gehört, dass Kotzebue seine Texte unentgeltlich zur Verfügung stellte. Köstlich waren seine Kleinstädter, die meine Herzogin besonders favorisierte. Sie fühlte sich lebhaft an die Verhältnisse erinnert, die sie hier in ihrem Weimar vorfand, als sie aus dem hochkultivierten Haus ihrer Eltern in Wolfenbüttel in unser verschlafenes Städtchen gelangte."

„Der Herr Direktor scheint ihre Begeisterung nicht geteilt zu haben."

„So sah es aus. Plötzlich begann er, Kotzebues Stücke gänzlich aus seinem Repertoire herauszunehmen und wir Damen, vorwiegend Hofdamen, jedoch auch die Gräfin Jette und die liebenswürdige Sophie Mereau, meinten, den Grund hierfür zu kennen. Doch das ist eine längere Geschichte und führt von unserem Thema, dem Cour d'amour, weg."

„Bitte erzählen Sie, denn sie scheint doch von Belang gewesen zu sein."

„Ich will mich kurz fassen. Wie Sie wissen, sind wir in Weimar, besonders am Musenhofe Anna Amalias, Dilettanten auf vielen Gebieten. Wir betreiben unsere Liebhabereien mit Hingabe und verwenden viel Zeit darauf. Gibt es ein größeres Glück einem wohlwollenden kleinen Kreis von Auserwählten seine Kompositionen vorzutragen, sich gegenseitig zu porträtieren, gelungene Gedichte zu rezitieren oder kunstvolle Handarbeiten zu verfertigen? Durch die eigene Tätigkeit haben wir einen so ausgeprägten Kunstverstand entwickelt, dass er selbst von unseren ganz großen Geistern mitunter gelobt wird. Das größte Vergnügen bereitete es einigen von uns, kleinere Theaterstücke aufzuführen. Der Meister selbst hatte diese Liebhaberei nach Kräften gefördert. Zwar hält sich bei all unseren musischen Tätigkeiten der Ehrgeiz in schicklichen Grenzen, doch sind wir inzwischen so gut aufeinander eingespielt, dass wir uns gegenseitig zu immer vollendeteren Leistungen anspornen. Es bleibt nicht aus, dass die Begeisterung sich auf unser Publikum überträgt. So war es auch im Sommer geschehen, der Goethens Mittwochskränzchen vorausging. Wir hatten das Kotzebue-

Stück *Die Unglücklichen* eingeübt, bei dem ich wieder einmal als Souffleuse fungierte. Wir führten es im herzoglichen Park in Weimar mehrfach auf, wobei unser Publikum täglich anwuchs und sich unser Ruhm in der ganzen Stadt verbreitete. Das war für unseren lieben Herrn Geheimrat harter Tobak, denn zu der Zeit kämpfte er gerade gemeinsam mit seinem Freund Schiller und dem Kunschtmeyer gegen den Dilettantismus in den Künsten an. In dem Zusammenhang war ihm besonders daran gelegen, sein Theaterpublikum so zu erziehen, dass es nach Vollkommenheit in der Darstellung klassischer Kunstwerke verlange. Sicher hat er unsere Aufführung, die er übrigens nicht angeschaut hat, für arge Pfuscherei gehalten. Es muss ihn sehr verdrossen haben, dass Stimmen laut wurden, die unverhohlen unserer Aufführung der gleichzeitig in seinem Theater gegebenen den Vorzug gaben. Diesen Vergleich hat er wohl gescheut und so musste das Stück aus dem Spielplan verschwinden. An einem anderen hat er so viel herumgekrittelt und Teile gestrichen, dass der Autor auf Rache sann, was wir jedoch erst später erfuhren."

„Standen sie privat in Verbindung mit Herrn Kotzebue?"

„Seit seiner Rückkehr aus Russland, woher er auf einigen Umwegen als ein in den Adelsstand erhobener Generalkonsul zurückkehrte, war er sehr darum bemüht, in der Weimarer Gesellschaft wieder Fuß zu fassen und führte ein offenes Haus. Ich und einige andere Damen meinten, man solle ihn dabei unterstützen. Die Abende bei ihm waren stets amüsant, zumal auch unser lieber Böttiger dazu beitrug. Dass beide ihren Spaß daran fanden, sich über Goethes selbstherrliches Gebaren lustig zu machen, störte uns nicht, da uns einiges – bei aller Liebe zu dem Dichterfürsten – aus der Seele gesprochen war. Ich wundere mich noch heute über unsere Naivität, die uns die Tragweite des Zerwürfnisses unterschätzen ließ. Es war unser inniger Wunsch, die beiden Rivalen miteinander zu versöhnen und wir hofften gleichzeitig auf eine Belebung unserer Mittwoch-Zusammenkünfte. Doch wir hatten unsere Rechnung ohne unseren Wirt gemacht. Goethe wollte den ‚Kotzebuben' – was für ein hässliches Wort – nicht in seinem Hause haben. Das war gegen unsere Statuten, die doch ausdrücklich das Mitbringen von Gästen vorsahen."

„Aus meiner Sicht war es kein Verstoß. Sie sagten doch, dass Gäste nur mit dem Einverständnis *aller* Teilnehmer eingeladen werden durften."

„Nun stellen Sie sich auch noch auf die Seite des Großmoguls! Nein, nein, nein. Für mich war es nicht schwierig, die Form zu goutieren, in der unser Fürst residierte und ein eisernes Reglement über den Ablauf des Abends führte. Daran nahm ich nicht in dem Maße Anstoß wie zum Beispiel die Gräfin Jette und ihre Schwägerin."

„Kein Wunder in Anbetracht Ihrer katzenhaften Geschmeidigkeit."

„Sie sagen es. Jedes Zusammensein mit Goethe genieße ich; auf jeden Fall ist es immer geistvoll und lehrreich. Deshalb besuchte ich auch später gern die Zusammenkünfte der Gelehrten Gesellschaft, die in seinem Hause stattfanden. Da war er in seinem Element, wenn er einer andächtigen Zuhörerschaft die neuesten Errungenschaften und Erkenntnisse der Wissenschaft vorstellen konnte. Doch in unserem Cour d'amour verhielt es sich anders. Es war nicht vorgesehen, dass wir uns seiner Willkür unterwerfen sollten, mit der er das Recht seiner Gäste missachtete."

„Ich verstehe. Sie berufen sich auf Statuten, über die wir noch gar nicht gesprochen haben. Was war denn außerdem in ihnen niedergelegt?"

„Ach, das habe ich noch gar nicht erwähnt. Zwar hatte Goethe sich für unsere Treffen die Höfe der Minnesänger als Vorbild ersonnen. In seiner Jugend in Frankfurt hatte er jedoch auch das Marriage-Spiel kennengelernt, dessen Regeln er zum Vorschlag brachte und die ohne Widerspruch angenommen wurden. Sie sahen beispielsweise vor, dass die anwesenden Damen an dem bewussten Abend die Speisen und die Herren die Getränke mitbrachten."

„Eine nette Idee! Doch war es nicht ein wenig unpraktisch, da Sie sich doch gleich nach dem Theater zum Frauenplan begaben?"

„Wozu gibt es denn Personal? Im Anfang wurden einige Speisen vorher dorthin getragen und gleich nach unserer Ankunft serviert. Das gab ein leckeres Allerlei von appetitlichen Häppchen. Später ließ unser Gastgeber es sich nicht nehmen, das gesamte Souper auszurichten. Er war kein Kostverächter. Wir übrigen verzehrten nicht viel, denn es war ja bereits spät am Abend. Für die Weine sorgte vor allem unser Gastgeber, der sich, wie Sie sicher auch wissen, einer ausgezeichneten Kennerschaft rühmen kann. Schließlich ist er ja bereits als Neugeborener in Wein gebadet worden."

„Das hinterlässt Spuren. Doch wir wollen nicht lästern, denn es handelte sich um eine reine von der Hebamme durchgeführte Wiederbelebungsmaßnahme."

„Sie geben das Stichwort. Der belebenden Wirkung des Rebensaftes verdanken wir die genialsten Produktionen des Meisters.

Doch nun zu einem weiteren Statut. Es sah vor, dass die spielerisch zusammengeführten, und wie Goethe es nannte, wohlassortierten Partner nach Ablauf des Winters ihre Alliance auflösen durften, was dann ja auch von Seiten der egloffsteinschen Damen, des Kehlchens und mir geschah."

„Wie ich gehört habe, löste sich das gesamte Grüppchen einige Wochen nach Ihrem Fortbleiben auf. Empfanden Sie damals Genugtuung darüber?"

„Das muss ich leider bejahen, denn unser Zorn über den Urheber des Zwists war vehement. Am besten lassen Sie sich von der Gräfin erzählen, was diesen Fureur in uns ausgelöst hatte."

„Haben Sie mit Goethe jemals darüber gesprochen?"

„Nein. Wir waren der Meinung, dass wir mit Worten nichts hätten ausrichten können, sondern dass wir unserem hochverehrten Diktator die Stirn bieten und vollendete Tatsachen schaffen mussten. Deshalb handelten wir schnell und erklärten schriftlich unseren Austritt, denn wir wollten eine Médiation durch die Herzoginmutter verhindern."

„Sie wollten also verhindern, dass Ihre Herrin vermittelnd eingriff."

„Seit jener Zeit ist viel Wasser die Ilm hinuntergeflossen und ich habe wieder einmal einsehen müssen, dass Goethe in Weimar die Zügel fest in der Hand hält. So sehr es mich freut, dass man in ganz Deutschland auf uns schaut und uns beneidet, was ja vor allem sein Verdienst ist, so sehr sehne ich die anregenden Stunden mit Kotzebue und Böttiger zurück. Wie oft haben wir schon in der Vergangenheit ausgerufen: ‚Ach, wären sie doch nur hier, die beiden! Ohne sie ist alles öde und leer.' Es ist kein Geheimnis, dass es letzten Endes Goethe war, der sie aus der Stadt vertrieben hat. Das verursacht mir eine Tristesse profonde. Ich bewundere die Größe dieses Mannes unendlich, doch gegen seine Widersacher hat er sie nicht bewiesen.

Im Übrigen gehe ich davon aus, dass Sie unser Gespräch vertraulich behandeln werden. Gern würde ich dieses missliebige Thema jetzt beenden."

„Das verstehe ich. Doch meine ich, dass Sie mir eine Frage noch besser beantworten können als Gräfin Jette."

„Und die wäre?"

„Stimmt es, dass Herr Kotzebue viel eher als waschechter Weimarer Bürger bezeichnet werden kann als der lediglich zugereiste Herr von Goethe?"

„Ja freilich. Er ist ja hier in der Stadt geboren und zu dem Gymnasium gegangen, an dem auch sein Onkel Musäus – Sie wissen, unser berühmter Märchensammler – unterrichtet hat. Er ist sogar gemeinsam mit Goethe in einem Liebhabertheater aufgetreten, allerdings nur in einer kleinen Nebenrolle. Beide haben sich nach Jahren noch gern daran erinnert. Wir Zuschauer haben uns damals gefragt, ob die Liebesszenen auf der Bühne zwischen den beiden Hauptakteuren – Goethe und Fräulein Kotzebue, der Schwester des Schriftstellers – lediglich auf den Brettern stattfanden oder ob sie im wirklichen Leben ihre Fortsetzung fanden."

„Interessant. Doch aufschlussreich ist es auch, dass der in Deutschland meistgespielte Theater-Autor bereits im jugendlichen Alter selbst auf der Bühne stand."

„Allerdings. Und er hatte den Ehrgeiz, es Goethe gleichzutun. So hätte es weitergehen können. Nach seinem Studium kehrte der junge Kotzebue nach Weimar zurück, musste es jedoch bald auf höhere Weisung hin wegen einer dummen Eselei wieder verlassen."

„Sie wissen sicher Genaueres?"

„Ich muss Sie enttäuschen. Ich habe alles vergessen."

„Ach ja?"

„Was auch immer es war, er hat sich auf eine anmutige Weise in seinem Epigramm, das auf der Hofbühne dargeboten wurde, bei der herzoglichen Familie für seine Spöttereien entschuldigt und es wurde ihm verziehen. Es ist alles vergeben und *vergessen*."

„Ach so. Wenn man den Berichten über das geniale Treiben des damals jugendlichen Herzogs und seiner Genossen Glauben schenkt, war Anna Amalia darin geübt, Verständnis für jugendlichen Übermut aufzubringen und der Herzog selbst wird sich wohl mitunter an seine eigenen Jugendtorheiten erinnert haben."

„Von denen wissen unsere guten Freunde Böttiger und Wieland ein Lied zu singen."

„Ein Lied fällt *mir* zwar nicht ein, jedoch ein Zweizeiler. Wie gefällt er Ihnen:

Wenn sich der Most auch ganz absurd gebärdet,
es gibt zuletzt doch noch e' Wein."

„Extraordinaire. Das könnte von unserem Meister am Frauenplan stammen."

„Vielleicht ist es ja von ihm?"

„Nein, dann würde ich es kennen."

„Aha? Irrtum ausgeschlossen?"

„Absolument, Madame!"

„Es ist doch gleichgültig, von wem die Verse stammen. Kehren wir zurück zu Herrn Kotzebues Familie."

„Was wollen Sie wissen? Kotzebues Mutter war eine wackere Frau, die es nicht leicht hatte, sich selbst und ihre Kinderschar durchzubringen. Wie glücklich war sie, als ihr Sohn nach vielen Jahren der Trennung wieder in die Heimat zurückkehrte!"

„Ich danke Ihnen für Ihre aufschlussreichen Ausführungen."

August von Kotzebue, Goethes „Widersacher"

„Wir waren nicht füreinander geschaffen."

„Frau von Beaulieu, seit dem Bericht über Ihre Italienreise haben wir nicht mehr miteinander gesprochen. Inzwischen hatte ich das Vergnügen, mich von Ihrer alten Bekannten, Fräulein von Göchhausen, über den Cour d'amour und das Debakel um Herrn von Kotzebue informieren zu lassen. Sie meinte allerdings, dass Sie besonders dazu berufen seien, Wesentliches zur Ergänzung beizutragen."

„Da hat sie allerdings Recht. Es ist eine alte Geschichte, doch für mich ist sie nicht verjährt."

„Bevor wir zu Ihrem persönlichen Anliegen kommen, gestatten Sie mir noch eine allgemeinere Frage: Was bedeutete es für Sie, dass Goethe Sie zur Teilnahme an seinem Cour d'amour aufforderte und gleichzeitig als seine Favoritin auswählte?"

„Ich fühlte mich hochgeehrt und da die Kunde von unseren anfänglich ein- oder zweiwöchigen Zusammenkünften sich wie ein Lauffeuer in der Stadt verbreitete, merkte ich, dass ich wegen dieses Privilegs von vielen Weimarer Damen glühend beneidet wurde. Sie müssen wissen, dass eine mit der anderen ständig darum wetteiferte, sich in der Nähe des verehrten Meisters aufzuhalten, jedes seiner Worte wie Brosamen aufzuschnappen und in ihr Tagebuch zu schreiben. Später würde sie es in Briefen weiterverbreiten, stets in dem Bewusstsein, dass es vielleicht noch Generationen später andächtig gelesen und gleich einem Diamanten auch seinen Glanz auf sie werfen würde."

„Ich verstehe, dass der gesellige Umgang mit Goethe eine gesellschaftliche Aufwertung bedeutete, die Ihnen in Anbetracht Ihrer noch bestehenden, jedoch zerrütteten Ehe sehr gelegen kommen musste. Es ist ohnehin beachtlich, wie Sie sich in Weimar damals in Ihrer desolaten Situation haben etablieren können."

„Selbstverständlich war das nicht. Wäre ich in Erlangen geblieben, hätte ich – wie sich zeigte – mit Häme und übler Nachrede rechnen müsse, zwar nur von einzelnen missgünstigen Damen, doch das hätte ausgereicht, um mein Leben zu vergiften."

„Nun zu einer weiteren Frage. Aus den Erzählungen Fräulein von Göchhausens habe ich den Schluss gezogen, dass es sich bei Herrn von Goethe wahrscheinlich nicht um einen spontanen Einfall handelte, einen kleinen geselligen Zirkel zu etablieren. Er wusste, wen er höchstwahrscheinlich bei dem bewussten Freundschaftstag antreffen würde – nämlich Sie und Ihre Schwägerin als Nachbarinnen der Gastgeberin – und sozusagen im Nullkommanichts schüttelte er die Statuten aus dem Ärmel. Bereits am folgenden Abend traf man sich in seinem Hause, wobei die Familie von Egloffstein mit vier, gelegentlich fünf Personen das Hauptkontingent stellte. Das könnte man zwar auf praktische Gründe, nämlich die räumliche Nähe sowohl zum Theater als auch zum Haus Goethes, zurückführen, es könnte jedoch auch der Wunsch nach einer engeren Verbindung zu Ihrer Familie dahinter gesteckt haben."

Goethe, Julie von Egloffstein (Malerin)

„Worauf wollen Sie hinaus? Es ist ja bekannt, dass Goethe ein Faible für den alten Adel hatte und dass der Umgang mit diesem auch der Festigung seiner Stellung zuträglich war. Dennoch sollte man in unsere harmlosen Zusammenkünfte nicht allzu viel hinein geheimnissen. Dass Goethe mich als seine Angebetete auswählte, geschah aus einer überschwänglichen Laune heraus und ich hätte es für kleinliche Prüderie gehalten, sein Angebot zurückzuweisen. Um es gleich vorwegzunehmen: ‚Sympathetische Neigungen' waren nicht im Spiel, auch wenn der Schreiberling Daniel Falk mit seiner Vorliebe für Klatsch und Tratsch es in einem Kapitel seines Buches behauptet."

„Sie bestreiten diese Gerüchte vehement. Doch verzeihen Sie, dass mir ein Shakespeare-Zitat in den Sinn kommt: ‚The Lady doth protest too much, me thinks.' oder eher ‚Mir scheint, die Dame widerspricht zu heftig'. Entschuldigen Sie, ich vergaß, dass Sie Ihren Englischunterricht vorzeitig abgebrochen haben."

„Meine Beste, es ist mir gleichgültig, was da in Ihrem Kopf herumschwirrt. Sie zeigen damit eine spießbürgerliche Gesinnung, die der des Herrn von Falk ähnlich ist. Er berichtet von einem gesellschaftlichen Zirkel, zu dem er niemals Zugang erhalten hätte und von dessen Gepflogenheiten er keine Ahnung hatte."

„Pardon, belehren Sie mich eines Besseren."

„Ich war sozusagen Goethes Tischdame, so wie das bei anderen geselligen Ereignissen auch üblich ist. Wohin sollte es führen, wenn man aus der Sitzordnung eines Abends Rückschlüsse auf die Gefühle der jeweils nebeneinander sitzenden Damen und Herren ziehen würde? Außerdem war ich – wie Ihnen aus unseren Gesprächen sehr wohl erinnerlich sein wird – eine verheiratete Frau, die lediglich getrennt von ihrem Ehemann lebte. Zudem waren mir die Verhältnisse im Hause unseres Gastgebers bekannt."

„Sie meinen seine kleine Familie im hinteren Teil des Hauses? Sie nahmen offensichtlich nicht mehr Anstoß daran?"

„Wie die gesamte Weimarer Gesellschaft nahm ich ihre Existenz zur Kenntnis, ohne diesen Zustand gutzuheißen. Doch um noch einmal auf Ihre frühere Frage nach meinen Gefühlen zurückkommen: Wie Sie nun wohl begriffen haben, hegte ich keine zärtlichen Sentiments, doch kann ich nicht leugnen, dass ich mich geschmeichelt fühlte."

„Entschuldigen Sie meine Hartnäckigkeit; doch gab es nicht Gerüchte über angebliche Heiratspläne von Goethes Seite?"

„Aber doch nicht zu dem Zeitpunkt. Bei meinem ersten Aufenthalt in Weimar sollen sowohl die Herzoginmutter als auch Frau von Stein diesbezügliche Überlegungen angestellt haben. Mein Bruder Gottlob hat mir später davon berichtet. Er hat übrigens auch erwähnt, dass Goethe bei seiner Rückreise aus Italien in unserem Heimatdorf in einem Gasthof abgestiegen sei und sich nach der Herrschaft auf der Burg, insbesondere nach deren Tochter, erkundigt habe. Als der Wirt ihm die Auskunft gab, dass diese gerade mit ihrem Cousin verlobt worden sei, habe er geäußert, dass es nun keine Veranlassung mehr gebe, der egloffsteinschen Familie seine Aufwartung zu machen."

„Eine verpasste Gelegenheit?"

„Keineswegs. Ich kenne allerdings eine Person, die sich für eine derartige Verbindung hätte begeistern können: Meine Mutter. Sie war eine große Verehrerin des – wie sie meinte – größten deutschen dichterischen Genies aller Zeiten. Zudem hatte sie eine frappierende Ähnlichkeit des jungen Dichters mit meinem verstorbenen Vater festgestellt."

„Es erstaunt mich sehr, dass Sie Ihrer Mutter eine derartige Absicht unterstellen. Undenkbar, dass sie bei Ihrem gemeinsamen Besuch in Weimar nicht von den Heiratsplänen Anna Amalias und der Frau von Stein erfahren hat. Hätte sie diese befürwortet, wäre es doch für Sie beide sinnvoll gewesen, in der Stadt zu bleiben und die Rückkunft Goethes abzuwarten. Meines Erachtens gab es triftige Gründe für die überstürzte Abreise. Erstens stand Ihre Mutter bei Ihrem Onkel im Wort, was die Verlobung mit Leopold betraf, zweitens hatte sie sicher in Weimar erfahren, dass der potentielle Kandidat im Ruf eines Casanovas stand. Außerdem wird ihr die Vermutung der Weimarer Gesellschaft bekannt gewesen sein, dass eine unglückliche verbotene, womöglich noch anhaltende Liebe zu einer Dame des herzoglichen Hauses – sei es nun die Herzogin selbst oder ihre Schwiegermutter Anna Amalia – der Grund für seine Flucht nach Italien war. Es ist kaum vorstellbar, dass eine Mutter ihre fünfzehnjährige Tochter einer derartig ungeklärten Situation aussetzen würde. Zudem musste Ihre Mutter befürchten, dass sich eine allzu brüske Zurückweisung eventuell nachteilig auf die Karriere ihrer beiden in weimarischen Diensten stehenden Söhne auswirken könnte."

„Über diese Beweggründe meiner Mutter habe ich noch nie nachgedacht, da die Heiratspläne mir erst sehr viel später bekannt wurden. Nachträglich habe ich natürlich die Bemühungen der Frau von Stein, mich für Goethe zu begeistern, in einem anderen Licht gesehen und ebenso die Absicht Anna Amalias, mich als ihre Hofdame einzustellen."

„Für die Herzogin hätte das ein doppelter Vorteil sein können: Zum einen hätte ihr ein sympathisches, gut ausgebildetes Mädchen zu ihrer eigenen angenehmen Unterhaltung zur Verfügung gestanden und zum andern wäre es für die Herzoginmutter leicht gewesen, Ihre Bekanntschaft mit Goethe anzubahnen und vielleicht auch unmerklich zu beeinflussen. Anna Amalia hatte von dem Hofdamenprojekt Abstand genommen, da sie von der geplanten Verlobung erfahren hatte. Von wem denn wohl?"

„Wahrscheinlich von meiner Mutter. Ja, so wird es wohl gewesen sein. Da hat sie dieses eine Mal doch eine weise Entscheidung getroffen, was meine Zukunft betraf. Denn es ist schwer vorauszusehen, ob ein junges heiratsunwilliges Mädchen nicht doch dem Charme eines fantasievollen Verseschmiedes erlegen wäre. Ich hatte damals noch nicht diese vehemente Abneigung gegen alle maskulinen diktatorischen Attitüden und auch Herr von Goethe hat diese unangenehmen Eigenschaften erst mit zunehmendem Alter in voller Ausprägung entwickelt."

„Es erübrigt sich also die Frage, ob Sie sich nun, viele Jahre später, in die Rolle einer Dame des Hauses, ich meine des goetheschen, hätten hineindenken können, die lediglich bei anstehenden Gesellschaften die Honneurs macht, ohne weitere Verbindlichkeiten einzugehen. Der Bedarf war offensichtlich vorhanden. Und Sie als verheiratete Frau waren für diese Aufgabe wie geschaffen."

„Sie kommen jetzt zu dem entscheidenden Punkt. Niemals hätte ich mich mit der Eiseskälte, der spießbürgerlichen Korrektheit, Steifheit und der Sucht, alles zu regeln und zu beherrschen, die der Hausherr an den Tag legte, abgefunden. Es gab fröhliche, ausgelassene Momente an unseren Abenden. Freilich! Lesen Sie sich nur einmal die Gedichte und Lieder durch, die unsere poetischen Dioskuren produziert haben. Da wurde nicht nur rezitiert, sondern der gemeinsame Gesang war herzerwärmend. Niemals werde ich unsere erste gemeinsame Versammlung vergessen, bei der wir aus voller Kehle das vom Hausherrn eigens zu diesem Anlass gereimte Stiftungslied intonierten: *Was gehst du schöne Nachbarin…*, womit natürlich ich gemeint war. Nacheinander wurden in den folgenden Strophen die weiteren anwesenden Paare in etwas klausulierter Form erwähnt. Wir waren alle erwartungsvoll und gehobener Stimmung."

„Eine kleine Zwischenfrage: Jedem in der Gruppe die Texte in die Hand zu drücken, erforderte sicher einige Vorbereitung, aber dem Meister standen ja Kopisten zur Verfügung. Doch woher kannten Sie alle die Melodie?"

„Das war die leichteste Übung. Allen war sie doch von dem äußerst beliebten Studentenlied *Gaudeamus igitur, iuvenes dum sumus* bekannt und meine Brüder zum Beispiel fühlten sich in Erinnerung an ihre Studentenzeit gleich um einige Jahre jünger."

„Gab es weitere erwähnenswerte Gedichte?"

„Oh ja, besonders gut gefiel mir Schillers *An die Freunde* und ebenso *Die Gunst des Augenblicks*. Ich kann es mir auch heute noch nicht ohne innere Bewegung in Erinnerung rufen.

Ansätze zu ausgelassener Fröhlichkeit waren stets vorhanden, doch wurde sie weitgehend durch ein strenges Reglement erstickt. Es durfte nur gesprochen, getrunken, gegessen werden, wenn unser Diktator das Signal dazu gab. Niemals hätte ich mich als williges Geschöpf in der von ihm erwarteten Weise unterordnen können. *Wir waren nicht füreinander geschaffen.*"

„Hat Goethe Ihre Vorbehalte ihm gegenüber wahrgenommen?"

„Da bin ich mir nicht sicher. Wahrscheinlich war ich zu sehr dazu erzogen worden, Freundlichkeit und Sanftmut an den Tag zu legen, und mein Kavalier war es zu sehr gewohnt, dass die Damen von ihm hingerissen waren. Ein einziges Mal habe ich energischen Protest angemeldet, als ich unserem Despoten eine grobe Verletzung der von ihm selbst aufgestellten Regeln nachweisen konnte. Hatte ich doch entdeckt, dass er mich schmählich hintergangen hatte. Er hatte mir mit einem lyrischen Schäfer-Gedicht gehuldigt, das ich wunderschön fand. Als mich eine gute Freundin aus Jena besuchte, rezitierte ich es voller Stolz, natürlich mit der Bemerkung, dass es mir gewidmet sei. Daraufhin brach diese in schallendes Gelächter aus, von dem sie sich gar nicht erholen konnte. Auf mehrfaches Befragen nach dem Grund für ihre Fröhlichkeit gestand sie mir, dass der Meister ihr dasselbe Poem eine Woche zuvor quasi zu Füßen gelegt hatte. Nun war es an mir ihre Lachsalven fortzusetzen. Wir beschlossen, dass ich den Übeltäter strengstens vor den versammelten Gästen zur Rechenschaft ziehen müsse, denn er hatte die Regel verletzt, dass nur neue dichterische Produktionen zu Gehör gebracht werden durften, dass es sich um eine Premiere handeln müsse. Es war ein befreiendes Lachen, das bei unserem nächsten Picknick von den Wänden des gelben Salons widerhallte, nachdem ich meine Bombe hatte platzen lassen. Für alle war es ein Hochgefühl, unseren gestrengen Gesetzgeber überführt zu sehen. Dem blieb nichts Anderes übrig als diesen Scherz mit guter Miene aufzunehmen und Besserung zu geloben."

„Sind Sie sich absolut sicher, dass das bewusste Gedicht nicht auch noch einer dritten Dame gewidmet wurde?"

„Sie meinen vor unserer Entlarvung? Wissen Sie Genaueres? Das wäre eine Komödie, ein geeignetes Sujet für unseren Herrn von Kotzebue gewesen."

„Ich muss Sie enttäuschen. Es war nur ein kleiner Scherz meinerseits. Im Falle eines Falles wäre es Aufgabe der Kritiker und Literaturprofessoren kommender Generationen, die wirkliche Adressatin herauszufinden."

„Gönnen wir ihnen den Triumph, ihren erstaunten Lesern das zu enthüllen, was uns selbst ein Rätsel blieb."

Ein Schwank?

„Nach diesem kleinen Abstecher in ihre Privatsphäre, den Sie hoffentlich nicht als Übergriff empfunden haben, sollten wir uns dem Zankapfel zuwenden, der von Fräulein von Göchhausen in die Mitte Ihres Zirkels geworfen wurde, wobei sie Unterstützung von Ihnen und zwei weiteren Damen erhielt. Ich spreche von dem Vorschlag, Herrn von Kotzebue als Gast in Ihrer Runde willkommen zu heißen, was von Goethe kategorisch abgelehnt wurde, wobei klarzustellen ist, dass er dazu gemäß Ihren Statuten durchaus berechtigt war. Sowohl seine strikte Weigerung als auch Ihr vehementes Bestehen auf den Vorschlag finde ich erstaunlich. Wenn ich es richtig verstanden habe, ging es nicht um eine Aufnahme in die Runde, sondern lediglich um eine Teilnahme als Gast."

„Schon allein die Vorstellung, dass Herr von Kotzebue die Schwelle seines Hauses übertreten könnte, war ihm zuwider. Das SALVE war eben nicht für jeden bestimmt."

„Woher rührte diese Feindseligkeit?"

„Goethe kannte Kotzebue von seiner Jugend an und brachte ihm damals einige Sympathie entgegen, wie ich gehört habe. Das änderte sich jedoch und hat möglicherweise damit zu tun, dass er nicht nur der Stadt Weimar verwiesen wurde, sondern auch den Missmut seiner Kommilitonen in Jena hervorgerufen hatte, die ihn auf offener Straße verprügelten. Goethe sah in ihm einen Intriganten und Unruhestifter und war wohl nicht sehr begeistert, als dieser seine Rückkehr nach Weimar avisierte."

„Möglicherweise betrachtete er ihn also als Spaltpilz, der Unfrieden und Zwietracht in seinen geselligen Kreis tragen könnte, der ihm doch so sehr am Herzen lag."

„Das ist ihm auch gelungen, trotz oder vielmehr gerade wegen seiner Abwesenheit. Doch ich denke, ich sollte die Zusammenhänge der Reihe nach erzählen."

„Ich bitte darum."

„Fräulein von Göchhausen hat Ihnen sicher bereits berichtet, dass wir nicht nur das Mittwochskränzchen am Frauentor, sondern donnerstags auch den Salon der Familie Kotzebue besuchten. Schon allein das war in den Augen des Olympiers ein Majestätsverbrechen. Doch uns war es aus der Seele gesprochen, wenn Kotzebue im Verbund mit dem gelehrten Böttiger eine Flut von Witzen und Sarkasmen über Goethes Person ergoss. Hier kam endlich zur Sprache, was uns als eifrigen Theaterbesucherinnen schon mehrfach befremdlich gewesen war. So wie unser Jupiter sich im kleinen Kreise gerierte, präsentierte er sich auch im Theater. Mehrfach wurde über den Eklat bei der Premiere des *Alarcos* diskutiert, möglicherweise auch gelästert und gelacht. Das alles erfuhr Goethe durch seine Spione und wir standen bei ihm auf der schwarzen Liste. Hinter jeder Kritik an seinem Theater und seinen Lieblingskindern, den Schauspielern, witterte er den Versuch, seine gesamte Arbeit als Theaterdirektor zunichte zu machen. Deshalb hatte er wohl beschlossen, jede Aufmüpfigkeit im Keime zu ersticken und uns allesamt zu bestrafen."

„Wie kommen Sie darauf? Hatte er sein Vorhaben angekündigt?"

„Das sähe ihm nicht ähnlich. Seine Rache schlug unerwartet ein wie der Blitz an einem heiteren Frühlingstag."

„Das klingt dramatisch. Berichten Sie!"

„Ich weiß gar nicht, womit ich zuerst beginnen soll. Am besten vielleicht mit der etwas befremdlichen Art und Weise, in der Goethe sich als Theaterdirektor präsentierte. Hier fühlte er sich vollkommen in seinem Element. Er nannte sich selbst Merlin. Wie ein Zauberkünstler wollte er alle

Fäden in der Hand halten und nach seinem Willen zu einem Ganzen verweben: Die Autoren, die Schauspieler, das Publikum. Letzteres suchte er in seinem Sinne ästhetisch zu erziehen, wobei ihm Schiller tatkräftig zur Seite stand. Er meinte, die Zuschauer hinlänglich gebildet zu haben, dass sie das von ihm ausgewählte Stück *Alarcos* ebenso genießen würden wie er selbst. Wie wir nach der Aufführung erfuhren, hatte er alle Warnungen in den Wind geschlagen. Schiller hatte wegen einiger Stellen Bedenken angemeldet, Wieland nannte das Drama kümmerlich und kläglich, selbst der Übersetzer des spanischen Textes soll das Trauerspiel als nicht geeignet für eine Aufführung gehalten haben."

„Sie sprechen jetzt von dem Frühromantiker Friedrich Schlegel und seiner Bearbeitung einer Tragödie von Calderon aus dem 17. Jahrhundert."

„So ist es. Goethe setzte seinen Willen durch und das anspruchsvolle Weimarer Publikum fieberte der Premiere entgegen. Der Saal konnte die hereinströmende Menge der Theaterbegeisterten kaum fassen. Mit atemloser Spannung wartete man, dass sich der Vorhang endlich öffnete. Doch mit jeder Szene wuchs die allgemeine Unruhe, da man dem befremdlichen Geschehen auf der Bühne nichts abgewinnen konnte. Die Personen erschienen wie Marionetten, deren seelische Beweggründe für ihr Handeln man nicht verstehen konnte. Auch mir erging es ebenso. Hin und wieder blickte ich verstohlen zu Goethe hin, der – wie bei jeder Aufführung – für jeden deutlich wahrnehmbar auf einem gleich einem Thron erhöhten Lehnstuhl inmitten der Zuschauer saß. Von dort aus pflegte er das Signal zu geben, wenn er tosenden Beifall für seine Lieblinge auf der Bühne für angebracht hielt oder sonst irgendeine Reaktion wünschte. Von der Galerie beugte Kotzebue sich, weit nach vorn gelehnt, herab, als ob er etwas Spannendes erwartete. Noch wagte keiner, die Grenzen des gebotenen Anstands zu überschreiten. Doch dann geschah es: Offenbar hatte Kotzebue nur auf die Szene gewartet, in welcher die Meldung erfolgt, dass der alte König, von der sterbenden Gemahlin des Alarcos vor den Richterstuhl Gottes geladen, ‚aus Furcht zu sterben endlich gar gestorben' sei. Daraufhin brach ein lang zurückgehaltener Sturm unbändigsten Gelächters los, noch angefeuert durch Kotzebue, der in sichtbarer Schadenfreude aus Leibeskräften wie ein Besessener in die Hände klatschte. Doch da gebot Merlin dieser ausufernden Heiterkeit mit einer gebieterischen Geste und dem Ausruf ‚*Stille*' auf der Stelle Einhalt. Und kaum zu glauben: Augenblicklich trat tiefe Stille ein, die bis zum Schluss anhielt, sodass der unselige Alarcos ohne weitere Störung sein Dasein auf der Bühne beschließen konnte. Doch die Ruhe war trügerisch. Wir sehen einmal von dem Publikum ab, das sich so gehorsam gefügt hatte, was Kotzebue als Demütigung auffasste. Goethe in seiner Unfähigkeit, die Gründe für den Misserfolg bei sich selbst zu suchen, sann ebenso wie sein Rivale auf Rache, was am 4. März, einen Tag vor Schillers Geburtstag, auf die grässlichste Weise offenbar wurde."

„Ich bin begeistert von Ihrer lebhaften, detaillierten Schilderung dieses denkwürdigen Theaterabends. Trotzdem muss ich Zweifel anmelden..."

„An meiner Darstellung etwa? Ich schwöre Ihnen. Ich sehe alles, mit unvertilgbaren Farben in mein Gedächtnis eingeprägt, vor mir, als sei es erst heute geschehen. Ich habe diese mir von der Natur verliehene besondere Fähigkeit Ihnen gegenüber schon einmal erwähnt und wüsste wirklich nicht, was Sie zu beanstanden haben."

„Noch einmal: Ich kenne andere Schilderungen dieser Aufführung, die im Wesentlichen der Ihren entsprechen, wobei mich keine jedoch so sehr glauben ließ, selbst inmitten der Zuschauer Platz genommen zu haben. Nur..."

„Ja, nun einmal heraus mit der Sprache. Sagen Sie doch endlich, worin Ihre Einwände bestehen!"

„Versuchen Sie doch bitte einmal Ihr untrügliches Gedächtnis anzustrengen und sich die Garderobe der damals anwesenden Damen zu vergegenwärtigen. War sie eher frühlingshaft oder winterlich?"

„Hellere, fröhliche Couleurs herrschten vor. Mehr kann ich dazu nicht sagen. Bei der Abendkleidung bevorzugt man allgemein leichtere Stoffe, sodass die Jahreszeit eher eine geringe Rolle spielte."

„Erinnern Sie sich noch daran, was Sie nach dem Verlassen des Theaters taten?"

„Wir standen draußen, mit einigen Bekannten noch längere Zeit aufgeregt diskutierend und lachend, beieinander."

„Was hatten Sie an?"

„Da ich es noch genau vor mir erblicke, will ich Ihnen Ihre seltsame Frage gern beantworten. Ich sehe meine Schwägerin Caroline deutlich vor mir. Sie hatte – wie so häufig bei festlichen Anlässen – eine der reizenden Spitzen-Mantillen übergeworfen, die wir in unseren jeweiligen corbeilles de nuce vorgefunden hatten. Auch ich trug mein crèmefarbenes Lieblingsexemplar aus jener Verlobungszeit."

„Haben Sie nicht entsetzlich gefroren?"

„Daran kann ich mich nicht erinnern. Erstaunlich… es muss ja noch Februar gewesen sein, also auf jeden Fall *vor* Schillers Namenstag Anfang März."

„Ich kann Sie beruhigen, meine Teuerste. Einen Schnupfen haben Sie sich sicher nicht geholt, denn es war bereits der 29. *Mai*, der Abend, an dem die denkwürdige Erstaufführung des *Alarcos* in Weimar stattfand. Schauen Sie bitte auf den damaligen Spielplan, den ich Ihnen vorlegen kann. Hier steht es schwarz auf weiß und es gibt weitere Berichte, die das Datum bestätigen."

„Ich sehe es und kann es doch nicht glauben. Ich weiß genau, dass sich die Gemüter an dem Eklat im Hoftheater erhitzten und dass man in Kotzebues Salon heftig argumentierte und mit einem Gegenschlag Goethes rechnete. Auch der Verleger Bertuch spielte dabei eine Rolle."

„Aha, sie geben das Stichwort. Können sie sich vielleicht daran erinnern, was den Verleger am meisten erbitterte?"

„Jetzt fällt mir alles wieder ein. Bertuch war sehr aufgeregt. Denn Goethe hatte ihn aufgefordert, ihm eine Rezension Böttigers auszuhändigen, in der dieser das von August Wilhelm Schlegel bearbeitete Schauspiel *Ion* negativ beurteilte."

„Sie sprechen jetzt also von der Aufführung des *Ion*, nicht mehr von der des *Alarcos*. Sein Autor war nicht August Wilhelm, sondern sein jüngerer Bruder Friedrich."

„So ist es."

„Wie verhielt sich Bertuch denn? Blieb er standhaft?"

„Er hat es wohl zunächst versucht, doch dann stellte der Zensor Goethe ihm ein Ultimatum."

„Ich verstehe das nicht. Was wäre denn geschehen, wenn der doch immerhin recht einflussreiche Verleger sich geweigert hätte und die beanstandete Rezension dennoch erschienen wäre? In welchen Journalen eigentlich?"

„Das sind zwei Fragen auf einmal. Zunächst zu den Journalen: Es ging um das *Journal des Luxus und der Moden*, das nicht nur in Weimar, sondern überall in deutschen Landen interessierte Leserinnen und Leser fand. Doch es wurde sogleich die Vermutung geäußert, dass der ohnehin konfiszierte Artikel nun auch nicht mehr im *Teutschen Merkur* erscheinen würde, der ebenso bei Bertuch verlegt wurde."

„Dessen Herausgeber Wieland war, der doch immerhin schon Jahre zuvor für die Freiheit der Presse eingetreten war."

„Das ist mir bekannt. Er bezeichnete sie als ‚Recht der Menschheit'.

„Er hätte sicher einen leicht veränderten Artikel seines Freundes Böttiger in seinem Journal veröffentlichen können."

„Das war aber nicht der Fall. Wir alle hegten zwar noch die verzweifelte Hoffnung, doch ich hatte gleich meine leisen Zweifel, als ich hörte, dass Goethe für den Fall, dass Bertuch sein Ultimatum verstreichen lasse, mit Rücktritt von seinem Posten als Theaterdirektor gedroht hatte. Unser lieber Papa Wieland pflegte sich stets aus unliebsamen Kontroversen herauszuhalten. Im Salon Kotzebues war man außer sich über diese rigorose Art der Zensur.

„Sie auch?"

„Ich muss zugeben, dass ich nicht ganz so erzürnt war, denn bei meiner Vorliebe für alles Griechische gefiel mir das Stück und auch die Aufführung fand ich gelungen. Ich kann fast sagen, dass ich den Theaterabend besonders genossen habe, da ich mich für mehrere Wochen diesem Vergnügen nicht hatte hingeben können. Ich war erschöpft von den langen Nachtwachen an den Betten meiner fünf Kinder, die allesamt nacheinander die Masern hatten. Nachdem sie die Krankheit überstanden hatten, kamen wir Erwachsenen dran: meine Schwägerin, meine Mutter und ich. Wie ich nachträglich erfuhr, hatte ich mit besonders hohem Fieber in Lebensgefahr geschwebt und ich war erstaunt, dass die Parzen meinen Lebensfaden nicht abgeschnitten hatten.

Doch um auf die Rezension des *Ion* zurückzukommen: Gelesen hatte sie niemand, denn sie war ja kassiert worden. Allerdings kann ich mir gut vorstellen, was Böttiger auf Grund seiner großen Gelehrsamkeit kritisiert hat. Für ihn müssen antike Stücke so aufgeführt werden wie damals im antiken Griechenland. Doch bei aller Liebe, wir sind keine alten Griechen und durch eine gute moderne Bearbeitung – wie die von Schlegel und Goethe – konnte die Aufführung nur gewinnen. Jetzt fällt mir ein, dass Böttiger auch den Vorwurf erhoben hat, Wollust werde auf unzüchtige Weise auf der Bühne dargestellt, sodass viele Zuschauerinnen voller Scham die Augen niedergeschlagen hätten. Das war eine törichte Äußerung, doch welche Frau wagt es schon, eine derartige Behauptung energisch zurückzuweisen? Die Furcht, selbst als schamlos zu erscheinen und den guten Ruf zu verlieren, ist zu groß."

„Sie hatten also nichts dagegen, dass die Veröffentlichung dieser Ihrem Empfinden nach unberechtigten negativen Kritik unterbunden wurde?"

„Das habe ich nicht gesagt. Selbstverständlich war ich gegen eine derartige Maßnahme, die nicht nur despotisch, sondern auch unklug war. Denn Böttiger hatte schon während der Pausen an jenem Theaterabend und selbstverständlich auch nachher versucht, seine Kritik zu verkünden und war bei vielen Besuchern auf willige Ohren gestoßen. Goethe konnte zwar die Rezension verbieten lassen, jedoch nicht die Nachricht von deren Verbot, die sich wie ein Lauffeuer in der Stadt verbreitete. Der Skandal war perfekt."

„Und Goethe glaubte wahrscheinlich mit einigem Recht, dass der Salon Kotzebues der Mittelpunkt der Gegnerschaft war."

„Er hat das mit Sicherheit so gesehen und deshalb den Beschluss gefasst, sich zu rächen."

„Mit diesem Satz, liebe Frau von Beaulieu haben Sie sich soeben selbst korrigiert. Nicht die Übersetzung und Bearbeitung des *Alarcos* durch Friedrich Schlegel, sondern die des *Ion*, die im Januar 1802 im Weimarer Theater uraufgeführt wurde, war demnach der Auslöser für die Rachegelüste, die Sie Goethe unterstellen."

„Diese Verwechslung ist für mich eine fatale Sache. Äußerst peinlich, zumal ich mich in meinen für meine Kinder bestimmten Lebenserinnerungen mehrfach auf mein unfehlbares Gedächtnis berufe und dort auch die Aufführung des *Alarcos* vor dem Racheakt Goethes ansiedle."

„Das gute Gedächtnis haben Sie ja auch bewiesen. Zumindest, soweit es sich auf das Erinnern an konkrete Situationen bezieht. Sie haben die Bilder, die vor Ihren Augen abliefen, mental wie in einem Speicher aufgestapelt und können sie offenbar jederzeit zu neuem Leben erwecken, nur beinhalten diese offenbar nicht das jeweilige Datum des Ereignisses. Schließlich hing nicht jedes Mal ein Kalender mit deutlich erkennbaren Zahlen an der Wand.

Ich darf vielleicht noch ergänzen, dass sich nicht nur der Verleger Bertuch und Böttiger, der Redakteur seiner Zeitschrift *Journal des Luxus und der Moden*, sondern auch Kotzebue gegen die von Goethe ausgeübte Zensur zur Wehr setzte. Der Olympier hatte in den *Kleinstädtern* kurz vor der für Ende Februar geplanten Aufführung Textstellen gestrichen, welche satirische Anspielungen auf Mitbürger aus Weimar beziehungsweise Jena enthielten."

„Sie meinen die Erwähnung der Räuberromane von Vulpius, dem Bruder des Bertuchschen Blumenmädchens, und die Retourkutsche in Richtung der Schlegel-Brüder, die ihn mit einem hässlichen Spottgedicht bei seiner Rückkehr nach Weimar empfangen hatten? Die Streichungen brachten das Fass zum Überlaufen. Kotzebue zog kurzerhand die Genehmigung für die Aufführung zurück, was seine Gattin schon vorher in den Gängen des Schlosses anlässlich eines Empfangs lautstark angedroht hatte. So ging die Premiere – samt der gestrichenen Textstellen – in Wien über die Bühne. Das verursachte einen handfesten Skandal in Weimar. Wir bekamen das Stück erst ein Jahr später zu sehen."

„Mit Kotzebues Genehmigung?"

„Die war nicht mehr erforderlich, da das Stück inzwischen gedruckt vorlag."

„Wir fassen einmal zusammen: Die Kluft zwischen Kotzebue und Goethe hatte sich durch die oben geschilderten Maßnahmen vertieft, sodass man das Bedürfnis des bisher unumstrittenen Olympiers, den Rivalen energisch in seine Schranken zu verweisen, nicht ausschließen kann.

Was nun den kleinen Irrtum in Ihren Lebenserinnerungen betrifft, möchte ich vorschlagen, folgenden Passus einzufügen: ‚Im Folgenden beschreibe ich das Auftreten unseres Theaterdirektors Goethe, wie es typisch für viele Aufführungen war, sich jedoch in besonders zugespitzter Form bei den Premieren des *Alarcos* und des *Ion* zeigte. Letztere betrachte ich als Auslöser für Goethes Bedürfnis, sich zu rächen.' D'accord?"

„Ich werde es mir überlegen."

„Nun zum Fortgang der Handlung. Gestatten Sie mir, diesen Part zu übernehmen, auch um gegebenenfalls hierzu noch andere Berichterstatter heranziehen zu können. Greifen Sie bitte sofort ein, wenn Sie mit meiner Darstellung nicht einverstanden sind.

Wie Sie bereits erwähnt haben, waren Sie regelmäßig im Salon Kotzebues zu Gast. An einem dieser Abende brachte er die Rede auf Schiller, den er so überaus bewunderte und verehrte. Er meinte, dass man die Verdienste dieses glänzenden größten Genies nicht ausreichend würdige. Erst bei Ihrem nächsten Treffen hat er dann allen die Frage gestellt, ob sie behilflich sein wollten, diesem großen Dichter an seinem Namenstag, dem 5. März, eine besondere Ehrung zu Teil werden zu lassen. Er allein könne dieses Projekt nicht bewerkstelligen. Den glänzenden Höhepunkt des Festes sollten Rezitationen einiger Szenen aus seinem Werk darstellen. Obwohl Sie anfangs Vorbehalte hatten, wollten Sie sich nicht der Aufgabe entziehen, dem auch von Ihnen geschätzten und bewunderten Dichter, der sich stets bescheiden auf vornehme Weise zurückhielt, Ihre Dankbarkeit zu bekunden. Sie freundeten sich mit dem Vorhaben an, da Kotzebue Ihnen die Rolle der Jungfrau..."

„...des Mädchens..."

„...des Mädchens von Orleans zuteilte mit der schmeichelhaften Bemerkung, dass Schiller beim Niederschreiben des Stückes stets Ihr Bild vor Augen geschwebt habe."

„Wichtig ist ebenfalls, dass auch Goethe mehrfach geäußert hatte, dass ich ihm und dem Publikum die Freude machen solle, einmal diese Rolle zu verkörpern."

„Weitere Rollen gingen an Fräulein von Imhoff als Maria Stuart und Sophie Mereau als Rezitatorin der Glocke, um nur einige zu nennen. Höhepunkt der Ehrung sollte sein, dass eine in der Mitte der Bühne stehende Glocke aus Pappmaché, analog zum Zerschlagen der Glockenform nach dem Guss, von Meister Kotzebue höchstpersönlich mittels einer Axt mit einem kräftigen Hieb zerschlagen werden sollte, um einen Blick auf eine darunter stehende Büste Schillers freizugeben."

„So war es ursprünglich geplant, doch das scheiterte am Kunschtmeyer. Professor Kraus von der Weimarer Zeichenakademie, der die künstlerische Beratung übernommen hatte, bemühte sich darum, die Gips-Büste von Schiller aus der Bibliothek zu bekommen, doch das wurde durch Kunschtmeyer mit dem Einwand verhindert, dass eine Beschädigung des wertvollen Objekts zu befürchten sei."

„So musste also der Überraschungseffekt ad acta gelegt werden?"

„Nein, da kennen Sie die Beharrlichkeit von Herrn Kotzebue schlecht. Er ließ eine Büste auf Pappe zeichnen."

„Anschließend sollte dann die Dichterkrönung stattfinden. Wem sollte die Krone aufgesetzt werden, dem Pappkameraden oder dem leibhaftigen Schiller?"

„Natürlich dem Leibhaftigen. Aber doch keine Krone, sondern ein Lorbeerkranz! Beispiele für derartige Ehrungen gibt es genug.

Ich habe den Eindruck, dass Sie sich köstlich amüsieren. Ich muss ehrlich eingestehen, dass ich diese von Herrn Kotzebue geplante Sondereinlage in meinen Lebenserinnerungen nicht für erwähnenswert hielt."

„Ich versuche gerade, mir den von Ihnen als so bescheiden und zurückhaltend geschilderten Tragödiendichter in dieser Situation vorzustellen."

„So wie ich Schiller im privaten Kreise kennengelernt habe, wäre er kein Spielverderber gewesen. In Gesellschaft war er gar nicht steif und durchaus zu Scherzen aufgelegt."

„War mit einer Dichterkrönung seit der Antike bis in die heutige Zeit hinein nicht häufig der Gedanke verbunden, den Poeten als Sieger in einem Wettstreit auszuzeichnen oder ihn zumindest besonders vor allen anderen herauszuheben? Goethe beispielsweise hatte eine derartige Ehrung während seiner Italienreise abgelehnt. Er wollte nicht wie weiland Petrarca auf dem Kapitol gekrönt werden."

„Ich kann nur betonen, dass wir dem Dichter lediglich unsere Bewunderung zeigen und Dank abstatten wollten, ich für viele genussvolle Stunden bei seinen Lesungen und im Theater, Fräulein von Imhoff für die Förderung ihres literarischen Talents und insbesondere meine von mir über alles geliebte Freundin Sophie für Zuspruch und Ermutigung vor und nach ihrer gerade erfolgten Scheidung von Professor Mereau in Jena und für den Abdruck ihrer Gedichte in den *Horen*."

„Sie meinen Sophie Mereau, die spätere Frau des Dichters Clemens Brentano? Oh, dann sind Sie es, der sie das bezaubernde lyrische Gedicht gewidmet hat, dessen Titel *An Henriette von**** ist. Das Dokument einer sehr innigen freundschaftlichen Beziehung…"

„…die für mich unvergesslich bleibt. Schiller war für Sophie der Magnet, der sie nach Jena gezogen hatte, nicht etwa ihr späterer Ehegatte Mereau, der doch tatsächlich kurz nach der Scheidung die Unverfrorenheit besessen hat, sie seiner unsterblichen Liebe zu versichern und gleichzeitig darum zu bitten, ihm eine neue Frau zu besorgen. Verzeihen Sie die kleine Abschweifung, doch es scheint mir nicht unwichtig zu sein, dass das Ehepaar Schiller und auch Goethe gern gesehene Gäste in ihrem literarischen Salon in Jena waren."

Sophie Merau

„Nun noch zu einer etwas nebensächlichen Frage: Wo sollte das festliche Ereignis eigentlich stattfinden?"

„Was Sie – ich nehme an provokativ – als Nebensache bezeichnen, wurde unversehens zu einer äußerst wichtigen Angelegenheit. Kotzebue hatte auf Grund guter Verbindungen erreicht, dass uns das Stadthaus zur Verfügung gestellt werden sollte.

Doch bevor wir dazu kommen, möchte ich ergänzend noch über ein Gespräch berichten, das ich kurz vorher mit Goethe hatte. Voller Freude berichtete ich ihm, dass er mich nun doch in der Rolle des Mädchens von Orleans auf der Bühne bewundern könne. Er zeigte sich sehr interessiert, erkundigte sich nach den kleinsten Details und bot an, mir zur Ergänzung meiner Kostümierung das Modell eines Helms zur Verfügung zu stellen, das ich auch umgehend erhielt. Mich freute seine rege Anteilnahme."

„Umso schockierender muss für Sie die Wendung gewesen sein, die einen Tag vor der Aufführung eintrat. Mit Ihrem Einverständnis fasse ich die Ereignisse zusammen:

In den Morgenstunden erschien das Ehepaar Kotzebue mit allen Anzeichen äußerster Erregung in Ihrer Wohnung. Irgendetwas hatte ihnen derartig die Sprache verschlagen, dass Sie in Bezug auf die Gesundheit beider, insbesondere für die des Herrn von Kotzebue, die schlimmsten Befürchtungen hegten. Erst ganz allmählich waren sie in der Lage, genaueren Bericht zu erstatten. Beide waren in der Frühe zum Stadthaus gegangen, um den vor der Tür samt ihren Werkzeugen und Brettern wartenden Handwerkern Einlass zu verschaffen und den Aufbau der Bühne zu überwachen. Doch sie hatten ihre Rechnung ohne den Bürgermeister Schulze gemacht. Der nämlich verweigerte ihnen den Zutritt mit der Begründung, dass Fußboden und Decke, die gerade erst frisch renoviert worden seien, beschädigt werden könnten. Das war empörend, denn einige Tage zuvor hatte er nichts dergleichen verlauten lassen, sondern vielmehr seine Zusage gegeben. Alle diesbezüglichen Vorhaltungen blieben wirkungslos. Auch die Drohung mit einer Beschwerde beim Herzog schien Herrn Schulze nicht zu beeindrucken. Dass er offenbar auf höheren Befehl gehandelt hatte, wurde überdeutlich, als ihm kurz darauf der Ratstitel verliehen wurde. Alles nur ein zufälliges Zusammentreffen verschiedener Umstände? Die Weimarer Öffentlichkeit war derselben Meinung wie Herr von Kotzebue, der seinen Bericht mit dem Ausruf abschloss: ‚Das war Goethe!'"

„Kaum jemand zweifelte daran. Schulze wurde vom literarisch gebildeten Weimar mit dem wenig schmeichelhaften Beinamen ‚Piccolomini' gebrandmarkt, da dieser auch für seinen Verrat belohnt worden war, nicht mit dem Rats-, sondern mit dem Fürstentitel."

„Wie ging es denn nun weiter? Was geschah mit den geladenen Gästen, unter anderem mit Wieland, dem Nestor unter den Dichtern, und der herzoglichen Prinzessin Caroline?"

„Herr Kotzebue wird das ganze Unternehmen – mit den entsprechenden Kommentaren, versteht sich – abgesagt haben. Ich war sehr ungehalten darüber. Für mich war es Ehrensache, die Aufführung zum festgesetzten Termin stattfinden zu lassen. Irgendeine Lokalität hätte sich auf jeden

Fall finden lassen, und wenn es eine Scheune gewesen wäre. Doch nun erkannte ich die Schwäche unseres Veranstalters. Frank und frei mit seinem Vorhaben hervorzutreten und es gegen Widerstände durchzusetzen war seine Sache nicht. Leichtsinnig hatte er seine Fehde angezettelt, doch es fehlte ihm an Mut und Ehrliebe, sie zu Ende zu führen."

„Ich verstehe Ihre Ausführungen nicht. Vorher war nicht von einer Fehde die Rede gewesen."

„Dass es sich um eine solche handelte, erfuhr ich auch erst an jenem denkwürdigen Morgen, als das Ehepaar Kotzebue mich aufsuchte. Kotzebue ließ seinem Unmut freien Lauf und offenbarte mir seine wahre Absicht. Goethe habe er vor allem in all seiner Anmaßung treffen und ihm durch die Huldigungen für Schiller begreiflich machen wollen, dass er nicht der einzige große Dichter in Weimar sei und dass es noch andere Götter neben ihm gebe. Seiner Selbstliebe und Arroganz müsse man Grenzen setzen und so weiter und so weiter."

„War das nicht auch Ihre Ansicht?"

„Das gebe ich gern zu. Doch fand ich die Hinterhältigkeit der Ausführung abstoßend. Nun fiel es mir wie Schuppen von den Augen. Ich fühlte tiefe Scham darüber, zusammen mit meinen Genossen als Werkzeug für eine kleinliche Rache missbraucht worden zu sein. Doch wie stand es mit der Zielscheibe der ganzen Aktion, mit Goethe? War seine Handlungsweise weniger zu verachten?"

„Was macht Sie eigentlich so sicher, dass Goethe die Schließung des Stadthauses veranlasst hat? Es war doch lediglich ein Verdacht. Gab es Beweise?"

„Es bedurfte keiner Beweise. Es ist unerheblich, wer wem eine Weisung erteilt oder nur einen Wink gegeben…"

„…oder einen oder mehrere Sachverständige eingeschaltet hat. Da bin ich vollkommen Ihrer Meinung. Was jedoch Ihren Fall betrifft, ist doch die entscheidende Frage, ob Goethe zu dem Zeitpunkt, als er Ihnen Ratschläge für Ihre Kostümierung als Johanna gab und Ihnen Erfolg wünschte, bereits wusste, dass das ganze Unternehmen ins Wasser fallen würde."

„Dessen war ich mir damals sicher und auch im Laufe der Jahre hat sich diese Überzeugung nicht geändert. Goethe brauchte keine Weisung zu erteilen. Dazu war er überhaupt nicht berechtigt. Doch er hatte willige Helfershelfer und jeder kannte seine gute Beziehung zum Herzog. Es ging nicht um Befehl und Gehorsam, sondern darum, dass es Menschen gab, die ihm jeden Wunsch von den Augen ablasen, um sein Wohlgefallen zu erringen."

„Haben Sie einen speziellen Verdacht?"

„Wenn ich einen hätte, würde ich ihn nicht nennen, denn darum geht es ja nicht. Doch noch einmal zu Ihrer Frage. Goethe war einwandfrei der geistige Urheber, nach dessen Willen gehandelt wurde. Es gehörte zu der Rolle, die er spielte, dass er jeden Verdacht von sich ablenken wollte. Ihn musste man treffen. Wenn auch der Anführer unseres kleinen Trupps feige die Segel strich, so war ich entschlossen zu handeln. Goethe hatte sich auf meine Kosten belustigt. Trotz des festen Vorsatzes, mir die Möglichkeit zu einem Auftritt zu rauben, hatte er mich ermuntert und mir Glück gewünscht. Gleichgültig gegenüber der Reaktion der übrigen Teilnehmer wollte ich zeigen, dass *ich* nicht gewillt war, in Demuth die Rute des erfahrenen Zuchtmeisters von Weimar zu küssen. Er hatte uns zur Zielscheibe des Spottes machen wollen. Nun hieß es schnell zu handeln und den auf uns abgeschossenen Pfeil auf den Schützen zurückzulenken. Wütendes Protestgeheul unsererseits hätte den Spott nicht abgelenkt, sondern womöglich noch vergrößert. Um dieser möglichen Reaktion in der Öffentlichkeit vorzubeugen, hielt ich das Mittel der Selbst-Persiflage für geeignet."

„Ihnen ging es also nicht um Rache, sondern um Selbstverteidigung, wenn ich Sie richtig verstanden habe."

„Sie können das so nennen. Ich war entschlossen, meine Selbstachtung zu wahren. So setzte ich mich also hin und stoppelte innerhalb kürzester Zeit ein Klagelied in Knittelversen unter dem Titel *Aschermittwoch zu Weimar* zusammen, in dem ich die Trauer unserer kleinen Schauspielerschar in übertriebener Form darstellte. Diese ließ ich als Büßende vor Goethe, dem Olympier, erscheinen, der uns für unsere Sünden so hart bestraft hatte."

„Sie haben es also gewagt, Goethe direkt beim Namen zu nennen?"

„Ich nenne ihn in verblümter Form, doch wie der Erfolg bewies, wusste jeder Leser des Gedichts, wer gemeint war."

„Um das zu beurteilen müsste ich den Text von Ihnen hören."

„Kein Problem, den Schluss weiß ich noch im Kopf:

Du aber, Mensch, im höhern Lichte.
Lern aus der tragischen Geschichte,
Daß stets des Himmels Strafgerichte,
Wie lang sie unterwegs verweilen,
Den Frevler doch zuletzt ereilen.
Denn wißt, daß wir, die jetzo leiden
Auf dem Theater hier mit Freuden
Ein Stück mit Freuden aufgeführt,
Das einen Unglücksnamen führt.
Ja, weil das Unglück wir gespielt
Und bei demselben Glück gefühlt,
so läßt uns für vergang'ne Sünden
Die Strafe jetzt ein Gott empfinden.
Anstatt in Pracht erscheinen wir
In Staub und Asch', Apoll, vor dir."

„Alle Achtung. Das wurde noch am selben Tag gedichtet?

„Sie haben nur etwa den sechsten Teil gehört. Ich musste mich beeilen. Unsere Aussperrung war *das* Ereignis des Tages, das unverzüglich kommentiert werden musste."

„Für jeden, der die Vorgeschichte kennt, nämlich die Aufführung der Unglücklichen durch Ihre private Gruppe, ist Ihre Intention klar: Das Verschließen des Rathauses sollte als Strafe für den unbotmäßigen Eingriff in die Kompetenzen des olympischen Gottes Apoll – sprich Goethe – aufgefasst werden. Wer waren die Adressaten Ihres poetischen Produkts?"

„Es wandte sich an alle, die sich dafür interessierten. Der Erfolg überstieg meine kühnsten Erwartungen. Mein eilig hingeworfenes Gedicht zirkulierte in unzähligen Abschriften in der Stadt. Auch in Goethes Hände geriet es."

„Womit Sie wohl das wichtigste Ziel erreicht hatten. Was mag ihn beim Lesen der Verse bewegt haben, die sich auf Sie in der Ihnen auf den Leib geschriebenen Rolle beziehen:

Doch was soll aus Johanna werden?
Mit fast verzweifelnden Geberden,
Reißt sie den Helm von Ihrem Haupt
Und ruft: Nein, unerhört ist's, unerlaubt!
Wie schön hätt ich mich ausgenommen,
Wär ich nach Orleans gekommen!

„Was er gedacht hat, würde ich auch gern wissen. Er hat mir gegenüber niemals ein Wort darüber verlauten lassen. Allerdings möchte ich die Äußerung eines guten Freundes, des Kanzlers von Müller, nicht unterschlagen. Der Dichter habe es seinen eigenen Worten nach ‚nimmer verschmerzen' können, dass *ich* mich zu seinen Feinden gesellt und durch eine *böswillige* Ansicht des *unbedeutendsten zufälligen* Ereignisses jener längst vergangenen Zeit zu den feindseligsten Demonstrationen habe hinreißen lassen. Diese Art der Beschönigung noch am Rande des Grabes zeigt doch, wie wenig dieser an keinen Widerspruch gewöhnte Mann in der Lage war, sein Unrecht zu begreifen."

„In seinen nachträglichen Betrachtungen, die er in seinen Tage- und Jahresberichten anstellt, räumt er zumindest ein, dass es sich um ein für ihn nicht ganz durschaubares Ereignis gehandelt habe. Er zeigt sich erstaunlich gut informiert, indem er erwähnt, dass es vor dem Schließen des Stadthauses in Bezug auf die Vorbereitungen mehrere Verweigerungen von erbetenen Dienstleistungen gegeben habe, die er allerdings auf Kotzebues wenig konziliantes Wesen zurückführt. Der *Zufall* habe die in den Weg tretenden Hindernisse so geschickt kombiniert, dass man ein feindliches Prinzip darin zu erkennen glaubte. Dass sich auf ihn der gesamte Zorn richtete, habe er niemandem verargen mögen."

„Wie Sie soeben von mir gehört haben, hat er es doch getan. Er war klug. Er schwieg sich zunächst über den Vorfall aus. Selbst Vater Wieland, den er kurz danach besuchte, verwunderte sich darüber, dass Goethe die in seinen Augen fällige Apology unterlassen habe, vielmehr habe er in positiver Weise über Kotzebue gesprochen. Ich kenne den schon vor Jahren veröffentlichten Text, auf den Sie sich beziehen. Nur der allmächtige Zufall trägt angeblich die Schuld. Er selbst ist das Opfer, das niemandem seinen

Ingrimm verübelt. Mir kommen die Tränen! Bei anderer Gelegenheit hat er zumindest zugegeben, dass er Schadenfreude empfunden habe. Die vielen Worte, die er verschwendet, sollen seinen Anteil an dem missglückten 5. März verschleiern."

„Haben Sie sich bei Ihrer Protestaktion klar gemacht, welche Folgen sich für Sie daraus ergeben mussten? Und gleich die zweite damit zusammenhängende Frage: Handelte es sich beim Abschießen des Pfeiles auf den Schützen selbst nicht um einen Schuss aus dem Hinterhalt? Ich zum Beispiel hatte Ihr Gedicht in voller Länge in Daniel Falks Buch über Goethe gelesen, allerdings ohne Angabe der Verfasserin. Erst nach und nach wurde mir soeben klar, dass es wohl von Ihnen stammen müsse."

„Den Vorwurf der Hinterhältigkeit weise ich zurück. Ich habe im Namen der Gruppe geschrieben, es war keine Privatfehde zwischen mir und Goethe. Ein zweites Mal wurde ich zur Wortführerin, als es nämlich darum ging, unseren Austritt aus dem Cour d'amour zu erklären. Ich ging mit keiner Silbe auf das Vorgefallene ein, sondern berief mich gemäß den Statuten auf unser Recht, unsere ‚Rosenketten', die uns an unsere Kavaliere banden, mit Eintreten der ersten Frühlingslüfte zu lösen. Ich schrieb im Namen meiner Schwägerin, des Fräuleins von Wolfskeel und des Fräuleins von Göchhausen. Den widerlichen Vorfall erwähnte ich mit keinem Wort. Goethes Bedauern schien echt zu sein, denn er beschwor noch einmal den vielversprechenden hoffnungsvollen Beginn unseres Cour und äußerte die Hoffnung auf eine Neuauflage. Auch wir hatten bei unserer Aufkündigung die Möglichkeit einer Zusammenkunft zu einem späteren Zeitpunkt nicht ausgeschlossen."

„Es würde sich jetzt anbieten, darüber zu sprechen, wie sich das weitere Verhältnis zu Goethe gestaltete. Doch ich denke, wir haben bisher den zweiten Weimarer Genius zu sehr außer Acht gelassen. Gab es Äußerungen von ihm zu der geplanten Feier?"

„Am Tag der missglückten Aufführung erhielt ich von Schiller ein artiges kleines Billet. Er verlieh der Hoffnung Ausdruck, dass die bösen Geister, welche die vergeblich angesetzte Vorstellung gestört hätten, ihre schlimme Laune nur an dem Tag, dem Aschermittwoch, nicht jedoch an der Sache selbst ausgelassen hätten. Von dieser habe er sich Vergnügen versprochen und hoffe, dass sie noch einmal wiederholt werden solle. Schon damals war das ein schwacher Trost, doch nachdem ich in dem inzwischen veröffentlichten Briefwechsel unserer poetischen Olympier geschmökert habe, weiß ich, dass es nur eine Höflichkeitsfloskel war. Ehrlich ist wohl nur der Dank für unsere wohlgemeinten Bemühungen."

„Bei ihm kamen also zur Willkür des Zufalls noch die bösen Geister hinzu, die an allem die Schuld trugen. Es fragt sich nur, welche. Da Sie die inzwischen veröffentlichte Korrespondenz der beiden Dichter kennen, müssen auch Sie sicher den Eindruck gewonnen haben, dass er der gesamten Kotzebue-Veranstaltung mit einiger Beklemmung entgegengesehen gesehen hat und erlöst war, dass alles so glimpflich an ihm vorübergegangen ist. ‚Glimpflicher als dem Caesar die Iden des März', schrieb er seinem abwesenden Freund nach Jena."

„Wissen Sie, mich haben diese Äußerungen Schillers nicht überrascht. Dass es diesem bescheidenen Mann widerstrebte, im Mittelpunkt einer nur ihm gewidmeten Würdigung zu stehen, war mir von Anfang an bewusst. Doch da mich meine gute, zumeist intuitive Menschenkenntnis selten im Stich lässt, war ich mir gemeinsam mit den anderen Beteiligten sicher, dass es ihm guttun würde, in einer heiteren fröhlichen Versammlung von der Welle der Begeisterung getragen zu werden und die Anerkennung zu finden, die er verdient. Ich hatte persönlich erlebt, wie seine oft kränklich wirkende Erscheinung sich in einer gelösten Atmosphäre zum Positiven verwandeln konnte."

„Sie geben das Stichwort. Goethe – so heißt es – habe für die Gesundheit seines Freundes gefürchtet und dieser selbst habe erwogen, sich krank zu melden. Goethe spricht von fratzenhafter Verehrung, die ihn erwartet hätte."

„Lassen Sie doch nur einmal Ihre Fantasie spielen. Stellen Sie sich vor, er hätte dem Freund gut zugeredet, hätte ihm angeboten, mit ihm gemeinsam zu erscheinen und reichlich Beifall zu spenden! Von mir aus hätten sie ja insgeheim ein wenig spotten dürfen, denn was die Satire betraf, waren sie immer ein Herz und eine Seele. Warum war es Goethe nicht möglich, eine Vorführung von Dilettanten – die wir ja alle waren – zu genießen und sich über die Wertschätzung zu freuen, die Schillers Werke entgegengebracht werden? Er war übrigens ausdrücklich eingeladen worden."

„Der Stein des Anstoßes war doch wohl vor allem die geplante Krönung, weniger das Geschehen auf der Bühne."

„Da täuschen Sie sich. Ich habe mir erlaubt, einen Blick in das Buch zu werfen, das Sie sicher nicht unabsichtlich vor meiner Nase aufgeschlagen haben liegen lassen. Mit einem Gedicht von Charlotte von Schiller, das sie *Der verunglückte 5. März* nennt. Unter ihrem Namen gedruckt! Alle Achtung! So weit hat es mein *Aschermittwoch* nicht gebracht. Dafür war sein Erfolg – wie ich bereits erwähnt habe – überwältigend. Da hat Frau von Schiller also auch ihre Feder gezückt und etwas Satirisches zu Papier gebracht. Damals hat man in Weimar nichts davon gehört, geschweige denn gelesen. Das hätte ich erfahren. Was nützt dann ein solches Gedicht, das doch hoffentlich nicht für die Ewigkeit produziert sein sollte? Oder hat sie womöglich die Stirn gehabt, es nach unserem Austritt im Cour d'amour zu verlesen, um Goethe zu gefallen?"

„Fragen sie mich etwas Leichteres. Zumindest dürfte es dem Hausherrn gefallen haben."

„Der Meinung bin ich auch. Es ist mir nicht entgangen, wie redlich Frau von Schiller sich in ihrem sogenannten Schwank bemüht, das ästhetische Programm der beiden großen Dichter durch den in ihren Augen so wackeren Bürgermeister vertreten zu lassen, der es mannhaft ablehnt, das ‚Gedankenspiel der Phantasie' in seinem Saal aufführen zu lassen. Dass die Worte des Autors Firlefanz, wie sie Kotzebue nennt, nicht nur an eine begeisterte Dame gerichtet sind, sondern den Komödienschreiber selbst treffen sollen, ist nicht zu übersehen. Ich meine die folgenden beiden Verse:

Doch guter Will und guter Muth/ Das Genie auch ersetzen thut.

Ein weiteres Beispiel kaum zu überbietender Arroganz stellt die Herablassung dar, mit der die Maxime charakterisiert wird, die Firlefanz bei seinem dichterischen Schaffen befolgt:

Wenn es Effect macht, die Menge entzückt,
So ist es uns schön, und macht uns beglückt.
So habe ich es stets versucht zu halten,
Drum bin ich geehrt auch von Jungen und Alten."

„Also oberflächliche Effekthascherei wird ihm vorgeworfen. Doch nun noch einmal zurück zu unserem durch Frau von Schiller rehabilitierten Piccolomini. Unterstützung erhält er von einem Ratsherrn, der auf den Opfermut der Bürger, den Fleiß und die Geschicklichkeit der Handwerker verweist, die durch ihrer Hände Arbeit Dauerhaftes für künftige Geschlechter und zum Ruhm der Stadt geschaffen und damit den Anspruch erworben haben, dass dort nur Würdiges, Solides und kein Possenspiel zur Aufführung gelangt. Wollen Sie sich dazu äußern?"

„Mon Dieu! Was für ein Pathos! Vielleicht hätte Madame Schiller sich einmal mit diesen redlichen einfachen Bürgern unterhalten sollen. Dann hätte sie erfahren, was diese in ihrem Stadthaus und im Theater an ihrem wohlverdienten Feierabend sehen wollen. Die Beste hat es gut gemeint, vor allem mit ihrem Ehemann und dessen Freund. Auf die kleinen boshaften Spitzen gegen mich will ich gar nicht eingehen."

„Es ist sicher in Ihrem Sinne, wenn wir das Thema damit beenden. Allerdings würde mich interessieren, ob sie den gesellschaftlichen Kontakt zu Kotzebue ebenso abgebrochen haben wie zu Goethe."

„Nein. Dazu gab es keine Veranlassung. Zwar war ich empört darüber, dass er uns benutzt hatte, um seinen Kampf gegen Goethe auszutragen. Das habe ich ihm auch deutlich gesagt. Allerdings hätte ich es unehrenhaft gefunden, ihn, dem so übel mitgespielt worden war, seinem Schicksal zu überlassen. Vor allem hätte diese Distanzierung auch seine Gattin betroffen, die ich sehr schätzte. Auf keinen Fall wollte ich, dass seine Widersacher ihr Ziel erreichten.

Ich muss es noch einmal betonen, dass es mich persönlich weniger schmerzte, auf einen mit so großer Begeisterung vorbereiteten Auftritt auf der Bühne zu verzichten. Das hätte ich mit Gleichmut ertragen können, denn es war keine Staatsaffäre. Doch wenn ich lese, was heute verfälscht und zerstückelt über die damaligen Zustände in Weimar geschrieben worden ist, so fühle ich mich doch dazu berufen und halte es für notwendig, als Zeugin meinen Teil beizutragen. Deshalb stelle ich diese unerquickliche Stadthaus-Episode so ausführlich dar, die weiß Gott kein Schwank war. Ich scheue nicht davor zurück, Goethe in einem Licht darzustellen, das nicht vorteilhaft für ihn ist. In meinen Lebenserinnerungen, die für meine

Kinder bestimmt sind, ziehe ich den Schluss, dass seine Hinterhältigkeit in dieser Angelegenheit zeigt, dass strenge Wahrheitsliebe und Aufrichtigkeit nicht zu den übrigen großartigen Eigenschaften des erfahrenen Meisters gerechnet werden dürften.

Glauben Sie bitte nicht, dass ich diese Aufgabe mit Freude erfüllt habe. Sie war für mich ein peinliches Unterfangen. Die Erkenntnis, dass auch der erhabenste Mensch mit seinem eminenten Geist sich nicht immer gleich einem Adler erheben und in der Nähe der Sonne aufhalten kann, ist ernüchternd und schmerzhaft. Wenn es *ihm* nicht gelingt, wie kann ich als armer Zaunkönig mich dann jemals über den Staub der Erde erheben?“

„Ich höre dieses tiefgründige Resümee mit leichtem Bedauern. Hätte diese Einsicht nicht die Grundlage für ein wiederauflebendes freundschaftliches Verhältnis zu Goethe werden können?“

„Was sollen diese Grübeleien? Ein gütiges Geschick hat mich einen anderen Weg geführt. Wer weiß denn, welche Fallstricke in Weimar noch auf mich gelauert hätten. Übrigens ist der Kontakt niemals vollständig abgerissen. Es ist mir eine große Freude, dass zwei meiner Töchter gern gesehene Gäste im Hause am Frauenplan sind. An Julies künstlerischem Werdegang nahm dessen Hausherr stets regen Anteil und förderte ihn nach Kräften, Caroline ist eine gute Freundin seiner Schwiegertochter Ottilie und gehörte gemeinsam mit Julie zu den Gründerinnen des Musenvereins, dem ich gelegentlich als korrespondierendes Mitglied Beiträge eingesandt habe. Zunächst hielt ich diese Vereinigung schon wegen der Necknamen, die sich die Damen beigelegt haben – Tillemuse, Linemuse, Julemuse und Adelmuse für Adele Schopenhauer – , für eine verspätete Backfischschwärmerei. Doch bald bekam ich ihr originelles Blatt *Chaos* zu lesen, das mich eines Besseren belehrte und dem auch Goethe Beifall spendete. Es bestand also stets eine lose Verbindung zwischen Goethe und mir, wir begegneten uns – allerdings sehr selten – bei gesellschaftlichen Anlässen und ich erinnere mich, dass ich mich einmal nicht scheute, ihn um einen Gefallen zu bitten...“

„...den er Ihnen sicher gern erfüllte, denn er hatte ja etwas wieder gut zu machen.“

„Sie täuschen sich.

Julie hatte vom Großherzog ein hölzernes, fast lebensgroßes Mäneken als Geschenk erhalten. Es handelte sich um eine Gliederpuppe, die Malern – oder vielleicht sollte ich in diesem Falle sagen Malerinnen – das Studium menschlicher Proportionen erleichtern sollte. Julie stellte es auch ihren Kolleginnen zur Verfügung, woraus diese ungerechtfertigte gemeinsame Besitzansprüche ableiteten. Ich wandte mich an Goethe mit der Bitte, sich dieser misslichen Sache anzunehmen. Doch es erfolgte zunächst keine Reaktion. Da die Angelegenheit keinen Aufschub duldete, schritt ich sozusagen zur Tat und entführte den kleinen Kerl höchstpersönlich aus der Zeichenakademie. So konnte Julie ihre Italienreise in Begleitung des hölzernen Genossen antreten. Da sie ihn in einen schwarzen Kapuzenmantel einhüllte, verbreitete sich in einem Gasthof einmal das Gerücht, die fremde Gräfin führe in ihrer Kutsche ein Skelett mit sich."

„Hat Goethe von dem von Ihnen geschaffenen fait accomplit in der Akademie gehört?"

„Darüber ist mir nichts bekannt. Zumindest hat er sich nicht dazu geäußert."

Ein letzter Freundschaftsdienst

Ohne, dass ich sie gerufen habe, sitzt Jette an meinem Schreibtisch, über die Kopie eines Goethebriefes gebeugt. Sichtlich bewegt äußert sie, indem sie auf das Blatt tippt: „Er hat sich revanchiert. Nicht ich bin die Bittstellerin, sondern er hat mich um einen Dienst gebeten, den ich ihm nur allzu gern erfüllt habe."

„Lesen Sie vor!"

„Oh nein, es ist nicht seine Bitte, sondern ein Dankesbrief, den Sie doch gar nicht verstehen können, wenn Sie die Vorgeschichte nicht kennen."

„Das lässt sich ändern. Ich freue mich auf Ihre Erzählung und verspreche, Sie nicht zu unterbrechen."

Das, was Jette mir sehr ausführlich erzählt, gebe ich hier etwas verkürzt wieder:

Es war im Jahre 1830, als Jette wieder einmal für einige Zeit in Weimar weilte. Dort ereilte sie die Bitte Goethes, ihm über eine Begegnung zu berichten, die fast ein halbes Jahrhundert zurücklag.

Jette lebte damals – im Jahre 1793 – in Erlangen, wo sich zu der Zeit viele Emigranten aufhielten, die infolge der Revolutionswirren aus Frankreich hatten flüchten müssen. Eines Tages erhielt Jette die Einladung einer ihr unbekannten Dame, der sie unverzüglich Folge leistete, da sie annahm, es handle sich um ein Hilfeersuchen. Jette behauptet, bereits auf den ersten Blick den Eindruck erhalten zu haben, Goethes Iphigenie stände in der Gestalt der aus Straßburg Geflohenen vor ihr. Das erscheint umso merkwürdiger, da es sich um Frau von Türckheim handelte, die Verlobte des Dichters aus seiner Jugendzeit, von deren Existenz sie keine Ahnung hatte. Jette erkannte in ihr das „Ideal edelster Weiblichkeit" und war fasziniert von ihrer äußeren Erscheinung und der erhabenen Würde, die sie ausstrahlte. Etwas befremdlich wirkt auf mich als Zuhörerin die Erwähnung der „verblühten, aber noch immer äußerst anmutigen" Gesichtszüge der damals etwa Fünfunddreißigjährigen. Erst nach diesem inspirierenden äußeren Eindruck erfuhr Jette, in welcher Beziehung die Unbekannte zu Goethe gestanden hatte. Freimütig bekannte Goethes unsterblich gewordene Lili von Türckheim, alias Schönemann, den Grund für ihre Kontaktaufnahme. Sie hatte von Jettes enger Beziehung zu Weimar gehört und wollte Neuigkeiten über Goethe in Erfahrung bringen. Begeistert sprach sie von dem Edelsinn und der Standhaftigkeit des Jugendfreundes, den sie für den Begründer ihrer moralischen Existenz hielt. Sie fühlte sich ihm zu ewigem Dank verpflichtet, da er das Opfer großmütig zurückgewiesen hatte, das sie ihm hatte bringen wollen. In ihrer jugendlichen Unbedachtsamkeit wäre sie bereit gewesen, ihrer Leidenschaft zu folgen und Pflicht und Tugend zu vergessen. Verlust der bürgerlichen Ehre und der Selbstachtung wären die unausweichlichen Folgen gewesen. Nun aber habe sie ein Leben an der Seite eines würdigen Gatten im Kreise ihrer Kinder verbringen können, die sie zu den schönsten Hoffnungen berechtigten. Auf Jette machte sie keinen vollkommen glücklichen, jedoch einen zufriedenen Eindruck. Da sie den unvergesslichen Freund wohl kaum wiedersehen würde, trug sie Jette auf, ihm, den sie bis zu ihrem letzten Atemzug verehren werde, all das zu berichten, was sie Jette anvertraut hatte. Voraussetzung sei natürlich, dass sich eine „schickliche Gelegenheit“ dazu böte.

Anna Elisabeth Türckheim, geb. Schönemann, Goethes Verlobte „Lili“, im Kreise ihrer Familie

Jette hatte damals – im Jahre 1793 – noch nicht die Bekanntschaft Goethes gemacht. Nun gerät Jette in Erklärungsnot, warum sie diesen innigen Wunsch der ihr vertraut gewordenen Freundin in all den verflossenen Jahren nicht erfüllt hat. Sie führt ins Feld, dass sie in jungen Jahren dem berühmten Dichter gegenüber viel zu schüchtern gewesen sei, um einen derartig „delikaten Gegenstand zu berühren“. Was die darauffolgenden Jahre betrifft, war wohl nicht, wie sie in ihrem für Goethe verfertigten Bericht behauptet, die räumliche Entfernung der Grund für ihre Unterlassungssünde. In diesem geht sie über den wahren Grund, die inzwischen eingetretene Abkühlung der Beziehung, taktvoll hinweg. Vielmehr ist es ihr tief empfundener Wunsch, durch ihre so lange zurückgehaltene Botschaft nun die Jugendtage des verehrungswürdigen alten Freundes mit einem „milden Sonnenblick“ zu beleuchten. Ihm, der gerade erst von einer bedrohlichen Krankheit genesen ist, mit ihren Zeilen eine Freude bereiten zu können, hält sie für eine „Gunst des Himmels“. Mit Bedacht, so betont sie in unserem Gespräch, habe sie ihm gegenüber erwähnt, dass auch von ihr das fortgeschrittene Alter seinen Tribut gefordert habe. Sie sei einem vertrauensvollen Gespräch mit ihm stets aus dem Wege gegangen, da sie befürchtete, ihm durch ihre zunehmende Schwerhörigkeit lästig zu fallen.

Die Antwort Goethes, die mir nun vorgelesen wird, lässt nicht lange auf sich warten. Sie erreicht Jette nach vier Tagen:

„Nur mit den wenigsten Worten, verehrte Freundin, mein dankbarstes Anerkennen. Ihr theures Blatt mußte ich mit Rührung an die Lippen drücken. Mehr wüßte ich nicht zu sagen. Ihnen aber möge zu geeigneter Stunde als genügender Lohn irgend eine ebenso freudige Erquickung werden.“

Weimar am 7. Decbr. 1830
Verpflichtet J.W. v. Goethe

Danksagung

Da nun das Manuskript druckfertig vor mir liegt, ist es an der Zeit, all die Personen Revue passieren zu lassen, die zu diesem Ergebnis beigetragen haben.

Mein besonderer Dank gilt Astrid Schulz-Ammadi, die mich erstmalig auf die Plakette am Eingang ihrer Bibliothek in Misburg hingewiesen und all meine Recherchen mit nicht erlahmendem Interesse begleitet hat. Frau Dr. Dumont du Voitel erreichte es, dass mein Buchprojekt durch die Deutsche Stiftung für Frauen- und Geschlechterforschung, deren Vorsitzende sie ist, als förderungswürdig anerkannt wurde. Diese Einschätzung teilte auch Professor Dr. Hans-Wolf Jäger, der zudem wertvolle Hinweise zur Überarbeitung des Manuskripts gab. Besonders erwähnenswert sind die Recherchen von Frau Spiekermann aus dem Museum Hildesheim, die mit Akribie die privaten Besitzer der lediglich in Ausstellungen zu besichtigenden Bilder ermittelte. Dass diese die Genehmigung zur Veröffentlichung erteilten und in einem Fall sogar selbst Fotos der noch niemals veröffentlichten Gemälde anfertigten, trug wesentlich zur Veranschaulichung des Textes bei. Frau Herrgott schließlich vom Goethe- und Schiller-Archiv lieferte zuverlässig und pünktlich die angeforderten Kopien, die inzwischen zu einem beachtlichen Berg angewachsen sind.

Dem Verlag Isensee danke ich für die erfreulich gute Zusammenarbeit, insbesondere Frau Goldmann für ihr sorgfältiges und einfühlsames Lektorat.

Eine Auswahl der wichtigsten verwendeten Literatur

Ungedruckte Quellen

Bestand Egloffstein im Goethe- und Schiller-Archiv, Weimar, GSA 13

Henriette von Egloffstein:

1. Privates

Bruchstücke aus meinem Leben, Heft 1-10, GSA 13/5

Meine zweite Heirat, GSA 13/6

Gedanken und Betrachtungen auf einen Punkt gesammelt, GSA 13/94

Christliche Betrachtungen und Selbstprüfung, GSA 13/95

Verschiedene Aufzeichnungen, GSA 13/ 96,97

2. Werke:

Der Nahme. Eine Begebenheit aus dem wirklichen Leben, GSA 13/2

Erzählung in Briefform, GSA 13/4

Leben eines deutschen Fräuleins aus einer altfränkischen Familie, GSA 13/3

Das ästhetische Weimar und seine erhabne Begründerin, GSA 13/8

Über die bildende Kunst, GSA 13/9

3. Persönliche Unterlagen

Heiratsvertrag mit Karl von Beaulieu-Marconnay, GSA 13/99

Testament mit 3 Nachträgen GSA 13/100

Aufzeichnungen und Exzerpte über Goethe GSA 13/101

Aufzeichnungen über Großherzogin Luise von Sachsen-Weimar und Eisenach und über Julie von Egloffstein GSA 13/102

Geschäftlich-berufliche und persönliche Unterlagen, Haushaltsunterlagen, Rechnungen von Karl Beaulieu-Marconnay, GSA 13,243

Umfangreiche Korrespondenz Henriette von Egloffsteins, Bestand Egloffstein

Bestand Kestner

Scheidungssachen Egloffstein, ubl. Leipzig, Handschriften Slg Kestner/IV/B Nr. 16 u.13

Bestand Schiller

Schiller, Charlotte v., GSA 83 1622 / „Der verunglückte 5. März"/ Schwank über das von Kotzebue in Konkurrenz zu Goethes Mittwochskränzchen geplante Fest zu Ehren Schillers am 5.März 1802/ Konzept

Gedruckte Quellen und Literatur

Ansull, Oskar/ Kersten Joachim, Ernst Schulze, 1789-1817, *Tagebücher und Briefe*, Göttingen 2017

Deetjen, Werner, *Die Göchhausen, Briefe einer Hofdame aus dem klassischen Weimar*, Berlin 1923

Deneke, Toni, *Das Fräulein Göchhausen*, Weimar 1955

Di Bartoldo, Julia, *Selbstbestimmtes Leben um 1800*, Heidelberg 2008, S. 116-122

Egloffstein, Hermann von (Hg.), *Alt-Weimars Abend. Briefe und Aufzeichnungen aus dem Nachlasse der Gräfinnen Egloffstein*, München 1923

derselbe: *Ein Kind des 18. Jahrhunderts. Jugenderinnerungen der Gräfin Henriette von Egloffstein*, in: Deutsche Rundschau (1919-1920)

Egloffstein, Albrecht von und zu, *Einige Anmerkungen zur Geschichte der Egloffstein'schen Familie*, in: Manfred Boetzke (Hg.), *Goethes glückliche Zeichnerin? Das unvollendete Künstlerleben der Julie von Egloffstein*, Hildesheim 1992

Ernst-Schulze-Gesellschaft, *Ernst Schulze, 1789–1812, ein Dichter aus Celle. Vorträge zum Jubiläumsjahr 2017*, Celle 2017

Falk, Daniel, Goethe aus näherem persönlichem Umgange dargestellt, Leipzig 1832

Gerdts, Hans A., *200 Jahre Moorburger Schanze, Die Kämpfe in der Franzosenzeit*, Vortrag, gehalten am 21. Nov. 2013 im Süderelbe-Archiv, Neugraben

Gersdorf, Dagmar, *Dich zu lieben kann ich nicht verlernen/ Das Leben der Sophie Brentano-Mereau*, Frankfurt am Main 1990

Ghibellino, Ettore, *Goethe und Anna Amalia/ Eine verbotene Liebe?*, Weimar 2007, 3. Aufl.

Goethe, J.W. von, *Tages- und Jahreshefte 1802, Sämtliche Gedichte , Bd. 1-4,* Deutscher Klassiker Verlag, Stuttgart/ Tübingen 1827

Hahn, Julius, *Aus den Schreckenstagen Hamburgs, Hamburg* 1909

Illmer, Wolfgang, *Chronik Misburg/ Ursprung bis Gegenwart,* Hannover 2012

Kaether, Hans-Ullrich, *Der Hildesheimer Ehrenbürger Carl von Beaulieu-Marconay (1777-1855)/ Forstmann – Freiheitskämpfer –Philantrop,* Hubert & Co., Göttingen 2021

Kestner-Köchlin, Hermann (Hg.), *Briefwechsel zwischen August Kestner und seiner Schwester Charlotte,* Straßburg 1904

Markgraff, Hermann, *Ernst Schulze/ Nach seinen Tagebüchern und Briefen sowie Mitteilungen seiner Freunde geschildert,* Leipzig 1855

Martini, Karl Heinz, *Goethe und die Egloffsteins in Weimar,* 2019

Möncheberg, E., *Hamburg unter dem Drucke der Franzosen,* Hamburg 1864

Schulze, Ernst, *Gedichte,* Göttingen 1813

Poetisches Tagebuch vom 29sten Junius 1811 bis 17ten Februar, Göttingen 1817

Cäcilie/ Ein romantisches Gedicht in 20 Gesängen, Leipzig 1818

Die bezauberte Rose/ Ein romantisches Gedicht in drei Gesängen, Leipzig 1820, 3. Aufl.

Stenger, Gerhard, *Goethe und August von Kotzebue,* in: *Breslauer Beiträge zur Literaturgeschichte 22N.F.12,* Verl. Ferdinand Hirt, Breslau 1910

Tudyka, Klaus, *DIE ZWEITE VON RECHTS, Confessionen des Hoffräuleins Luise von Göchhausen*, Warendorf 1998

Ulrichs, Ludwig (Hg.) i.A. Von Emilie von Gleichen – Rußwurm, *Charlotte von Schiller und ihre Freunde,* Stuttgart 1860

Westphal, Sigrid (Hg), Autorin: Frindte, Julia, *Handlungsspielräume von Frauen um 1800,* Heidelberg 2005

-von Bayern, König Ludwig Karl August (1786 – 1868). Julie begegnet ihm im September 1835 zum ersten Mal in Berchtesgaden und erhält den Auftrag zu einer Porträtskizze.

-von Bayern, Königin Therese Charlotte Luise Friederike Amalie, Prinzessin von Sachsen-Hildburghausen, Nichte der Königin Luise von Preußen, Cousine von Friedrich Wilhelm IV. und Wilhelm I. Aus den Festlichkeiten anlässlich ihrer Eheschließung mit dem damaligen Kronprinzen von Ludwig von Bayern entwickelte sich das Oktoberfest in München. Das im Jahre 1836 von Julie gemalte Bildnis findet großen Anklang.

Beaulieu-Marconnay, Carl, Freiherr von, (*1777 in Celle, † 1855 in Marienrode), Forstmeister in Misburg, ab 1815 Oberforstmeister und General-Lieutenant in Hildesheim, entstammt einem französischen Adelsgeschlecht, dessen hugenottischen Mitglieder im 17. Jh. vor allem im Königreich Hannover und in Westfalen ansässig wurden.

-von Bourbon, Maria Carolina, Königin von Neapel und Sizilien (1752 – 1814), verh. mit Ferdinand von Neapel und Sizilien/ Erzherzogin von Österreich, Tochter Maria Theresias.

Breitenbauch, Georg August von (1731 – 1817), Gerichtsherr auf Bucha, sachsen-weimarischer Kammerjunker, Privatgelehrter und Schriftsteller, seit 1757 verheiratet mit Juliane Henriette von Thüna, einer Halbschwester von Jettes Mutter.

Egloffstein-Arklitten, Albrecht Dietrich Gottfried, Graf von, Generalleutnant und Gouverneur von Ost-und Westpreußen, stiftet die Ehe Jettes mit seinem Neffen Leopold v. E.

Egloffstein, August Christoph Carl, Freiherr von (1771 – 1834), Jettes „martialischer Bruder", ab 1795 militärische Karriere in Diensten Weimars, Mitglied des Cour d'amour.

Egloffstein, Auguste, Gräfin von (1796 – 1862), jüngste Tochter Jettes, Verfasserin lyrischer, vor allem religiöser Gedichte.

Egloffstein, Carl, Graf von Egloffstein-Arklitten (1795 – 1887), Sohn Jettes, Prinzenerzieher am preußischen Hof, Gutsherr und Abgeordneter.

Egloffstein, Caroline, Freifrau von, geb. von Aufseß zu Heckenhof (1768 – 1828), Ehefrau des Gottlob von E., Jettes Schwägerin und engste Freundin.

Egloffstein, Caroline, Gräfin von und zu (1789 – 1868), musikalisch begabte älteste Tochter Jettes, Weimarer Hofdame 1815 – 1831.

Egloffstein, Christian von und zu (1764 – 1834), Majoratsherr auf Burg Egloffstein, Jettes ältester Bruder.

Egloffstein, Gottfried Friedrich Ernst, Freiherr von und zu (1769 – 1848), Bruder Jettes, ab 1795 in Diensten Weimars.

Egloffstein, Gottlob Wolfgang Christoph, Freiherr von und zu (1766 – 1850), Kammerherr am Weimarer Hof, Mitglied des Cour d'amour, Bruder Jettes.

Egloffstein, Henriette Sophie Franziska, geb. Freifrau von und zu E., verh. Gräfin von E., in zweiter Ehe verh. Beaulieu-Marconnay, 1773 – (unbekannt)

Egloffstein, Karl Ludwig, Freiherr von (1734 – 1773), brandenburgischer Kämmerer, Jettes Vater.

Egloffstein, Sophie, Freifrau von und zu E., geb. Freifrau von Thüna (1742 – 1807), Jettes Mutter.

Einsiedel, Friedrich Hildebrand von (1750 – 1828), als Hofrat Mitglied der weimarischen Landesregierung, ab 1802 Oberhofrat im Dienste Anna Amalias, Übersetzer und Autor kleiner Theaterstücke und Singspiele, ab 1817 Präsident des Oberapellationsgerichts in Jena, redigierte das *Tiefurter Journal*, das handschriftlich wöchentlich, später monatlich, ab 1781 „zur Beförderung der Fröhlichkeit und guten Laune" erschien. Mitglied des Cour d'amour.

Göchhausen, Louise Ernestine Christine Juliane (1752 – 1807), Erste Hofdame Anna Amalias, in den Jahren 1700 – 1800 Freundschaftstage in ihrer Mansardenwohnung, lieferte Beiträge für das *Tiefurter Journal*, fertigte Abschriften für Theaterstücke Goethes an, Mitglied des Cour d'amour.

Goethe, August (Julius August Walther) von (1789 – 1830), Beamtenkarriere in Weimar: 1811 Wirklicher Kammerassessor, 1813 Hofjunker – 1823 Geheimer Kammerrat, verh. mit Ottilie v. Pogwisch, trifft Julie v. E. kurz im Juli 1830, drei Monate vor seinem Tod, in Neapel. Aus demselben Jahr stammt ihr Porträt von August.

Goethe, Johann Wolfgang von (1749 – 1832), Dichter, Naturforscher, ab 1775 in Weimar, ab 1788 mit Christiane Vulpius liiert, die 1806 seine Ehefrau wurde. In seinem Haus am Frauenplan trafen sich vom Nov. 1801 – März 1802 die Mitglieder des Cour d'amour.

Hamilton, Lady Emma (1765 – 1815), Lyons alias Hart, ab 1786 mit Sir William Hamilton liiert, ab 1791 in zweiter Ehe mit ihm verheiratet. Ihre „Attitüden" wurden mehrfach von Künstlern (u. a. W. Tischbein, A. Kauffmann, Mme de Brun) gemalt, ab 1798 Geliebte Nelsons.

Hamilton, Sir William (1730 – 1803), seit 1764 britischer Gesandter am Hof von Neapel; Kunst- und Antikensammler, insbesondere von griechischen Vasen.

Hirt, Aloys Ludwig (1759 – 1837), Archäologe, Fremdenführer in Rom. Goethes Urteil: „Er ist ein Pedante, weiß aber viel." (an Herder 15.06.1788), Mitarbeiter bei den *Horen* und dem *Teutschen Merkur*, ab 1810 Professor an der Universität Berlin.

Kestner, Charlotte Sophie Henriette, geb. Buff (1753 – 1823), Urbild der „Lotte" aus den *Leiden des jungen Werthers*. Ihr Aufenthalt in Weimar im Jahre 1816 inspirierte Thomas Mann zu seinem Roman *Lotte in Weimar*.

Kestner, Georg August Christian, (1777 – 1853), Jurist, Diplomat, Archäologe, Kunsthistoriker und -sammler, 4. Sohn Charlottes und Johann Christian Kestners, Mitglied des literarischen Zirkels in Misburg, u. a. Hannoverscher Ministerresident in Rom, dort Mitbegründer des *Dt. Archäologischen Instituts*. Er bewährt sich als kenntnisreicher Fremdenführer für Julie von E. Während eines Besuchs in seinem römischen Haus verstirbt August von Goethe am 27.10.1830 in seinen Armen. Einen Tag später unterrichtet Kestner hierüber den Weimarer Kanzler v. Müller. Durch diesen erhält Goethe die traurige Nachricht am 10. 11.

Das Kestner-Museum in Hannover wurde nach ihm benannt, da seine Sammlungen von antiken Kunstobjekten dessen Grundstock bildeten.

Kotzebue, August Friedrich Ferdinand von (1761 – 1819). Nach seiner in Weimar verbrachten Jugend sind St. Petersburg, Wien, Sibirien und Estland Stationen seines Lebens. Im Jahre 1802 kehrt er vorübergehend nach Weimar zurück und gründet dort einen Salon, in dem auch Jette verkehrt. Meistgespielter Dramatiker der Goethezeit. Seine Gegnerschaft zu Goethe findet ihre Fortsetzung in Artikeln für die Zeitschrift *Der Freimütige*, dessen Herausgeber u. a. Böttiger ist. Im Jahre 1819 wird er durch den Studenten Carl Ludwig Sand ermordet.

La Roche, Marie Sophie, geb. Gutermann von Gutershofen (1730 – 1807), Verlobung mit Wieland, nach deren Auflösung Heirat mit La Roche, u. a. Kanzler des Bischofs von Trier. Verfasserin des Romans *Fräulein von Sternheim* und weiterer empfindsamer Romane. Herausgeberin der Zeitschrift *Pamona*.

Lavater, Johann Caspar (1741 – 1801), reformierter Schweizer Pfarrer, Philosoph und Schriftsteller. Die Theorien seiner Physiognomik waren im 18. Jahrhundert sehr populär und förderten die weitverbreitete Herstellung von Schattenrissen. Das im vorliegenden Buch geschilderte sexuell übergriffige Verhalten Lavaters basiert auf der ausführlichen Darstellung in der Publikation Hermann von Egloffsteins (s.o.) S. 90-92; diese gibt exakt Jettes handschriftliche Aufzeichnungen wieder.

Müller, Friedrich Theodor Adam Heinrich (1779 – 1849), am Ende seiner Beamtenkarriere in Weimar Kanzler, d. h. Justizminister. Im Auftrag des Geheimen Consiliums erwirkte er in Verhandlungen mit Napoleon die Fortdauer der Selbstständigkeit Sachsen-Weimars. Freund und Testamentvollstrecker Goethes. Als Sohn des Verwalters der egloffsteinschen Güter war er Jettes Familie in enger Freundschaft verbunden und genoss deren Vertrauen.

Oberthür, Franz, katholischer Theologe, Hochschullehrer und Reformpädagoge (1745 – 1831), Taufpate Julie v. E., prägt den Begriff „Egloffsteinium" für die in Weimar stark vertretene und dicht beieinander wohnende fränkische „Kolonie".

Schröter, Corona Elisabeth Wilhelmine von (1751 – 1802), begabte, umschwärmte und bewunderte Sängerin und Schauspielerin, ab 1776 in Weimar, hatte geselligen Umgang u. a. mit Goethe, Carl August, Wieland.

Seckendorf, Franz Carl Leopold, Freiherr von (1775 – 1809), 1798 – 1802 Regierungsassessor in Weimar, Herausgeber diverser Almanache und der Zeitschrift *Prometheus*, Briefpartner Jettes, deren literarische Werke er z. T. korrigierte.

Stein, Charlotte Albertine Ernestine, geb. von Schardt (1742 – 1827), seit 1758 Hofdame Anna Amalias, Freundin Goethes, weitläufig mit Jettes Mutter verwandt.

Türckheim, Anna Elisabeth, geb. Schönemann, genannt Lili (1758 – 1817), Tochter eines wohlhabenden Frankfurter Bankiers, mit der Goethe sich im Jahre 1775 verlobte. Noch im gleichen Jahr löste er die Verlobung. Seit 1778 war Lili mit dem Straßburger Bankier und späteren Bürgermeister der Stadt verheiratet und brachte fünf Kinder zur Welt. Im Jahre 1794 Flucht vor den Revolutionswirren.

Tychsen, Cecilie (1794 – 1812), Tochter des Göttinger Professors der Theologie und für orientalische Sprachen Thomas Christian Tychsen. Ernst Schulze besang sie nach ihrem Tod in dem epischen Gedicht Cäcilie.

Abbildungen zu Jette

172 *Kanzler v. Müller*, Julie von Egloffstein, Graphitstift, 226 x 175 mm, vermutlich Nachlass Egloffstein
Staatl. Graph. Sammlung, München, Inv. Nr. K.L.A.17

185 *Luise v. Göchhausen*, Joh. Wolfg. v. Goethe, Bleistift auf Papier, aus: Hans Wahl, Goethe als Zeichner, Leipzig 1940

190 *Heinrich Meyer,* (Kunschtmeyer), Selbstbildnis, aus: Hans Wahl, Leipzig 1932

191 *Oberkammerherrin Caroline von Egloffstein*, unbekannter Künstler, Kolbe?, kopiert von Julie v. Egloffstein?, Öl auf Leinwand, 692 x 550 cm, Goethe-National-Museum, Inv. Nr. 116, Provenienz alter alter Bestand

198 *August von Kotzebue,* unbekannter Künstler, Zeichnung um 1798

200 *Joh. W. v. Goethe*, Julie von Egloffstein, Öl auf Leinwand, 105 x 83 cm, Kunstsammlungen zu Weimar, Inv. Nr. G 155

215 *Sophie Mereau*, unbekannter Künstler, Zeichnung um 1798

228 *Lili von Türckheim im Kreise ihrer Familie 1789*, aus: Hans Wahl, Anton Kippenberg, *Goethe und seine Welt,* Insel Verlag, Leipzig 1932, S.46

Cover: *Henriette von Egloffstein,* Joh. Friedr. August Tischbein, p. 1795, Öl auf Leinwand, 660 x 525 mm Gemälde-Galerie, Staatl. Museen zu Berlin, Stiftung Preußischer Kulturbesitz, Inv. Nr. 1730